NIPPON BEER

徳間文庫

三重露出

都筑道夫

徳間書店

contents

デザイン　鈴木大輔（ソウルデザイン）

「三重露出」

triple exposure

TRIPLE EXPOSURE
by
S. B. CRANSTON
Copyright 1963 by
S. B. CRANSTON
Translated by
MASAO TAKIGUCHI
Published 1964 in Japan by
TODO SHOBO & CO., LTD.
This book is published in Japan arrangement
With DONALD ORDER ASSOCIATES through
CHARLES O. TURTLE CO., TOKYO

I　おびえた男がおりました
おびえて地獄へ行きました＊

　地球総面積の二十九・二パーセントをしめる陸地の上には、政府の批判をしただけで、銃殺《じゅうさつ》される国がある。未婚のむすめの素顔《すがお》を見ただけで、首を斬られる土地もある。豚の肉をくっただけで、死刑になるところもあるそうだ。日本のトーキョーでは歩行ちゅう、ひとの肩にぶつかっただけで、殺されることがある、といっても、だから驚くにはあたらない。おれが驚いたのは、殺しかねないほうがほんの小娘で、殺されかねないほうが、日本人ではない大男だったからだ、フィリッピンか、タイワンか——ひょっとすると、おれとおなじアメリカ人かも知れない。

　小娘のほうは、わざと布目をあらしたに違いないジーパンの腰に、爪のまっ赤な両手をあてて、ナイロン・ジャンパーの胸を、誇《ほこ》らかにそらしている。その胸ときたら、アニタ・エクバーグそこのけだ。日本人は模倣《もほう》の天才だというが、戦後二十年足らずのあいだに、ここまで体位を改造した手腕は、驚嘆にあたいする。大男のほうは、おれにも理解できるていどの日本語で、しきりにあやまっていた。

「あやまります。ゴメンナサイ（以下、カタカナで表記する日本語は、原文すべてローマ字つづり。）。ほんとに、急いでいたんです。用があったものですから」

「アア、ソウ」と、娘はいった。「用があって急いでたら、ひとを突きとばしても、かまわないっていうのかい？」

　ところは、インペリアル・シアター（帝国劇場。）裏のサイドストリート。赤煉瓦《れんが》のビルが立ちならんで、今にもそのへんの角から、メイジ時代のリキシャマンが、パンケーキハット（まんじゅう笠のことだろう。）に晩春の夕日をあびて、現われそうな静けさだ。けれど、ラッシュアワーのユーラクチョー駅が近いせいで、通行人は少なくない。中にはおれみたいに、立ちどまるものもあった。だが、だれひとり口を出そうとはしない。

　外人記者クラブの知人から、教えられたところによると、こういう因縁《いんねん》をつける連中は、非論理的なことを論理的なように聞かせる大天才ぞろいで、「なにも、あやまってもらいたいわけではない。ただあなたが通行ちゅうに、小生と衝突したのは、交通道徳をわきまえていないことの現われだから、その点、猛省《もうせい》をうながしたいだけなのだ」と、ぜんぜん謝罪をうけつけない。因縁をつけられたほうが当惑のあまり、「では、どうすればいいんです？」なぞと、聞こうものなら大変で、「そんな口をきくのは、小生の衷《ちゅう》心《しん》よりの忠告が、不服だからだろう。それならば、ひとのいうことが虚心に聞けるように、あなたの精神を再教育してやる」という趣旨のもとに、袋だたきにされるくらいはまだいいほうで、殺されることもあるわけだ。

　この場合も、大変なことになりかけたらしい。娘は真鍮《しんちゅう》の飾りボタンのやたらについたジーパンの腰をゆすって、アニタ級の胸を波うたせると、右の手をあげた。その先から、飛びだしナイフの刃がシュッと唸《うな》って、起きあがる。おれには、なつかしい眺めだった。この種のナイフは、被害妄想的法律によって、日本では禁止されている。だから、めったに見られない。娘は同時に、おれたちを睨《にら》みつけて、大声をあげた。刃物よりも、哺乳壜《ほにゅうびん》を持ったほうが似合いそうな顔立ちだが、目だけは野獣のように光っている。見物人たちは、あわてて歩きだした。おびえた大男も、身をひるがえして、走りだそうとした。だが、見物人はまだ残っていた。おれのほかに、女が三人。そのひとりが、男の肩をついた。男はうしろへ、よろめきかかる。おれはそのとき、ふたつのことに同時に気づいた。

　合計四人の女が、いずれもおなじ年ごろで、おなじシルキーブルーのジャンパーを着ていることと、もうひとつは、男がそのまま後退をつづけたら、ナイフの刃さきと劇的な衝突をするだろう、ということだ。おれは反射的に、ふたりのあいだへ割りこんだ。男を背中でうけとめながら、右手で娘の手首をつかむ。ナイフの方向を、煉瓦の壁へむけかえた。

「なにすんのさ！」

　娘は上体をそらして、つばを吐いた。

そいつは、おれの左目にあたった。目をつぶらなかったら、水晶体が後頭部へめりこんで、自分の脳みそのできぐわいをベン・ケーシーのお世話にならずに、確認できたに違いない。つばきではなかった。口の中でまるめたチューインガムの嚙みかすが、すごい勢いで飛んできたのだ。まったく、あきれた器用さだった。おれは右の目だけで、娘がまた唇をとがらすのを見て、顔をそむけた。キスしないではいられないような口もとだが、あんな物騒なものが飛びだすのではかなわない。二発めの嚙ムガム弾（原文DUMB-GUM BULLET. 無音のガム弾の意味で、ダムダム弾のしゃれになっている。）は、耳のわきへそれた。そこへまわりの三人が、ひっかかないうちから血にまみれてるみたいな爪で、襲いかかってきた。こうなっては、相手が女だからって、手ごころをしてはいられない。

ナイフを持った娘の腕を、右手でねじあげながら、横の女のブルーにかがやく両半球のあいだに、左の肘つきをくらわしたとき、うしろのほうで、「オマワリサン、こっちよ。早くとめて！」と、警官を呼ぶ女の声がした。おれの腕と襟と髪の毛に、ぶらさがっていた四人の女は、たちまち離れて、いっせいに背中をむけた。

「おぼえてやがれ、アメコウ！」

労働運動から発生したと思われるわれわれアメリカ人の蔑称《べっしょう》を、おれの耳に残して、女たちは走りさった。逃げながら、ジーパンの飾りボタンをひきちぎって、小石がわりに投げてきたが、そこは女の力だ。おれのところまでは、届かなかった。バンドエイドのスポット（丸形のガーゼつき絆創膏。BAND-AIDはその商品名。）みたいに、左の目に貼りついているチューインガムをはがしながら、おれはふりかえった。男は宵越《よいご》しのハンバーガーみたいに、どす黒い顔をして、煉瓦の壁によりかかっている。ブレザーコートの胸を、片手で苦しげに撫《な》でながら、英語でいった。

「ありがとうございます。おかげで助かりました」

「顔いろが悪いけど、大丈夫かい？」と、おれは聞いた。

「息苦しいだけです。心臓が悪いもんですから」と、男はポケットに手を入れた。小さなプラスチックのチューブをだして、「でも、ご心配なく。薬を持ち歩いてますから」

「おふたりとも、お怪我ございません？」

　声をかけられてふりかえったとたん、おれはまるまる三分間、心臓の虚弱な大男のことも、スイッチ式の牙をもった牝のことも、きれいに忘れた。声はライオネル・ハンプトンのヴァイブみたいに、心よくひびく英語だったが、立っていたのはサミセン——弦三本の日本ギターのように、すらりとしたキモノすがたの若い女だ。すばらしく長い髪を、あたまの上でまとめている。オキナワで出あったパッショネイトな娘たちを、おれは思いだした。

「警官を呼んでくれたのは、あなたでしたか」と、おれは日本ふうにあたまをさげた。「ドーモ、アリガトウ」

それにしては、巡査のすがたが見えない、と思ったら、「ほんとうに呼んだんじゃないんです」と、女は肩をすくめた。「ちょっと思いついて、大声をあげただけですわ。そちらの方、だいじょうぶかしら」

「じきに薬がきいてきますから……」男は錠剤のチューブを、ポケットに戻しながら、

「大丈夫です。もう大丈夫です」と、いった。だが、スポーツシャツの襟をゆるめて、歩きだす足もとはおぼつかない。

「ついてってさしあげましょうか」と、女は手をのべて、「むこうの通りまでいけば、タクシーがひろえますわ」

「すみません。ご親切に――」と、いったとたん、ジャックナイフみたいに男はからだを折り曲げて、ビルとビルのあいだの露地へ、のめりこんだ。

「なんだか、様子がへんですわ」と、女はかがみこんで、「あたし、お医者さんとおまわりさんを呼んできます。今度はほんとに」

「ああ、お頼みします」おれは女と入れかわって、男の顔をのぞきこんだ。「きみ、しっかりしろよ」

男は厚い唇をふるわせながら、胸のあたりで手を泳がせて、「お願いです。警察には話さないで、これを、これを渡してください。さ、さがして……」毛むくじゃらな手が、ようやくポケットへ入った。白い封筒をひっぱりだす。

「だれに渡すんだ?」と、おれは聞いた。

「おい、名前をいってくれ」

「渡してください。サ、サムライ……」

男は激しく痙攣《けいれん》してから、動かなくなった。渡された封筒をみると、表にも、裏にも、なんにも書いてない。封もしてなかった。思いきって開こうとしたときに、サイレンが聞えた。封筒を内ポケットにしまって、おれは露地をでた。まず救急車がとまり、ユニフォームの男たちがおりた。つづいて、パトカーがとまる。制服巡査がふたりおりた。ひとりがおれに話しかけた。けれど、なにをいっているのか、さっぱりわからない。

「ワタシハニホンゴ、スコシシカシリマセン」と、日本語の知識の乏《とぼ》しさを、おれは相手に知らせた。「アナタハ、エイゴヲハナシマスカ？」

巡査はあきらめて、パトカーに戻った。もうひとりの巡査が、道路をロープで遮断しはじめる。おれは生捕りにされたキングコングみたいな気分で、煉瓦の壁によりかかった。しばらくすると、さっき不良少女たちが逃げたほうから、黒塗りの車が二台、走ってきた。ロープのむこうで、前の一台がすごい音を立てた。パンクしたのだ。私服警官らしいのが、ドアから飛びだして、大声をあげた。うしろの車からは、鑑識係らしい男たちがおりた。前の車から最後におりた男が、おれのほうに近づいてきた。

「お待たせして、恐縮でした。わたくし、メトロポリタン・ポリス（もちろん、東京警視庁の意味だ。）のヤマ警部です」

折り目ただしい英語で、そのおだやかな喋《しゃべ》りかたは、おれにミスタ・モト

（アメリカ作家J・P・マーカンドが書いたスパイ・スリラーの主人公。海外の推理小説で、探偵役をつとめたおそらく最初の日本人だ。映画ではピーター・ローレが扮して、八本の作品がつくられるほど、人気をあつめた。）を思いださせた。だが、ピーター・ローレ（一九〇四年六月二十六日ハンガリーのローゼンベルクに生れ、一九六四年三月二十三日、脳出血のためハリウッドで死んだ。一九三一年ドイツ映画「M」の変質者役で売出して以来、仏、英、米の映画で活躍。）に似ているところは、目鼻口の数だけだった。ずんぐりした小男ではなく、やせぎすの好男子だ。背たけも、おれの鼻まである。「車がパンクしたようですね」と、おれは聞いた。

「どうしたんです？」

「大きな画鋲《がびょう》が落ちていたのです。いたずらにしては、悪質すぎる。過失でしょうな。ところで、あなたが目撃者ですね？」

「サミュエル・ライアン。アメリカ人です。現在は、シンジュク＝ク・カシワギのサクラ・アパートに住んでいます」

「事情をくわしく、話してください」

「外人記者クラブに用があって、ここを通りかかったんです」おれは九十九パーセント、くわしく話した。話さなかった一パーセントは、れいの封筒のことだ。

「知っているのは、これだけです。ほんとうですよ。警察に知らせにいった娘さんに聞けば、わかるはずだ」と、つけくわえたのは、気がとがめたせいかも知れない。

「それが、いないらしいですな」と、ヤマ警部は苦笑して、「係わりあいになりたくなかったんでしょう。あとで警察へ書類をつくりにきてもらったりするのを、近所の手前、たいへん不名誉なことのように感じる風潮が、まだ日本にはあるんです」

「すると、ぼくもまた、警察へ呼ばれるかも知れないわけですか」

「できるだけ、ご迷惑をかけないようにします。あなたのお話だと、これは殺人ではないようですから。ただ気になるのは、死人が身分証明書のようなものを、なにも持っていないことなんです。あのひとに、どこかであったような記憶が、おありじゃないですか」

「ありません。はじめて見た顔です」

「警察へ知らせてくれたご婦人が、あの男を知ってたような様子は？」

「なかったですね」

「もうひとつだけ、聞かせてください。その不良少女たちに、なにか特徴はありませんでしたか？　ジャンパーにブルージンズ、という服装のほかに」

「さあ」おれは、考えこんだ。とたんに、四人の女がいっせいに背をむけて、走りさる光景があたまに浮かんだ。

「ああ、アリマシタ！　ぼくの国のちんぴらどもが、よくやってることなんで、たいして気にもとめなかったんですが」

というと、嘘になる。正直にいえば、女たちの顔や、からだつきの記憶のほうが先に立って、今まで思いださなかったのだ。「四人ともジャンパーの背中に、おなじ模様を縫いとりしてました」

「どんな模様？」

「ノー・ドラマでかぶるマスクですよ。あれはなんていったかなあ？　あたまに角が二本ある――ほら、女のモンスターで……」

「ハンニャですか、ミスタ・ライアン?」

「おお、イエス、それでした! ハンニャです。角と目が金色で、髪は銀色、口がまっ赤で、あれならすぐわかるでしょう」

「非行少年係のものに、聞いてみます。いろいろご協力、ありがとうございました。ええっと、あなたのおつとめ先の電話番号を、うかがいましたっけ?」

「ぼくはどこにも、つとめていません。でも、電話ならアパートにありますよ」

おれがいう電話番号を、メトロポリタン・ポリスのマークが金色で入った黒い手帳に書きとめながら、

「これは事件と関係ないことですから、気が進まなければ答えなくてけっこうですが」と、ヤマ警部はいった。

「おつとめでないとすると、日本滞在の目的は、なんなのですか?」

おれは胸を張って、「ムシャシュギョー」と、昔のサムライのように、護身の術をまなぼうとして、トーキョーへやってきたことを、日本語でつげた。

「ムシャシュギョー?」ヤマ警部は笑いだしかけたのを、咳ばらいでごまかして、

「失礼。なるほど、ジュードーの勉強ですか」

「まあそんなところです」と、おれはいった。正直なことをいったら、今度はヤマ警部、ごまかしきれずに笑いだすだろう、と思ったからだ。

「そうですか。どうぞ、もうご自由になすってけっこうですよ」

おれはサヨナラをいって、目と鼻の先

の外人記者クラブへ急いだ。約束の時間に、もう四十分も遅れている。ビル・ソマーズにあいにきたことを、戸口のボーイ＝サンにつげて、クラブに入っていくと、おやじの学校友だちは、バーのすみで案の定、サッポロ・ビールのグラスに、仏頂面を映していた。おれは黙って、その前にすわった。

「タタミ・マットの上に寝て、日本の生活に馴れるのも、けっこうだがね、ライアン・ジューニア」と、ビルがいった。こういう呼びかたをするときは、その不機嫌が沸騰点にちかい証拠だ。「日本人の悪いくせまで、まねることはない。日本人にだって、時間を厳守するものも、たくさんいるんだぞ。きょう、きみに紹介するはずだった紳士のようにな」

「すみません」おれは、首をすくめた。「でも、しようがなかったんです。事故の目撃者になっちゃったんで——嘘じゃありません。ヤマ警部が証明してくれますよ」

「ヤマ警部？　犯罪捜査課のヤマ警部か」

「知ってるんですか、ビル？」

「ああ、あったことがある。アメリカへ留学して、ＦＢＩの訓練をうけてきた男だ。いったい、どんな事件があったんだ？」

「いつだか、トーキョーのティーンエージ・ギャングは命知らずだから、気をつけろ、といわれたでしょう？　その現場を、目撃したんです」

「話してみたまえ。きみに紹介するはず

の紳士は、べつの約束があるとかで、いったん帰った。三十分後にまた来るそうだが……ビールでも飲むかね？」

「ぼくはスカッチの水わりがいいですな。うちじゃショーチューしか、飲めないから」と、おれはいったが、そんなスイートポテトからつくる安いサケばっかり、ほんとに飲んでるわけではない。おやじから、おれの監督をたのまれて、本国からの送金を少しずつしか、支給してくれないビルに対するささやかなレジスタンスだ。

ソマーズは、白髪まじりの太い眉を、ちょっとひそめた。だが、すぐおれの腹を読んだらしい。苦笑しながら、ボーイを呼んで、スカッチの水わりと、自分のためのビールの追加を注文した。おれは今度は百パーセント、くわしく話した。

「ふん、妙だな」と、おいぼれ特派員は赤く尖《とが》った鼻のあたまへ、立て皺《じわ》をよせながら、「間違いなく、サムライに渡してくれ、といったのか」

「ええ、はっきりいったんです。ただどこにいるサムライなんだか、聞こうとしたときには、もう口がきけなくって……第一、今でもサムライなんかがいるんでしょうかね、このトーキョーに？」

「サムライみたいな格好をしたものなら、いるだろう。スモー・レスラーだってそうだし、テレビのスタジオへいけば、廊下でサムライがコカコーラを飲んでるよ。そう、サムライの役を得意にしている俳優のことかも知れないね、ミフネのようなな」

「つまり、あだ名かも知れないわけですね」

「あだ名だとすれば、やくざかなんか、と考えたほうが、よさそうだな。まあ、とにかく、その封筒を見せたまえ」

「これです」

おれは内ポケットから、封筒をつまみだして、テーブルにおいた。ビルは、だぶだぶの上衣のポケットをさぐって、鼻めがねのケースを取りだした。そいつをあけたり、しめたりすると、チャイナタウンのお祭りの花火のような音がする。おまけに、鼻めがねをかけたビルの顔ときたら、貴族きどりの桃色ペリカンそっくりだ。おれはいつでも、笑いをこらえるのに苦労する。そのときも、吹きだしたいのを我慢していると、ビルは無造作に封筒から、紙片を一枚、すべりださせた。それは千エン＝サツ、およそ三ドルに相当する日本のエン紙幣だった。

「千エン紙幣が一枚、ほかにはなにも、入っていないな」

と、ビルはいった。「しかも、これは贋造《がんぞう》紙幣だぞ」

「ほんとですか」

「ひと目でわかるさ。全体にぼやけていて、そのくせ色が、明るすぎる」と、いいながら、紙幣を両手につまみあげて、裏面をのぞいたとたん、ビルはなんとも妙な顔をした。

「なんだ、馬鹿馬鹿しい」

「どうしたんです？」

「見てみろよ、裏を」と、紙幣をさしだしながら、ビルは小声でいった。「ただし、大っぴらに見るなよ。まわりの諸君の手前があるからな。これは、おもちゃだ。イカホとかアタミとか、温泉のある遊楽地へいくと、非合法に売ってるおもちゃさ。アダルト・オンリイ（おとな専用。）のね」

　おれは膝の上で、紙幣をうらがえした。表は渋い色ばかりだが、裏は派手な色ばかり。印刷してあるのは、スプリング・ピクチュア（春画という表現に感心して、その逐次訳を最初にもちいたのは、「サヨナラ」で有名なアメリカ作家、ジエイムズ・ミチナーだそうだ。）、古風なウキヨエ・スタイルのわいせつ芸術だった。まっ赤なパンティを背中まで、果敢にまくりあげた女が――日本のオールドファッションのパンティは、驚くなかれ底ぬけなのだ！――半裸の男の上に、おっかぶさっている情景が、誇張されたリアリズムで書いてある。

「この絵に、価値があるんでしょうか？」と、おれは聞いた。「売り買いした場合に」

「ただみたいなもんさ。ほんとにエド時代に刷った木版画で、ウタマロとか、ホクサイといった大家のものなら、そりゃ、気が遠くなるような値段で、売れるかもしれない」と、ビルは肩をすくめて、「しかし、こいつは現代の無名画家が、ウキヨエをまねして書いたもんだ」

「だったら、どうしてこんなものを……」

「やっぱり、やくざが関係してるんじゃないかな。こういうものの制作販売は、暴力団の資金源のひとつだからね」

「それにしても、おかしいな」

　なんといっても、瀕死《ひんし》の男が最後の力をふりしぼって、取りだしたものなのだ。

だれかに頼まなければ、死にきれなかったものなのだ。なにか特別な意味が、あるに違いない。おれは色情狂のエン紙幣を、じっと見つめた。

そこへ、ビルがおれに紹介するはずだった客が、やってきた。クラブのドアをおして、入ってきた日本人の紳士は、ちょっとした見ものだった。ハオリ・アンド・ハカマ・スタイルで、それだけなら、珍しくもない。だが、細く巻いた絹のこうもり傘を、ステッキがわりについて、鼻の下に信天翁《あほうどり》のつばさのような髭《ひげ》を、ふさふさと生やしているところは、まったく信天翁みたいに（アホウドリは、羽毛をとるのに大量捕殺したため、いまではほとんど絶滅している。）近ごろでは珍しい。

その興味ある人物が、センダイ・シルクのハカマを鳴らして、おれたちのテーブルに近づくと、ビルはうなずいて、「こちらが、ミスタ・ライアン」と、おれを紹介した。「こちらは、ミスタ・イガとおっしゃる」

ミスタ・イガはこうもり傘を念入りに、テーブルに立てかけてから、丁重にあたまをさげた。「お目にかかれて光栄です」と、挨拶《あいさつ》する。セッシュウ・ハヤカワみたいに、荘重な発音だった。「お忙しいことでしょうに、わたくしごとき者のために足を運んでいただいて、申しわけなく存じます」

「ドーイタシマシテ」と、おれもあわてて、あたまをさげた。あやうくサッポロ・ビールの壜を、おでこで突き倒すところだった。

「きみはいつも、送金が少い、とこぼし

ていたろう」と、ビルはいった。「だから、ちょっとした仕事を――日本の学生用語でいえば、アルバイトを世話してやろう、と思ったんだ」

おれは聞いた。「どんな種類のアルバイトです？」

「きみの好きそうなことさ」と、ビルは長い顔を、紙のランタンみたいに縮めて、笑いながら、「私立探偵を開業してみる気はないかね？」

「私立探偵？　そりゃあ、おもしろいとは思うけど、外人のぼくに許可がもらえますかね。それに拳銃だって持ってない」

「日本では私立探偵を開業するのに、許可はいらないんだ。拳銃の携行は、いかなる理由があろうとも、一般市民にはゆるされない。そういうものを必要とするような事件は、警察にまかせなさい、というわけさ。しかし、日本の警察もなかなか忙しいからね。頼んでも一所懸命になってもらえないことで、頼んだ本人としては、一日も早く解決してもらいたいこともある。その中には、若干の危険をともなうものもあるだろう。普通の日本人では、外人関係などで調べにくいこともあるかも知れない」

「それで、ぼくに、というわけですか」

「まあ、そうだ」と、うなずいてから、ビルは隣りの椅子のイガに顔をむけた。「この男は、陸軍で教えられたジュードーに、魅せられましてね。ムシャシュギョーと称して、日本へやってきたんです。変った男ですよ」

ビルは、おれのことをだれにでも、「変った男です」と、紹介する。おれにいわせれば、「変っている」のはビルのほうだ。おやじの友だちだから、もうかなりの年配のはずで、事実、皺だらけの瘠《ゃ》せっぽちだが、ときたま凄くすばやい身ごなしを、見せることがある。それに、しょっちゅう記者クラブに入りびたりながら、どこの特派員なのかも判然としない。いったい、どんな記事を書いているのか、おれに読ましてくれたこともない。そのわりに顔がひろくて、ほかの記者たちからも、一種の尊敬を寄せられていることは、確かだった。きょうのお客のミスタ・イガにしても、ほかの特派員へ紹介状を持ってきたのを、手に負えなくて、ソマーズ老に進呈されたものかも知れない。

「それは、実にすばらしい」と、当の日本紳士は、まっ黒いびい玉みたいな目を、きらめかした。その堂堂たる体軀の隣りで、髪の毛の薄くなったビルのからだは、ひどく貧弱に見えた。ミスタ・イガは、微笑をたたえた顔をおれにむけて、「それではおそらく、わたくしの名前から、なにかを連想なすったのではありませんかな？」

おれは当惑して、首をふった。

「では、ニンジュツという言葉なら、たぶん聞いたことがおありでしょう？」

「ええ」おれは、大きくうなずいた。「聞いたことがありますよ。日本独特のスパイ技術でしょう？　ニンジュツィスト（原文 NINJUTSUIST. もちろん忍者の意味だ。）の有名なのも、知ってます。サスキー・ザ・フライング＝モンキー（猿飛佐助のことであろう。）、サイゾー・ザ・ミストマン（霧人間才蔵。つまり霧隠才蔵。）アンド、ジライヤー・ザ・サンダー＝ボーイ（雷の子ジライヤ。児雷也を解読したもの。）！」

「まるで、プロレスの選手だな」と、ビルがいった。

イガは厳粛《げんしゅく》に首をふって、「おお、ミスタ・ライアン、そういうのは、昔の小説家たちが、無責任な空想でこしらえあげたスーパーマンです」

「知ってますよ。いまのは、冗談です。アパートの管理人から、教わった名前でしてね。ほんとうのニンジュツについては――」

「ご存じないのが、当然かも知れません。ご希望なら、いつかくわしくお話ししますが、そのニンジュツには、コーガとイガのふたつの大きなストリームがあるのです。これだけ申しあげれば、わたくしの名前から、お察しいただけると思いますが……」

「あなたもニンジュツィストなのですか、ミスタ・イガ？」

「いや、わたくしは違います。しかし」と、古風な紳士は口髭をひねって、胸をそらした。「誇りをもって申しあげる。わたくしの先祖は、イガ・ニンジュツィスト・グループの名誉あるリーダーでした」

「そんな馬鹿な！」

おれは思わず口走った。さっき喋りかけたときには、イガに遮られてしまったが、実をいうと、おれがトーキョーで、シュギョーしている——つまり、身につけようとしているのは、ほかでもない。当面の話題になっているニンジュツなのだ。この日本の古い戦闘技術は、伝説や、興味本位の歴史小説によって、たぶんに神秘化されている。それくらいだから、現代にただしく継承している人物も、きわめて少い。そのひとり、しかも、もっとも権威あるイガ・ストリームの最後の継承者、プロフェッサ・モモチに偶然あったために、おれはジュードーのメッカ、コードーカンに入るのを断念したのだ。

「サミュエル」と、ビルはおっかない目つきをした。「失礼な言葉づかいで、きみの後見人に恥をかかせないでくれたまえよ」

「すみません」と、おれは一応あたまをさげてから、「でも、イガ・ニンジュツの末裔《まつえい》は……」

「ミスタ・イガに間違いないんだ。ちゃあんと、証拠《しょうこ》書類もある。きみもどこかで、べつの証拠書類を見た、というかも知れない。けれど、見ただけで、読んだわけじゃないだろう？　わしのほうは、権威ある学者に鑑定してもらってあるんだ」

これで、腹がわかった。ビル・ソマーズは最初から、プロフェッサ・モモチをいかさま扱いしている。プロフェッサといっても、大学で教えているわけではなく、自宅でジムをひらいているわけでもない。ニンジュツは、相手かまわず教えてはいけないものだ、といって、占いを職業に、清貧にあまんじているモモチ先生の立派さが、ビルには理解できないのだ。いかさま説を、おれが承服しないものだから、証拠を持ちだしてきたらしい。

「だが」と、急にビルはにこにこして、「それを信用させるために、きみを呼んだんじゃない。本題はあくまで、私立探偵をやってみないか、ということでね。話はミスタ・イガがこれから……」

「ちょっと待ってください。私立探偵ってのは、必要経費別で、一日四十ドルってのが、相場《そうば》らしいけれど」と、おれはいった。推理小説による知識だから、実際とは違うかも知れないが、四十ドルは一万四千四百エン。その二倍まで出さなくても、日本では大学を卒業したての屈強な男が、ひと月やとえる。ミスタ・イガに怨《うら》みはないが、ビルの陰謀《いんぼう》に対抗する必要上、「ぼくにもそれだけ、払ってくれるんでしょうね?」と、吹っかけてやった。

思った通り、おいぼれジャーナリストは、あきれたような顔をした。なにかいいかけたが、それより先にイガがうなずいて、「もちろんです。取りあえず、十万エン用意してきました」と、電話帳みたいにでっかい財布をひっぱりだした。

今度はおれが、あきれる番だった。これでは、ひっこみがつかない。

「どんな事件なんです、いったい?」

イガは悲痛な声でいった。「不覚にも、マキモノを盗まれてしまったのです」

「マキモノ?」と、ビルが眉を寄せる。じいさんも、くわしい話はまだ聞いていなかったらしい。

「細長い紙に布で裏うちして、円筒形に巻きあげた一種の書物です。このビール壜より、少し細いでしょうか。高さは約一フットあります」

「なにが、書いてあるんです？」とおれは聞いた。「そのマキモノ・ブックには」

「ひと口にいえば、イガ＝ニンジュツのハンドブックですが、わたくしにとっては、それ以上の意味があります。わがイガ家の子孫に、丁重に伝えなければならない宝物でしてね。それを、盗まれたのですからな」と、肥った日本紳士は、不気味な微笑を、ちらと浮かべた。「昔ならわたくしし、もう死んでいますよ、ハラキリをして」

＊各章の題名は、ぜんぶ有名な伝承童謡集〈マザー・グース〉ちゅうの童謡をもじったものである。この第一章は、*There was a crooked man* の一行目と二行目、「いびつな男がおりました／いびつな道を行きました」をもじっている。

その一

「S・B・クランストンというアメリカ作家のね、〈三重露出〉って長篇を、こないだ翻訳したんだ。ちょうどいま、第一章の校正を見おわったところさ。藤堂書房から、トードー・ミステリ・ブックになって出るんだよ。これが、原書でね」

滝口正雄は、辞書や原稿用紙のひしめきあっている卓袱台《ちゃぶだい》から、恐竜の影絵のマークが左の肩についた本をとりあげて、簑浦常治の前においた。ダイナソア・ブックといって、一冊が四十セント、日本で買えば新刊で百九十円、古本なら五、六十円のペイパーバックだ。表紙は黒いビニールびきで、ネオンサインのきらめく街路を、走っていく金髪の男のすがたが、ささやかに左下方にかいてある。ネオンの文字は日本語のつもりらしいが、なんとも判読しようがない。右がわにはいっぱいに、なかなか写実的な般若の面をかぶって、全裸の女が立ちはだかっている。右手にかまえた拳銃が、うまいぐあいに下腹部を隠していた。拳銃はむこうのガンマニアたちに、たいへん人気があるという帝国陸軍の十四年式だ。ディーテイルも、かなり正確なようだった。まっ黄いろな題字が、上のほうに

TRIPLE EXPOSUREとあって、その上には〝アメリカ青年が徒手空拳《ベアハンド》で、トーキョーの美女《ブロード》うようよ《バックト》の血まみれ《ブラッディ》ストリートをかきわけていく血もこおりつく《ブラッド・カードリング》サスペンス・ストーリイ〟と、ひき文句が白抜きで並んでいる。いつまで見ていても、裸の女が右手をおろさないので、あきらめたように、簑浦は顔をあげた。

「ここにTokyoって、書いてあるな。こいつ、日本が舞台なのかい？」

「そうなんだよ。忍術にあこがれて、東京にやってきたアメリカ人の話なんだ。へんな先生にひっかかって、いいかげんな忍法を修業しているうちに、スパイ事件に巻きこまれてね。しかも、敵方には本物の女忍者グループがいる。主人公は役に立たない忍術で、それと闘《たたか》わざるをえなくなるっていう、まあ、たっぷりセクシイで、ちょっぴりコミカルなスパイ・スリラーなんだ」

「おもしろそうだね。でも、S・B・クランストンなんて、聞かない名だな」

「新人さ。これが処女作らしい。英米のスリラーには昔から、日本人がわりに活躍しててね。古いとこじゃ、イギリスのフィリップス・オプンハイムだ。マイヨという日本のプリンスを立役者にして、*The Illustrious Prince*〈華ばなしきプリンス〉って長篇を書いてるよ。アメリカのJ・P・マーカンドは、ミスタ・モト・シリーズで、日本の特務機関員にホウムズ役をつとめさせてる。こないだ来た日系プロレス選手の名は、これに肖《あやか》ってるくらい、向うじゃ有名だったんだ。フランスでもジャン・ピエール・コンティって作家が、ムッシュウ・スズキという主人公で、スパイ物シリーズを書いてるな。でも、発端から結末まで、舞台が日本を離れない作品がではじめたのは、やはり戦後だね。ぼくの知ってるかぎりじゃあ、*Tokyo Doll*〈東京ドール〉ってのが、皮切りらしい。作者は若死しちまって、もういないんだけれど、ジョン・マクパートランドっていって、ほら、以前〈ひとりぼっちのギャング〉という、シナトラ一家のピーター・ローフォードがつくった映画があったろう？　最初と最後にサミイ・デイヴィス・ジューニアの歌が、ナニワブシみたいに入るやつ。あれの原作者さ。このひとは、ほかにも *Affair in Tokyo*〈東京での出来ごと〉ってのと、*Danger for Breakfast*〈危険を朝食に〉ってのを書いててね。いずれもGIか、GIあがりの主人公が、東京で事件にまきこまれる筋立てなんだ」

「つまり、駐留軍で日本にきていた。帰国してから、作家になったってわけだな？」

「まあ、そうだろうね。なにしろ《プレイボーイ》や《ショウ》みたいに売れている雑誌が、ジャパン特集をやる。*Japanese Inn*〈日本の宿〉なんて、ミリオンセラーは現われる。このところ、目をつけられてるんだよ。日本ぎらいのイギリスからだって、ジョン・クリースィやイァン・フレミングが、わざわざ来日してるからね。翻訳も出ているけれど、ジェイムズ・ボンドが日本人に変装して、トドロキ・タローと名のってさ、大活躍するくらいだから、アメリカのペイパーバックに、日本物がひょこひょこ出ても、不思議はないんだ。もっとも、なかには『午後のギンザ・ストリートは自転車で——自動車の間違いじゃないぜ――ごったがえしていた』なんて、ひどい描写が続出するのもある。三年ばかり前《マイクル・シェイン・ミステリ・マガジン》に載った*It Happened in Tokyo*〈東京でそれは起った〉ってスパイ物の中篇なんぞは、作者のウォールト・シェルダンというひとが、どこかの通信社の支局長で、いまでも日本にいるって話なんだけどね。いったい東京で、なにを観察してたんだろう、と首をかしげたくなるくらい、日本色は出てなかったな」

「この〈三重露出〉は、どうなんだい、そういう点じゃあ？」

「アメリカの読者を、おもしろがらせるために、誇張してるところはあるな。けれど、日本に関する知識は、かなり正確なものを持ってるね。ことにある点で、きみやぼくのおどろくことがあるんだ。それで、手紙を書いたんだよ。でも、本郷くんだりまで、出てきてもらうつもりじゃなかった。電話をくれりゃあ、こっちがどこへでも出かけたのに」

「いいんだよ。移転通知にはなにも書かなかったが、じつは店を売っちまってね。いまの場所に、アパートを建てたんだ。ぜいたくいわずに、細く長く暮そうってわけさ。暇《ひま》なからだではあるし、ミステリ翻訳家の生活も拝見したいしで、ぶらぶら出かけてきたんだ。しかし、金助町なんて古風な名の町が、現在もあろうとは、小生、迂闊《うかつ》にして知らなかったな。ここはどういう――？」

　と、簑浦常治は、生まれてはじめて新劇の舞台を見たみたいに、乱雑な六畳間をながめまわした。

「学生相手の貸間だよ。ただし、ほかに間借り人はいないんだ。足場はいいし、庭から気がねなく出入りできるし、おまけに商売道具の電話が、このへんは安く引けたんでね」

「そりゃあ、いいなあ。ぼくんところなんか、苦労したよ。アパートなのを幸いに、簡易公衆を入れたがね。ピンクいろのダルマってやつさ。それにこのへん、思ったよりも静かじゃないか。仕事がはかどって、しようがないだろう」

「そうでもないな。きょうは朝から、雨だったせいだよ。もうやんだらしいが――」

腰高窓のそとの八つ手の葉を、あきずに叩いていた雨の音は、いつの間にか聞えなくなっている。湯どうふ鍋ぐらい大きい益子焼だが、ゆうべからの吸殻《すいがら》で、あまりの余地のない灰皿を、客とのあいだにおいて、滝口正雄は話しつづけた。

「さっきいったおどろくことだけど、日本人の名前なんだ。小説のなかで、重要な役をつとめる女のね。第一章から、もう登場してるんだが、主人公がアルバイトに私立探偵をやってるって聞いて、のちに依頼人になるわけさ。そのとき、はじめて名のりをあげる。それが、なんとヨリコ・サワノウチ――沢之内より子なんだよ」

とたんに、滝口の期待以上の反応がおこった。簑浦の浅黒い角ばった顔から、微笑が消える。それと一緒に、かつての生活力のなごりも消えて、ひどく気弱そうな表情がのこった。右手にプリンス・オブ・ウェイルズ形のパイプ、左手に豚皮のパウチを持ったまま、細長くて青白い相手の顔を、ぼんやり見つめた。間もなく目はそらしたが、まだパウチをひらこうとはしない。〈三重露出〉の原書をとりあげて、綴じがゆるんだために、鋸の歯みたいになった前小口《まえこぐち》をなでながら、滝口はいった。

「こいつが藤堂書房からとどいて、読みはじめたときは、びっくりしたよ。いくら日本通だからって、外国人にでっちあげられるような、なまやさしい名前じゃないからね。その証拠には、ほかの日本人にゃアキコさん、ハルエさんとか、ミスタ・ヤマとか、ごくありふれた名前がついてる」

「作者がより子を——沢之内君を、知ってたってことなのかな?」

と、箕浦はパイプのボウルで、鼻のわきをこすりながら、いやにゆっくりつぶやいた。

「それが、わからない。代理人のドナルド・オーダー・アソーシエイツ気付で、手紙はだしてみたんだ。翻訳にとりかかって、すぐにさ。返事はまだ来ない。藤堂書房からも、翻訳の申しこみと同時に、著者の写真と経歴に関する資料を、送ってくれるように頼んだんだがね。折りかえしとどいた答えは、ノウ・コメントなんだ」

「不親切なもんだな。いわば、こっちはお顧客《とくい》なのに」

「そうでも、ないんだよ。推理作家にかぎったことだろうけど、イギリスのアントニイ・ギルバートや、ガイ・カリングファドみたいに、男名前で書いてるご婦人がいたりするからね。経歴はもちろん、写真もお断りって場合が、しばしばあるんだ。アメリカでも、シユミット警視シリーズのジョージ・バグビイなんぞ、本名のアーロン・マーク・スタイン、別名のハンプトン・ストウンでも、ミステリを書いてるせいらしいが、ブランディを飲むバルーン・グラス。あの大きなまんまるいやつを口にあてがって、その向うから撮らせた写真——」

「ああ、〈エヴァの匂い〉って映画の宣伝写真で、ジャンヌ・モローもやってたよ。あの手だね?」

「そう、そう、ああいう曖昧《あいまい》な写真しか、発表してないんだ。八十七分署シリーズのエド・マクベインだって、そうなんだぜ。エヴァン・ハンターの別名だってことは、知れわたってるのにさ。写真を使っちゃいけないか、と問いあわせると、代理人のスカット・メリディスは、とぼけた返事しかよこさない。十五作めの原書に、やっと載っけた写真は、でっかいサングラスと不精髭で、シチリイ島の山賊みたいな変装をしたやつだった」

「そういえば、『エド・マクベインの正体については、国外追放されたイタリア系ギャングのボスだ、という説もある』なんて宣伝をしてたそうだね、最初のころ」

「うん、つまり正体不明で、読者の好奇心をかきたてる、それも推理作家としてのサーヴィスのうちなのさ。だから、ドナルド・オーダー・アソーシエイツの返事にしたって、膠《にべ》もないノウ・コメントじゃなくてね。『著者は、ミスティリアスな東洋のミステリを書く作家として、作者自身もミスティリアスな存在であることを、希望しておりますので』と、まあ、東洋がミスティリアスだってセンスの黴《かび》は、掻きおとしてやりたいけど、いちおう丁重なものだったんだ。アメリカでも、こういう伝統の遊戯精神を持った新人は、めっきり減った昨今だからね。普通なら、ごもっとも、と引きさがるとこなんだが……」

「ご当人の住所は、調べられないのかい？　代理人を通じるなんて、まだるっこしいことしてないで」

「もうちょい名のある作者なら、アメリカ推理作家協会の名簿かなんか、調べる手もないわけじゃないが、いまんところは処置なしさ。コーネル・ウールリッチみたいに、代理人を持たない大家も、たまにはいるけれど、いいエイジェントと契約するのが、新人としては、出世の近道だからね。そういう代理人となると、また権力も絶大だ。いつだか藤堂書房で、フィリップ・マクドナルドのある作品を申しこんだときなんぞ、すさまじかったぜ。『目下、代理人はわけあって、マクドナルド氏と紛争ちゅうである。よって、この申しこみを取次ぐことはできない。直接交渉をすることまで妨げはしないが、氏の住所を教える親切は期待しないでくれ』という返事がきたんだ。藤堂書房は、あきらめたよ。ここで無理すりゃ、今後、そのエイジェントの持ってるほかの作家との交渉に、さわりがないとも限らないてんでね。アントニイ・ルースヴァン・ゲスリンほどの名探偵でも、おやじが代理人と悪くもめると、商売にならないってわけさ。もっとも出版社がわからいえば、たのもしい場合のほうが、多いんだ。好条件の申しこみが、他社からあっても、長い取引先を優先してくれるからね。そういうところは、固いもんだよ」

「その代り、この場合なんかは代理人が、だめだ、といった以上、だめなわけだな」

「ぼくの手紙に音沙汰ないのが、おかしいんだがね。本人が旅行ちゅうか、さもなきゃ、アメリカには、住んでいないんで、手間どってるのかも知れないな。イギリスのパトリシァ・モイズにアメリカのホリイ・ロス、このふたりのご婦人は、目下スイスに家がある。ハリイ・ハリスンっていうハードボールド・タッチのサイエンス・フィクションで売りだしたアメリカの新人は、デンマークに住んでる。ハリウッドで、ランナウェイってのが、はやってるだろう？　税金のがれに、海外で映画をつくることさ。あんなような現象が、小説家のあいだにも、起ってるのかも知れない」

「ひょっとすると、いまでも日本にいるんじゃないか？」

「そうは思わないな。正体を隠すのも、営業政策のひとつなんだからね。こっちにいるなら、むしろ名のりをあげて、週刊誌の話題なんかになったほうが、訳本が売れる、と考えるはずだぜ、これだけの日本通だもの。かつて滞在してたのは確実だけれど、もういないことも、まず確実だよ」

と、滝口が投げだした原書を、簑浦はひろいあげて、

「このＳ・Ｂって、カレー粉みたいな頭文字だけでも、なんの略だか知りたいとこだね。ほら、より子の友だちに、アメリカ人がいたじゃないか。ぼくは会ったこともないんだが、あいつの名前、Ｓではじまりゃしなかったかな？」

「それが思いだせなくて、こないだから、いらいらしてるんだよ。ぼくも正式には、紹介されてないからね。顔は見かけたことがあるんで、写真のくるのを楽しみにしてたんだが――」

「あのアメリカ人が、このクランストンだった場合だよ。より子が殺されたことを知らないで、名前を借用したんだろうか？」

「そこが、大問題さ。この小説の完成したのが、去年――一九六三年の一月より前じゃないことは、まず間違いないんだ。小道具に、ポウラロイドのカラー・フィルムが出てくるからね。五十秒でカラー写真になるフィルムが、アメリカで発売されたのは、去年の一月なんだよ。こいつの出版は、八月だ。ハードカヴァなら、本になるまで半年、一年かかることも珍しくないそうだから、校正で書きくわえた、とも考えられるがね。ペイパーバックのオリジナルは、原稿わたして一、二ヵ月で本になる。したがってカレー粉先生、おとしの後半から、昨年一月三十一日までのあいだのある日、この〈三重露出〉を書きはじめて、どんなに早くても一月いっぱい、どんなに遅くても七月いっぱいに、書きあげたに違いないんだ。ところが、沢之内君の殺されたのは、おととしの……」

「一月だよ。たしか二十八日。歌舞伎の四代目中村時蔵が、死んだ日だ」

「だから、というだけの理由じゃないが、沢之内より子が殺されたことも、犯人があがっていないことも、承知の上で、名前をつかってるような気がするんだ、偶然でないならばね」

滝口が拍子ぬけしたほど間をおいて、簑浦は聞いた。

「どうして？」

「話がそれるようだけど、実例をあげて説明しようか。ウィル・アウスラーって作家に、〈殺人メモ〉という長篇があるんだ。ある殺人事件を担当したニューヨークの刑事が、警視総監に提出した報告書、というスタイルでね。記述の部分の印刷はぜんぶタイプ活字。証拠書類や、写真や、新聞の切りぬきまで、コロタイプ複写で入ってる凝った本なんだが、ドキュメンタルなものだけに、市内の番地や電話番号が、さかんに出てくる。作者はまず地図や電話帳で、数字をでっちあげてから、実地にあたった。ところが、実在しない番地ばっかり探させたんで、タクシイの運ちゃんには気ちがい扱いされる。返事のできない番号の問いあわせをつづけて、電話局の交換嬢にはヒステリイを起される。さんざんな目にあったって、あとがきに書いてるんだ。『前科者カードには、わたしの写真をつかうほど、じゅうぶん気はつけたつもりだが、なおかつ偶然の一致が起った場合には、見のがしていただきたい』とね。アメリカは国がひろくて、いいがかりをつけられる恐れが多いせいだろうな。むこうの小説本には、場所も人物も架空のもんだって断りがきが、かならずついてる。この本にだってついてるんだよ。なかにゃ、SF作家のウィルスン・タカーみたいに、『この本のなかの大目玉の怪物たちは、まったくの想像で書いたものですから、存命ちゅうの、あるいは、もう亡くなられたほかの怪物がたは、自分のことだ、と早合点をしないでください』なんて、ギャグにつかってる先生もいる。だからさ、沢之内君が死んだことを知らないいんなら、名前の一部をかえるかどうか、しそうなもんじゃないか。当人の目にはふれまい、と高をくくったものならばだ。翻訳の申しこみは、あわてて断ってくるはずだろう？」

「より子って女は、ひとさわがせが好きだったがね。死んでも、その癖《くせ》がやまないのかな。あのエレヴェーターのなかで、消えちまったときなんかも……」

と、いいかけて、あたまをふると、簑浦は口をつぐんだ。

「その話も、くわしく聞きたかったんだ。あれは結局、どういうことだか、わかったのかい？　ちょっとした大魔術でしょう、なんていって、より子、得意になってたが」

「説明は、されずじまいさ。ぼくが田村町の関口ビルの六階に、事務所を持ってたころだから、ありゃあ、先おととしの——そう、秋口だったなあ。そんなに寒くなってからじゃ、なかったよ。事務所へたずねてきたより子と、くだらないことで口喧嘩《くちげんか》してね。怒ってかえっちまったから、ぼくは追いかけようとしたんだ。灯りを消したり、鍵かけたりしてるうちに、ちょうど六階にきてたエレヴェーターにのって、より子はおりちまった」

「その乗るところを、きみはたしかに見たのかい？」

「もちろんだ。日がくれてから、より子はたずねてきたんだよ。だから、まわりの事務所はもう閉ってた。ぼくんとこも、事務員はかえったあとだ。すぐ前にエレヴェーターは三台ならんでて、まんなかのは運転休止になってたな。あとの二台も、セルフサービスになってた。より子は、ドアのまん前のにのった。ぼくが鍵をかけおえたときには、動きだしてたんだ」

「じゃあ、ボタンだけ押して、ほかの事務所へとびこんだなんてことは――」

「絶対にない。断言できるよ。函《はこ》へ入って、ドアがしまるところを、ちゃんと見たんだ。とちゅうで停らなかったことも、たしかなんだ。ドアの上の標示盤《ひょうじばん》を、注意してたからね。もう一台のエレヴェーターは、二階に停ってた。それを呼んで、こっちが一階へおりるまで、どう見つもったって一分とかかっちゃいない。三十秒がせいぜいだ。おまけに、一階には目撃者がいたんだよ。富山市から、出てきた親戚でね。より子といいあらそってたとき、下のロビーから電話をかけてきたんだ。邪魔《じゃま》されたくないんで、すぐおりてくから、エレヴェーターの前で待ってろ、といっといた。ぼくがおりてみると、そいつが前の壁によりかかって、タバコを吸ってたんでね。『そっちのエレヴェーターから、いまおりた客はどっちへいった?』と、聞いてみたんだ。すると、親戚のやつは妙な顔して、『だれも乗ってやしなかったぜ。函んなかは空っぽだったよ』というじゃないか。めんくらったな、ぼくは」

「そのとき、エレヴェーターはどうなってたんだ?」

「もう上へ上がってたよ、二台とも」

「すると、より子はケイジのなかに……」

「親戚のやつが立ってた位置から、エレヴェーターのなかは、まる見えだった。隠れることなんか、できやしない。目撃者の買収だって、不可能だよ。より子とは、縁もゆかりもない男なんだから」

「しかし、天井には、あげ蓋《ぶた》があるだろう」

　大まじめに滝口が追究すると、簑浦は苦笑して、

「女スパイじゃあ、ないんだぜ。まわりの壁は、つるつるのスティールで、手がかりもなければ、足がかりもない。だいいち、そんな野暮《やぼ》な隠れかたをして、得意になるような女じゃないよ。実はあとで、聞いてみたんだ。すると返事は、上でボタンを押されでもしたら危険だし、それでなくても、手が汚れる。それじゃ、いたずらにはならない、とさ」

「自発的ないたずらだってことは、認めたわけだね？　それで、きみはどうしたの、そのとき」

　と、翻訳原稿のうらに、校正につかっていた赤のボールペンで、メモをとりながら、滝口は聞いた。

「ビルじゅうを探しまわりたかったんだが、あきらめて帰ったよ。親戚をつれてってやらなきゃいけないところが、あったんでね。あくる日は、まっさきに電話したら、『そう。

思った通り、うまく消えられたわけね。おどろいたでしょう?』なんて笑ってて――それきりさ。ついに解説なしで、いまだに謎だ。しかし、こんな以前のことをほじくりかえして、どうしようってんだい、きみは?」

「気になるんだよ。たぶん、思いすごしだろうがね。でも、いやに胸につかえるんで、訳しおわった原稿を、藤堂書房にわたしちまってから、あんな手紙を出したんだ」

「ぜひ話したいことがあるから、暇などきに連絡してくれないか。飾りを剝がせば、これだけだ。なにも書いてないのと、おなじだったぜ」

「きみに話をしよう、と思った理由は、四つある。きみは推理マニアだから、興味を持ってくれるだろうってのが、第一。時間の余裕が、ありそうだ、というのが第二でね。アパートを経営してるって話、聞いてたんだよ。ぼくと同様、きみもあの事件の直接の関係者じゃないってことが、第三の理由で、これは重要なポイントだ。第四がいちばん肝腎《かんじん》で、沢之内より子のことなら、きみもほうっておけないだろう? だから、どうだい。ぼくと一緒に、あの事件をもう一度、むしかえしてみる気はないかね」

簑浦常治は、答えなかった。プリンス・オブ・ウェイルズは、パイプ・ケース兼用のパウチにおさまって、いつの間にか、山葵《わさび》いろのスポーツシャツの大きな胸ポケットに、逆もどりしている。滝口正雄は、かまわずつづけた。

「この〈三重露出〉を読んでるうちに、作者はより子を知ってる、殺されたことも知ってるってだけじゃない。もっとなにかを知っていて――たとえば、犯人について確信があるとか、そんなことをさ。証拠がないから、はっきりはいえない。だから、小説のかたちで書いたんじゃないか、というような気がしてきてね」

「すこし、とっぴすぎやしないかな。その考えは？」

「そうでもないさ。あの家へ集ってた連中は、多かれ少かれ、推理小説を読んでたよ。日本が舞台になってりゃあ、翻訳されるかもしれないし、されなくたって、話題にはなるだろう。原書を読んでるやつも、いたんだからね。より子が実名で出てくれば、ぼくらの耳に入る可能性は、じゅうぶんにあるよ。現にぼくは藤堂書房から、検討してくれって本をもちこまれてさ。翻訳する気になったじゃないか。より子を殺した本人なら、ぴんとくるようなことが、どこかに書いてあるのかもしれない。犯人がそれを読んだら、どんな気がすると思う？」

　滝口は黒いポロシャツの腕をくむと、五十四時間分の不精髭にくまどられた青白い顔に、寝不足の目を血走らせて、くりかえした。

「どんな気がするだろう？　時間つぶしのお慰《なぐさ》みのつもりでひろげた本に、いきなり『知ってるぞ、お前がヨリコを殺したんだ！』と、きめつけられたら」

Ⅱ　シンジュクまでは何マイル？
六十マイルに十マイル
ホワイトタクシーで行けるかな？＊

ニンジュツあるいはシノビ＝ノ＝ジュツ、と呼ばれる特殊技術が、日本に発生したのは、およそ八百年前だというが、特に発達したのは三世紀ばかり下《くだ》った千四百年代、いわゆるセンゴク時代だそうだ。当時の日本は、武力を持った領主たちによって、いくつものセクションに分割され、互いに侵略しあっていた。そうした闘争がくりかえされるうち、賢明な領主は、敵の陣営を混乱させたり、作戦計画を事前に探知するために、盗賊たちの臨時雇用を思いついた。この盗賊たちが、スパイング・パーティを意味するシノビ＝グミという言葉で呼ばれるようになり、その情報活動と暗殺行為のための特殊訓練に、さまざまな工夫が積まれて、ニンジュツが完成されたのだという。

肉体と精神のはげしい訓練をへたニンジュツィストは、およそ現代人の考えも及ばないようなことを、楽楽とやってのける、敵の城へ闇にまぎれて忍びこむにあたって、歩哨の注意をそらすために、狼や野犬の吠え声をそっくりにまね、しかも、風むきを利用して、自分の隠れている場所とはまったく反対の方角から、それを聞かしたりするくらいは、序の口だそうだ。潜入のチャンスをつかむために、口にくわえた竹のパイプの先だけを出して、二十四時間、運河の水中にいた者や、鐘楼につるした鐘の中、つまり、直径六十センチ程度の底のないブロンズのドームの内側に、二日間もへばりついていた者があったというから、驚くほかはない。

室内へ忍びこんで、そこに就寝ちゅうの人物が、もし目をさました場合、ニンジュツィストは、防音のための詰め物をしたタビ・ソックスでタタミ・マットを蹴って、部屋の上部のコーナーへ飛びあがる。天井の隅がつくる三角形に、あたまと両肩をあてがい、両足はカモイに

——ニューイングランドの古い建物をご存じの方は、内部のプレートレールと呼ばれている部分を、思い浮かべていただきたい。あれに似たカモイにかけて、全身をコーナーに塡《は》めこんでしまうのだ。床に接して寝る日本人は、かすかな物音で目ざめたとき、まず室内においてあるビョーブ・スクリーンの蔭《かげ》をのぞきこむ。次にショージ・パネルやフスマ・ドアをあけて、隣室や廊下《ろうか》を点検し、不審を発見しなければ、安心してまた寝てしまう。椅子やベッドがなく、床に密着した生活のせいで、洋風建築よりも概して低い天井を、日本人はわれわれの感覚にくらべて、ずっと高く感じるらしい。だから、ほとんど見つかることはないという。

この例でもわかるように、人間心理の

盲点をねらって、ナポレオンとおなじ辞書を手に入れるため（すべての不可能を可能にするため、という意味。）、肉体的にはアクロバットそこのけのトレーニングをし、ステージ・マジックそこのけの道具——煙幕をインスタントに張る発煙筒や、手がかりのない高い塀を越すときの鉤《かぎ》つきロープ、といったものの使用法をマスターするのがニンジュツなのだ。そのエキスパートは従って、競歩、競走、跳躍、水泳、潜水その他、あらゆるスポーツのエキスパートでもある。だからといって、クーベルタン男爵（フランスの教育学者で、国際オリンピック・ゲームの創設者。）みたいに、のんきに構えてはいられない（勝負を度外視できない、という意見。）。ベテラン・ニンジュツィストたる者、同時にジェイムズ・ボンド（ご存じイァン・フレミングのスパイ小説の主人公。）のごとき暗殺術と、バド・ウェスモア（ユニバーサル映画のメーキャップ・アーチストで、古くは狼男や半魚人、近くはジョン・ヒューストン監督の「秘密殺人計画書」で絶妙のメーキャップを考案した。）のごとき変装術のベテランでも、あらねばならぬからだ。しかも、決して失敗はゆるされない。敵地で万一、まったく脱出の途を失ったときには、身もとが確認できないように、かならず、おのが外観を破壊してから、つまり、自分の顔を傷つけてから、ハラキリ自殺をするという。

それほど、厳しいものなのだ。いくらおれに、ボクシングとジュードーの下地があるからといって、半年や一年で、マスターできるはずがない。猫のくどき声と犬の遠吠えが及第しただけで、充分、おれは満足している。それを、教師がいかさまである証拠に数えあげ、四つん葡《ば》いになって練習する格好を笑うとは、実際まったく、ビル・ソマーズらしくない。アルバイトで釣っておいて、イガ・ニンジュツィストの折り紙つきの末裔、と称する人物に対面させるに至《いた》っては、論外だろう。けれど、もう引っこみはつかないし、マキモノ・ブックの盗難には、がぜん、興味をそそられた。

「つまり、それをぼくに、取り戻してくれ、とおっしゃるんですね？」

「お引きうけいただけますか」と、ミスタ・イガは身を乗りだして、「だれが盗んだかは、わかっているのです。しかし、証拠がないから、警察には頼めない。金で買い戻そうともしてみたが、駄目でした。相手には暴力団がついているらしいのです」

「どうもその……盗まれたものを盗みかえせ、ということだと、適任じゃなさそうだなあ」と、おれはいった。

「ぼくみたいに金髪の、目の青い大きなやつが、のそのそ忍びこんだら、たちまち見つかっちまいますよ」

「違います。そんなことしても、取り戻せません。マキモノを盗んだのは、外国人なのです。フェルナンド・ロペスといって、国籍は知りませんが、若い絵かきです。ですから、あなたが、その男に近づいて、友だちになってくだされば、マキモノがどこに隠してあるか、わかるのではないかと……」

「なるほど。しかし、日本人でないのに、そんな物を盗んで、どうする気なんでしょう？」

「わかりません。共産国のスパイにでも、

売りつける気でしょうか。じっくり研究すれば、現代のスパイにも非常に役立つことが、書いてありますから」

「その男の住所とあなたの連絡先を、なにか紙に書いてくれませんか」

「かたじけない」ミスタ・イガの顔は、ギンザのネオンみたいに輝きだした。「お引きうけくださるか！」

十万エンの紙幣が入った封筒と名刺を受け取って、おれは腰をあげた。「じゃあ、ぼくは帰ります。なにかわかったら、すぐ報告しますから」

「吉報を楽しみにしています」と、イガはおでこで、テーブルのはじを磨きながら、「差しで口になるかも知れませんが、あるいは、すでにマキモノから紙だけ剥がしてある、という場合も考えられます。すると、畳《たた》めば小さくなる。フスマの裏へ貼りこんで、隠すこともできましょう。ご留意をいただきたい」

うなずいて立ちあがるおれを、ビルが呼びとめた。

「さっきから見ていると、きみはタバコを切らしているようだな。これを持っていきたまえ」と、日本タバコのピースを、ひと函さしだす。「タバコ屋で赤電話をかけたとき、小銭がなくて買ったんだが、わしの口には合わないから」

ありがたく頂戴して、記者クラブを出たが、どうも解せない。ビルは、火をつけて煙りさえ出れば、発煙筒でもくわえかねない男だ。おれは建物の玄関で、十本入りの紙函を開いてみた。いつの間に書いたのか、内函の背にビルの筆蹟《ひっせき》が、小さく並んでいる。

この話は臭い。マキモノ・ブックにこだわらず探ってみろ。

なるほど、老特派員の目的は、おれに意見をするためだけでなく、たぶんに職業意識に支えられたものだったのだ。おれはポケットから、イガの名刺を取りだした。裏に書いてあるフェルナンド・ロペスのアドレスを見ると、ウェスト＝オークボのフジヤマ・ハウスとなっている。トーキョーのウェストサイドの盛り場シンジュクから、三十番ストリート（占領軍がつけた街路名で、渋谷から新宿、目白をへて池袋にいたる道路をさす。）を北へいって、朝鮮戦争のころまで、ファースト・カヴァルリ・ディヴィジョン（第一騎兵師団だが、馬をつかっていたわけではないので、カナ書きにした。）の射撃場（敗戦までは日本陸軍の射撃場。現在は一部に都営住宅が建ち、一部に早大理工学部が建ちかけている。）があったあたりが、たしかウェスト＝オークボだ。すぐ行ってみる気になって、おれは四番ストリート（東京駅前、そごうデパート前をへて、日劇わきへでる道路。）へ出た。電光ニュースがぎくしゃく走っているマイニチ・プレスの屋根に、すっかり暗くなった空が覆いかぶさって、いつの間にか、ひと雨きそうな模様になっている。

日本における民主主義の徹底《てってい》ぶりを知るにはトーキョーの路上で、タクシーをひろってみるのが一番いい。客が車を選ぶだけでなく、運転手のほうも客を選ぶ自由平等ぶりに、だれしも目を見はるだろう。運よくおめがねにかなって乗せてもらえれば、運転手の日本語から、封建的な敬語がまったく棄てられて、ほとんど友だちの扱いなのも、確認できる。なんと、偉大な進歩ではないか！

性転換手術をした自由の女神よろしく、おれは二十分ばかり、立ちつくしていた。あきらめて歩きだそうとしたとき、ハードトップのジャガーEタイプが前にとまった。およそ四メートル半の車体が、カシアス・クレイ（ケンタッキー州ルーイビル出身の黒人ボクサー。二十二歳で二十二代ヘビイ級世界チャンピオンになった。二十戦無敗。KOラウンドを予言するので、ルーイビルのホラ吹き、と呼ばれている。）の愛車みたいに、ひどく目をひくピンク色に塗ってある。運転しているのは、若い女性だ。それがまた、ひどく目をひく顔立ちで、窓からおれを見あげると、「どこへ行くの？」

「ウエスト＝オークボ、イッチョーメ」

「お乗りなさいよ」と、女はドアをあけた。

どうやら、これはホワイトタクシーらしい。日本のタクシーは、黄色いナンバープレート（現在は緑地白数字に改められている。）をつけている。自家用車のプレートは白で、それが非合法に金をとって客を乗せるのを、ホワイトタクシーというわけだ。タクシー不足から生まれた日本独特の職業だが、とちゅうでギャングに早替りするやつも、あるとかいう。しかし、これは運転手が女だから、そんなスリルは味わえまい。その代り、日本名物カミカゼ運転のスリルは、たっぷり味わうことができた。おれが葡いこむと、六秒で時速百キロまでだせる車は、ふわっと走りだした。フロントガラスをぶち割って、外へ飛びださない用心に、おれは床に両足を踏んばった。目がまわらない用心には、女運転手ばかり見ていた。けれど、そいつが間違いだった。

　女は紫がかった黒い革のスラックスをはいている。それが拘束衣みたいに、ぴっちりしているのは、まんまるいヒップから、先細りにのびた長い両足が、ひとりでに男の足に搦《から》みついていくのを、防ごうために違いない。上半身に、エド・ロスのモンスターシャツ（エド・ロスはアメリカのスポーツカー・カスタマイザー、つまり特注専門のデザイナーだが、一九五五年にスピード狂のお化けを背中にかいたポロシャツを考案、流行させた。）を着ているところは、一見、子どもっぽいが、下になんにも着ていないことは、明白だった。乳首のかたちまでが、はっきり見える。乳房ときたら、子どもっぽいどころではない。ぷっくりした唇は、声を発するためではなく、キスするために、赤く開いているようだ。目がその代り、男ならば、だれだって理解できるメスペラント（原文はSEXPERANTO, 万国語エスペラントをもじったものだ。）を、たえず囁きかけている。これで、無事にシンジュクへつけたとしたなら、おれは男じゃあない！

　もっともパレス・ハイツのあとを通りすぎて、Kアヴィニュー（半蔵門から四谷、新宿をへて、青梅街道になる通り。）へ、左折するころから、交通量が増えだして、スピードが出せなくなった。おかげで、女運転手のご尊顔以外を、観賞するゆとりが出来たから、男でなかったことの言いわけも、多少は立つだろう。わがホワイトタクシーは、無事にシンジュクの盛り場へ入った。トロリー（英語でただトロリーといった場合は、バスのことではなく路面電車のことをさす。）の軌道《きどう》にそって、右へ曲る。さらにせまい露地へと入りこんで、おれにさんざん気をもませた末に、抜けでたところが、三十番ストリートだった。

「確かここらが、ウェスト＝オークボのイッチョーメよ」ジャガーEを徐行させながら、女がいった。

「ナンバーは？」

われわれがトーキョーで、だれかの家をブロック・ナンバーから探すことは、クレムリンへ行って、フルシチョフと単独会見するより難かしい。おれは渡りに舟と、ミスタ・イガの名刺を裏返してさしだした。

「このナンバーなら、ここらだわ」と、かなりひろい横道へ、女は車を乗り入れて、「そのへんの露地を、探してごらんなさいよ」

「ありがとう。料金はいくらだい？」

「いらないわ。ガソリン代を稼ぐ気だったけど、ここまでなら、どうせ帰り道だから」

「親切だね。また会いたいな。名前、教えてくれないか？　おれはサミュエル・ライアン——サムと呼んでくれ」

「あたしは、アキコ。ギンザのボナンザって音楽喫茶《きっさ》に、よくいるわ。知ってる？」

「うん、知ってるような気がするね。サヨナラ、アキコ＝サン」

「ただのアキコでいいのよ。バーイ」

おれは、手をふりかえして、かたわらの露地へ入った。貧弱な木造二階建ての安アパートがあったので、ちょうど出てきた若い男に聞いてみたら、そこがフジヤマ・ハウスだった。これがフジヤマなら、おれはエンパイア・ステート・ビルディングに違いない。男は親切に、ロペスの部屋まで、連れていってくれた。だが、ドアには錠《じょう》がおりている。男は懸命に単語を並べて、ダイエイ・ムービー・シアターの裏通りのドン・ファンというバーへ、行っているのであろう、と教えてくれた。おれも知ってる日本語の中から、最大級の感謝の辞を取りだして、もとの通りへ戻った。その足もとへ、ダンロップのゴルフボールが、転がってきて、ぴたりと停った。見ると、さっきの場所に、まだピンクのジャガーがおいてある。そばには、車体より四十センチほど背の高いアキコが、ゴルフクラブのアイアンを手にして、サーカスの花形豹《ひょう》使いみたいに、すっきり立っていた。

「また会いたいなって、いったでしょ。だから、待っててあげたの。見つかった？」

「アパートは見つかった。けれど、人間が見つからなくてね」と、おれは頭をかいた。

「どうするつもり？」

「見つかりそうな場所を、教わってきたよ」

「じゃあ、そこまで送るわ」と、アキコは車のドアをあけた。暗紫色に染めたカンガルー皮のゴルフバッグが、マグレガーのクラブを五、六本のぞかして、シートのうしろのかなり広い荷物置場に、斜《なな》めになっている。その中へ、持っていたアイアンを差しこんでから、ハンドルの前にすわりなおすと、「どこなの？」

「ダイエイ裏のドン・ファンってバーだ」

オークボといっても、射撃場あとまで行かないうちで、イセタン・デパートのネオンが、すぐ眉の上に輝いているような場所だ。三十番ストリートへ出て、ちょっと南へいけば、すぐミニストリ・アヴィニュー（市ヶ谷の堀端に始り、自衛隊前、厚生年金会館前をへて、新宿大ガードに終る通り。）との交差点、それを渡った右側がイセタン・デパートで、左側にはダイエイ、トーホーと映画館が並んでいるのだから、歩いたほうが早いくらいだった。ミニストリ・アヴィニューに駐車場を見つけて、アキコはおれについてきた。

女を酔わせたドン・ファンは、地獄に墜ちたそうだけれど、男を酔わせるドン・ファンも、地下へおりていかなければ入れなかった。ロープのカーテンをかけたスシ・ショップのわきの階段を、おりたところにドアがある。日本人がイールズ・ベッド（ウナギの寝床。）というような、やたらに細長い店だった。奥行きいっぱいのカウンターの前に、止り木が並んでいる。ほかに腰かけられる場所はない。それを半分ばかり、客がふさいでいた。日本人ばかりで、ぜんぶ男だ。その代り、バーテンはぜんぶ女で五人ばかり、むきだしの肩と腕を並べている。

「あの連中に、フェルナンド・ロペスという絵かきのことを、聞いてみてくれないか」と、おれはアキコに囁《ささや》いてから、ドアに近い止り木に腰をおろした。

アキコは、女バーテンのひとりと、小

声でしばらく話しあってから、おれにいった。「ロペスってひと、きょうはまだ顔を見せていないそうよ。いつもなら、来るころなんだそうだけれど」

「じゃあ、待つとするかな」おれは、サントリー・ウイスキーの水わりを注文した。「アキコ、きみもなにか飲むだろう?」

「ブランディ・コーク（ブランディをコカコーラで割ったもの。なんにでも、コカコーラをぶちこむのは、アメリカ人の悪癖のひとつではなかろうか。）をいただくわ。ああ、それからね。ロペスはここでは、ロッペイ＝サンと呼ばれているようよ。ナンドー・ロッペイ、フェルナンド・ロペスをもじって、日本ふうの名前にしたのね。この絵」と、アキコはうしろの壁を指さして、

「ロペスに書いてもらったんですって」

それは、貴婦人が裸で寝ている部屋へ、バルコニーをまたいで、忍びこもうとしているドン・ファンの図だった。だが、油絵でもなければ、水彩でもない。シルクに日本絵具で書いたものだ。

「こりゃあ、ウキヨエ・スタイルじゃないか！　へえ、驚いたな」

「ロペスはウキヨエにあこがれて、日本へやってきたらしいわ」

そのときドアがあいて、太棒縞《チョークストライプ》の服をきた男が入ってきた。青白い顔に、緑の縁なしサングラスをかけている。いったん奥のほうへいったが、女バーテンのひとりがなにかいうと、どこかへ電話をかけてから、おれのそばへやってきた。

「ロッペイ＝サンに会いたいひと、あんたかね?」と、きわめて個性的な英語で

いう。

「ああ、ぼくだ」

「ロッペイ＝サン、今たいへん忙しい。ここへ来ること、できないよ」

「残念だな。ぜひ会いたかったのに」

「どこにいるか知ってる。案内しようか」

「しかし、忙しいところへ行って、邪魔しちゃあ、悪いだろう」

「だいじょぶ。いま電話をしたら、つれてきてもいい、といってた。あんた、ロッペイ＝サンに絵を頼みにきた？　違うか。違わなければ、大歓迎だよ」

「じゃあ、案内してもらおうかな」と、おれは立ちあがった。アキコの白い長袖のシャツの、蛙のお化けみたいなのが、ホットロッド（三十年代のフォードなどを改造したスポーツカー。フードを外し、高性能のエンジンをむきだしで積んでいる。）で驀進《ばくしん》してる漫画の書いてある背中を、軽くたたいて、

「通訳ありがとう。いずれボナンザで」

　サングラスの日本人は、トロリーの軌道を越えて、Kアヴィニューとミニストリ・アヴィニューに挟まれた一郭《いっかく》へ、おれをつれていった。千九百五十八年の三月二十一日に、売春防止法が実施《じっし》されるまで、レッドライン・ディストリクトと呼ばれて、公認の淫売宿が軒《のき》を並べていたところだ。五色のタイルや、ピンクの漆喰《しっくい》で、エロチックな装飾をほどこした当時の建物のまま、旅館や、殺風景な例では倉庫なんぞに、転業しているものもあれば、もっと殺風景な例では、立入り禁止の板を打ちつけて、空き家になっているものもある。トルコ風呂やバーに改

造したのもあるが、おれの案内された店のドアには、ヌード・スタジオ、フォート・アンド・デッサン、と書いてあった。噂《うわさ》に聞いた日本独特の貸スタジオらしい。プロの写真家や画家でなくても、三十分単位の料金さえ払えば、ここではだれでもモデルを雇える。カメラや画用紙さえ、必要としないそうだ。専属モデルたちは、カメラを持った客には警戒の目を、スケッチブックを取りだす客には嘲笑の目を、むけるという。そのくせスタジオ内には、照明器具の設備がある。だが、冷暖房の設備はない。ドアには、鍵もかからない。ここを訪れる客は、真夏にはモデルの汗ばむ裸身をながめて、のぼせあがる欲望とたたかう意志力を養い、真冬にはライトに裸身を寄せて、わずかな暖をとるモデルに原始時代をしのんで、文明の恩恵を噛みしめるのであろう。

「なるほど」と、おれはいった。「セニョール・ロペスは、こんなところで、仕事をしてるのか？」

狭いホールのすみの椅子で、消防自動車みたいな服を着た娘が、消火ホースみたいな音を立てて、チャイニーズ・ヌードル（中華そば）をすすっている。これが専属モデルのひとりとすると、あまり上等なスタジオではなさそうだ。「こっちです」サングラスの男は、廊下のつきあたりのドアを指さした。「ドーゾ」

おれは、ドアをあけた。狭い部屋だが、天井も壁も床も、薄汚れたコンクリートで、床の一部にすりきれた絨緞《じゅうたん》を敷いてあるだけのせいか、広く見える。けれど、ライトが一台、立っているばかり。案の定、ロペスらしき人物もいなければ、裸のモデルもいない。ふりかえろうとしたおれの背中に、堅いものが突きつけられた。

「手をあげろ！　おとなしく入るんだ」

おれは手をあげて、奥の壁まで行ってから、ゆっくり向きを変えた。いつの間にか、日本人は四人になっていた。この部屋のドアは、複写機の役目もするらしい。おれに作用してくれなかったのは残念だったけれど、向うにも完全に働いてはいなかった。増えた三人とも、上衣《うわぎ》は着ていない。ふたりは、サングラスをかけていなかった。右手に拳銃を握っているのも、オリジナルだけだ。拳銃は昔なじみのGIコルト、四五口径のオートマチックだった。

「驚いたな」と、おれはいった。「一般人はいかなる理由があろうとも、日本じゃ拳銃の携行を許可されない、と教えられたばかりなのに」

だが、オリジナルは、意味がわからなかったのか、それとも必要を認めなかったのか、答えなかった。その代り、ほかの三人に日本語でなにかいった。複製品《リプロダクション》たちは、ハンフリー・ボガートの物真似をやってるジェリー・ルイスみたいに、からだを揺すりながらそばへ寄ってきて、おれの身体検査を始めた。身分証明書や、ミスタ・イガの名刺、ご婦人にも見せられる十万エン入りの封筒、ご婦人には見せられない千エン紙幣の封筒などが、おれのポケットから、リプロダクションの手をへて、武装したオリジナルの武装してないほうの手に渡った。

「なんだい、こりゃあ」リプロダクションのひとりが、おれの上衣から、ピンポンの球をつかみだした。

「くだらねえ物、持ってやがる」と、床に放りだす。

だが、それは、普通のピンポン球ではなかった。スモーク・ボール——といっても、野球を連想してはいただきたくない。イガ・ニンジュツのスモーク・ボールだ。牡蠣《かき》の殻を焼いてつくった灰に胡《こ》椒《しょう》をまぜたものが、中につまっている。床に投げればふたつに割れて、目つぶしが煙りのごとく、舞いあがるのだ。それが男の手を離れたとたん、おれは行動を起した。からだを捻って、左側の野郎にロングフックをくらわしながら、靴の踵《かかと》で前のやつの膝を蹴っとばしたのだ。うまく行って、ふたりは悲鳴をあげた。だが、スモーク・ボールのほうは、うまく行かなかった。

床に落ちたボールは、プロフェッサ・モモチが保証したように、確かにふたつに割れた。けれど、煙りのごとく舞い立って、拳銃を持ったオリジナルの目を、くらましてくれるはずの灰は、さらさらと床にこぼれただけだったのだ。従ってオリジナルは、「おとなしくしろ。ぶっぱなしてもらいてえのか」と、拳銃をひけらかしながら、詰めよってきた。右側に無傷で残っていたリプロダクションが、うしろへ廻《まわ》って、おれの両腕を押さえつける。

「さあ、教えてもらおう」と、サングラスにおれの無念の形相をうつして、オリジナルがいった。「どんな用事があって、ロッペイ＝サンを探してるんだ？」

そのとき、いきなりドアがあいた。なにかが、風を切る音がした。それがなんだか、中途半ぱにでも見てとったのは、おれだけだったろう。戸口から突きでた一本の棒を軸に、もう一本の棒がプロペラみたいに回転しながら、オリジナルの頭上におりてきたのだ。あっという間に、そいつがオートマチックを、はじきとばす。おれはすかさず、両肘でうしろの男を突きのけて、ほかのふたりを攻撃した。さっきのロングフックで頰の内側を切ったらしく、口から血を溢《あふ》れさせていたやつは、一番あっけなかった。カラテチョップのひと打ちだけで、腹匍いにのびてしまった。膝を蹴っておいたやつは、足を警戒して前のめりに出てくるところを、左アッパーカットで起して、右ストレートを顎《あご》へきめると、ひっくり返った。最後のやつには、こっちもボディとチンにパンチを頂戴したが、けっきょく、ジュードーのイッポンゼオイで壁に叩きつけてやった。

「早く逃げましょう」と、女の声がした。アキコだった。アイアンの五番と三番らしいゴルフクラブを、一本ずつ左右の手につかんで、ドアから走り出ようとしている。信じにくいことだが、拳銃をはじきとばしたプロペラは、三番のヘッドに五番のヘッドをひっかけて、振りまわしたらしい。戸口のそばには、オリジナルが倒れていた。顔のまわりの床に、サングラスの破片が緑のスパンコールさながらに光っている。おなじ手口で、ストライプの襟元あたりを、殴打《ストライク》されたのだろう。

　床にちらばっている身分証明や封筒をかきあつめて、おれはアキコのあとを追った。隣りの戸口で、悲鳴があがった。すっ裸の女が、両手を口にあてて、立ちすくんでいる。さっきの消防自動車だ。赤い塗装を落したところは、思いのほかに見栄えがしたが、おれはもちろん、立ちどまらなかった。入り口を出ると、アキコのモンスターシャツは、すぐ目についた。そのくせ、なかなか追いつけない。ミニストリ・アヴィニューの駐車場へ、おれが辿りついたとき、もうピンクのジャガーには、エンジンがかかっていた。おれがシートへ、飛びこむやいなや走りだして、「ありがとう。おかげで助かった」と、いったときには、三十番ストリートを渡りきっていた。

「あの男、やくざらしかったから、あとをつけてみたの」

と、アキコはいった。「あなたの家、どこ?」

「カシワギのサクラ・アパートだ」

「送っていってあげるわ。ロペスを探すの、今夜はもう、あきらめなさいよ」

　ジャガーはエル（ELEVATED RAILROAD. 高架鉄道の略で、ここでは新宿大ガードをさす。）をくぐって、Kアヴィニューに入っていた。オギクボ行きのトロリーの軌道にそって、右側一帯がカシワギだ。サクラ・アパートは、四十番ストリート

ある。（六号環状道路のこと。）と交差する手前のブロックにたとき、ヨドバシ・ホスピタルの前まできした。フロントガラスに雨があたりだ

「なにか、お礼をしたいな」と、おれはいった、「まかり間違えば、あそこで男性モデルにされかねないところを、助けてもらったんだから」

「そんなにおっしゃるなら、実はお願いがあるの、ひとつだけ」

「出来ることなら、なんでもするよ。リヨーゴク・ブリッジの欄干《らんかん》の上で、逆立ちでもしてみせようか」

「もっと勇気がいることかも知れないわよ、サム。あなたのアパートに、今夜あたしを泊めてくれない?」

「アキコ、きみはいま、ひどくセンセーショナルな発言をしたような気がするんだがね」

「あたし、帰りたくないのよ。フィアンセがコーベから上京してきて、今夜うちへ泊ることになってるの。今ごろ、おとうさんとゴを打ってるわ、きっと」

「なのに、どうして?」

「フィアンセといったって、おとうさんが勝手に決めただけよ。あたしはいやだって、ご本人にも、両親にも、態度を表明したんだけど、恥ずかしがってるんだろうって、おとうさん、思いこんでるの。だから、そのフィアンセなるものが到着しないうちに、あたし、ゴルフの練習場に出かけちゃったんだけれど……」

「しかし、きみ、フィアンセがおたくへ泊るっていったって、まさか——」

「もちろん、そのひとは隣りの部屋へ寝るんだけど、鼾《いびき》がすごくてね。日本の慣用句に、大蛇《ボーア》みたいな鼾、というのがあるけれど、まったく閉口《ボアー》だわ。あなたは鼾かかないでしょう、サム？」

「ぼく自身も聞いたことないし、管理人からの苦情もまだ来ないね」

「じゃあ、決めた」

　仏教徒の教えにも、来たる者は拒まず、というのがあるそうだ。まして美しい客ときては、時と場合を問わず、これを歓迎するのが、ライアン一族の家憲だから、サクラ・アパートのわきに車をおくと、小雨の中を露地口まで戻って、おれはアキコを、まずオニギリ・ダイナー（DINNERは簡易食堂。）で持てなすことにした。オニギリは、ニギリ＝メシの女性的略称だ。ボイルド・ライスを手でボール状にかためたもので、中にプラム・ピクルス（ウメボシのこと。）や、鱈《たら》の子の塩漬などを握りこみ、崩れないようにアサクサ・レイヴアー（浅草ノリのこと。）で包んである。手づかみで食べるホットドッグなみの軽食で、元来は家庭の主婦が、ピクニックの弁当なんかに作ったものだという。これ専門のダイナーが、トーキョーの盛り場に増えだしたのは、二、三年前からだそうだ。深夜営業の店が多いので、カブキ・スタイルのスナックバーとして、ジョイント・ホッパー（ハシゴ酒をする人。イギリス語ではパブ・クローラーで、このほうが感じはでてるね。）たちの愛するところとなったらしい。ハシを使わないですむのが気に入って、日本料理に馴れる手段に、おれもしばしば愛用している。

オニギリとキリン・ビールで腹ごしらえをすまして、サクラ・アパートへ戻ってくると、「おかあさんが心配して、大騒ぎするといけないから、帰らないってことだけ、知らしとくわ」と、アキコは玄関の電話の前に立ちどまった。これ幸い、とおれは廊下を先行して、ちらかった部屋を片づけた。タタミ・マットを八枚敷いたワン・ルーム・アパートメントで、スメリー大将（OLDMAN SMELLY. スメリーは、臭い、という意味。）と、おれが名づけた一階の奥の便所の前にある。

ザブトンといって、四角い布の袋にフォームラバーを入れたクッションを二枚と、予備の毛布を、戸棚からひっぱりだしたところへ、アキコが入ってきた。部屋の隅に払下げ品の軍隊ベッドが、おいてあるのを指さして、「きみにそれを提供するよ。ぼくはザブトンで寝る」と、いいながら、おれは内緒で、ドアの掛け金をかけた。変な下心が、あったわけではない。ほかの部屋の住人は、シンジュクのバーのホステスと、その用心棒兼情夫——日本のスラングで、本来はストリングの意味のヒモという言葉で呼ばれる男たちが多いのだ。もっと遅い時間になると、彼らあるいは彼女たちは、実に天《てん》真爛漫《しんらんまん》ないでたちで、それぞれの部屋からスメリー大将のもとへ駈《か》けこみ訴えにおよぶことがある。その勢いでボール紙のごときドアは、掛け金をかけずにおくと、自然に開いてしまう例《ため》しがしばしばなのだ。そんなことが今夜も起って、またまた廊下のヌーディスト（裸体主義者。太陽の下、虚飾の服装を排して、平等自由の生活を称える裸体主義は、今世紀はじめにドイツに起って、イギリス、フランス、スカンジナビア、アメリカ、カナダの順に拡まった。現代もドイツがいちばん盛大である。）が女性だったら、この現象についての情報を、どこかでキャッチしたおれが、わざわざ選んでこの部屋を借りたもの、とアキコは勘ぐるかも知れない。その恐れをなくしてから、「しかし、困ったな。パジャマが、ひと揃いしかない」と、おれはあたまを掻いた。

「だったら、上のほうだけ、あたしに貸してよ」と、アキコは軍隊ベッドに潜りこんで、毛布をかぶると、網をかけられたばかりの猛獣みたいに、もがきはじめた。くたびれたスプリングが、悲鳴をあげる。と思うと、にゅっとポロシャツの腕が出てきて、革のスラックスを落した。今度はあきらめかけた猛獣みたいに、二、三度、毛布を波うたすと、裸の手がのびて、モンスターシャツを落す。パジャマの上衣を渡してやると、猛獣は最後のあがきを毛布にしめした。

「あかりを消そうか」と、おれはいった。

「そのままにしといて」と、アキコは毛布から顔だけだした。「あたし、暗いと眠れないの。臆病なのね。子どもみたいだけど、もし幽霊でも出てきたとき、暗かったら、いつまでも気がつかないでしょう?」

「大丈夫さ。ここの床はやわだからね。足音で、すぐわかるよ」

「ところが日本の幽霊は、原則的に足がないのよ。日本語で、足を出す、というのは、お金が足りなくなることなの。死んだあとまで、お金の苦労はしたくないから、幽霊は足を出さないらしいわ」

「それじゃ、あかりはつけておこう」

おれはパジャマのズボンだけはいて、二枚のザブトンの上に横になった。毛布をかぶると、ひとつしかない窓に、激しくなった雨の音が耳についた。しばらくして、毛布から首を出してみると、アキコがベッドに腰をおろしている。パジャマの上衣はだぶだぶで、腿をほとんど隠していたが、その代り、襟元は大きく開いて、胸のふくらみがのぞきかけていた。

「鼾《いびき》をかいたかな?」と、おれは聞いた。

「廊下で、妙な音がしたの」と、アキコは立ちあがって、ドアに近づきながら、

「ここの幽霊は足があるのかしら」

「ほかの部屋のひとが、つとめから帰ってきたんだろう」と、おれも起きなおった。「しかし、拳銃を怖がらなかったきみが、幽霊を怖がるってのは、不思議だね」

「日本人の後進性の現われよ、きっと」

「出るか出ないかわからない幽霊よりも、ぼくのほうが気になるはずだけどな」

「女って、男がどんな態度をとろうと、わりあいに怖がらないものよ」と、アキコはおれのそばに膝をついた。

「口実さえあれば」

「口実? たとえばどんな――」

「たとえば、雨のせいにするわ。毛布一枚でひとりで寝るのは、寒かったから――」と、いったと思うと、アキコはおれのわきへ滑りこんできた。パジャマがずりあがって、体温に裏打ちされたナイロン・パンティのつるつるした感触が、

おれの脇腹にふれた。

目の前を通過していくパジャマのボタンを、下から上へひとつずつ外しながら、

「悪くない口実だね」と、おれはいった。

とたんに乳房がとびだして、固くなりかけた乳首が、おれの鼻をつきあげた。

「こんなところで、地雷に遭遇しようとは、思わなかったな」

「手荒く扱うと、命とりになるわよ」と、溶けたバタのような声で、アキコが囁く。

「軍隊で扱いかたを習ったから、だいじょぶさ」

おれは雷管を指で挾んで、やんわり揉んだ。その固さが増すと、アキコは喉の奥で、甘えた子猫みたいな声を立てて、おれの腰に足を乗せた。おれはアキコを抱きあげて、一回転しながら、裸の背中に片手をすべらせた。その手の下で、幅のせまいパンティがよじれて、一本の縄になる。扱いなれた知恵の輪を抜くみたいに、腰を波うたせて、それを膝から足指に移しながら、アキコはパジャマの上衣からも、両腕をはずした。熱いからだが、おれの胸の下にすべりこむ。あえぐ唇を吸い、しこった乳首を吸いながら、うるおった腿の際《きわ》をまさぐると、アキコの全身が波立ってきた。半分のパジャマの中のおれに捉まって、のけぞらした首を振りながら、「意地悪！　早くどうにかして……もうあたし、ばらばらになってしまいそうよ」と、べそをかくような声で、口走る。

ばらばらになりかけた物体をつなぎとめるのに、いちばん手っ取りばやい方法

は、釘《くぎ》を打つことだ。おれもそれを採用したが、打ちこんだ場所は、熔鉱炉《ようこうろ》になっていた。釘はたちまち熔解して、おれのほうが、ばらばらになってしまいそうだった。そのとき、掛け金がかかっているはずのドアが、ふわっと開いた。おれはあわてて、顔をあげようとした。だが、アキコの唇から、おれの口は離れなかった。上わ目づかいに、やむなく見あげる。開いたドアから、靴をはいたままの足が八本、踏みこんできた。その足は、飾りボタンをやたらにつけたジーパンに、つながっていた。ジーパンの上は、黒っぽいジャンパーだ。てっぺんには、白い女の顔が四つ。

四人の女はおれを無視して、椅子にかけてある背広をさぐった。ズボンのポケットを、引っぱりだした。押入れをあけた。トランクをあけた。ほとんど音も立てない手早さで、無声映画を見ているようだ。ひとりのジャンパーの襟元が開いている。ブルーの裏地が、わずかに見えた。いや、裏地ではない。シルキーブルーのジャンパーを、裏返しに着ているのだろう。その背には女モンスターの模様が、縫いとってあるに違いない。おれはもちろん最前から、起きあがろうと懸命だった。けれど、首にはアキコの両手、腰には両足がからみついている。その力には負けないはずだが、口に吸いついている唇が、なんとしても離れない。それにも増して、おれのからだをアキコの中から、取りだすことが出来ないのだ。理解に苦しんでいるおれの耳に、アキコの低い声が聞えた。

　それもまた、解《げ》せないことだった。痺《しび》れるくらい、おれの唇を吸っているアキコに、話のできるはずはない。普通の腹話術《ベントリロキズム》は、気づかれない程度に唇をあけ、そっと舌のさきを動かして、吸った息を喉にひびかせて喋る。でも、吸いこんだ息を、胃で調節して、声のように聞かせるのが、本式だそうだ。その本式を、アキコはやってみせたのだろう。いささか曖昧ながら、とにかく言葉になっていた。その言葉は短くて「ニンポー、オクトパス・ポット（オクトパスは蛸。ポットは壺。）！」

＊これも〈マザー・グース〉で、*How many miles to Babylon?* の初行から三行目まで、「バビロンまでは何マイル？／六十マイルに十マイル／蠟燭の火で行けるかな？」をもじったものだ。

Ⅲ　ぶくぶく肥ったイガ＝サンは　お髭をつけずに死にました＊

ニンポーとは、ニンジュツのひとつひとつのメソッドのことだ。オクトパス・ポットとは、普通の意味では、漁師が蛸《たこ》を捕えるのに用いる壺のことだ。素焼の壺に綱をつけて、海に沈めておくと、おあつらえのベッドとばかり、蛸がその中へもぐりこむ。入ってしまうと、なかなか出られないから、漁師は時間を見はからって、引きあげればいい。それが本来の蛸壺だが、今の場合は、おれを文字どおり、抜きさしならぬ状態にしたアキコのニンポーの名称だ。西部劇のガンさばきにも、ボーダー・ドロー（左腰に吊った拳銃を右手で、あるいは右腰のを左で抜く方法。メキシコ国境で行われだしたそうで、こう呼ばれる。）とか、カーリ・ビル・スピン（銃把を前むきに、拳銃を渡すと見せて、一回転させて射つ卑怯な方法。この手で保安官を殺した無法者の名がついている。）といった呼称があるように、ニンポーにも、それぞれ凝った名前がついている。自分のもっとも得意とするニンポーを施したときには、その名称を相手に告げるのが、ニンジュツィストのエチケットなのだ。

　ニンポーによっては、その呼称から、トリックが推察できて、対策を立てられることもある。その危険をおかしてまで、なぜ教えるのか、とおれが聞いたら、「日本人は律義《りちぎ》だからね」と、プロフェッサ・モモチはいった。つまり、ブシドーを支えているフェアプレーの精神が、ここに発揮《はっき》されるのだろう。特に目的が暗殺の場合、どんなテクニックによって、心臓が停められたか、相手が納得しないで死んだのでは、霊魂《れいこん》が安まらない、と日本人は考えるらしい。あらゆるスポーツ放送に解説者がつく現象から、おれが想像したごとく、自分で考えるより、他人の説明を鵜呑みにするのをこのむ民族性に、根ざしたエチケットではないようだった。従って生命を奪われるほうには、「前向き棒状倒れ」とか、「宙返り一回半さかさ落ち」といった予告を、しなければならない義務はない。おかげでおれも、「腹上に不時着！」と、離陸不能のみっともない悲鳴をあげずにすんでいる。

それにしても、実体のない影のごとくに、その存在を目立たせないことが、ニンジュツィスト本来の習性だ。グロテスクな漫画のモンスターを、けばけばしく背中に書いたコミック・シャツで、デコレーションケーキみたいなピンクのスポーツカーに、颯爽《さっそう》と乗りこんだお嬢さんが、ニンジュツィストとは、だれも思うまい。せいぜい目立たせて、虚体のかげに実体を隠すという、そこが逆手のニンジュツなのか。現代に女ニンジュツィストなどいるはずがない、という油断が、それに輪をかけた。初心ながらもニンジュツィストの端くれ、ゴルフクラブの妙技を見たとき、おれは疑うべきだったのだ。いや、飛びだしナイフの小娘が、チユーインガムを吹きつけた早業にも、すでにニンジュツの臭いがしていたではないか。それはとにかく、オクトパス・ポットとは、よくもいった。おれは手足の力もぬけて、四人の女の無言の跳梁《ちょうりょう》を、茫然、見あげるばかりだった。

　まわりのタタミ・マットには、押入れや、トランクから引きずりだされた品物が、散らばっている。金目のものといえば、本国からお供にしてきた衣裳トランク、この海賊の宝櫃《たからびつ》みたいなやつを、まさか担いでは行くまいが、マグネシュームの枠にビニールを張ったサムソナイト（アメリカの軽金属製かばんの有名メーカー。）のスーツケースは、持ちはこぶにも手ごろだろう。背もたれがヴァレット（洋服かけ。）兼用で、腰かける板を起すと、ズボン掛けになるハンス・ウエグナー（デンマークの家具デザイナー。）の椅子は、トーキョーで見つけた品だが、二分間で六杯分できるエスプレッソの家庭用コーヒー沸しは、ビル・ソマーズがひとに貰ったのを、おれがまた無理に貰ってきたもので、ちょっと日本では、手に入らない。それが乗っている小さなテーブルは、軍隊ベッドとともに仕入れ先は古道具屋。大して未練はないけれど、ミスタ・イガから受けとった十万エンの封筒が、例の品の悪い千エン紙幣の封筒と重なって、その下に落ちているのは、なにより気になる。

　だが、上わ目づかいにくたびれてきて、おれは視線をアキコに戻した。その顔たるや、まっ青だ。鼻の穴からは、吐きだされるはずの息が、感じられない。朦朧《もうろう》としたあたまで、おれは考えた。万力みたいにおれを銜《くわ》えている筋肉は、だれでも自由になるものではない。息を大きく吸いこんで、全身を緊張させることによって、その筋肉にも力を加えているのだろう。あきれかえった持続力だが、このニンポーを破るには、その緊張を破ればいいに違いない。

きれいに剃ってあるアキコの腋の下を、わずかに自由になる両の手で、おれは擽《くすぐ》った。艶《なま》めかしく汗ばんだ裸身は、しかし、なんの反応も示さない。こんな反撃は予想して、ちゃんと訓練を積んでいるのだろう。擽ってだめなら、大きな音で驚かす、という手がある。おれの足がもう五十センチ長ければ、窓ガラスを蹴やぶることもできるのだが、事ここにいたっては、やけくそだ、おれは腹に力をこめた。うまい工合に、風が起った。毛布はとうに撥ねのけて、遮蔽幕《しゃへいまく》になるものはなにもない。だから、音もすばらしかった。とたんに、アキコは動揺した。からんだ手足をふりほどいて、おれは立ちあがった。だが、足に力が入らない。アキコのほうは、踵にバネでもついているように、ベッドに飛びあがった。レザーのスラックスとモンスターシャツをひっつかむ。四人の女に囲まれて、すっ裸のままドアから出ていった。それが、まったく一瞬のうちで、おれのほうはふらふらしながら、「イガ＝ニンポー、ラフィング・ガス（笑いガス。）！」と、呶鳴《どな》るのが、やっとだった。プロフェッサ・モモチに、そんなニンポーを教わったわけではない。でたらめの命名だ。どなりながらドアまで行って、廊下をのぞこうとした。とたんにおれは、悲鳴をあげた。はだしの足の裏に、なにかが突きささったからだ。

拾いあげてみると、ジーパンの飾りボタンだった。ほかにもたくさん、戸口の土間に撒《ま》いてある。しかも、尖った釘の先みたいなのが、裏についている。ほうり投げたとき、それが上むいて落ちるように、ボタンの重さも加減してあるらしい。昼間、ヤマ警部の車をパンクさせたのは、これだったのだろう。たくみに擬装したマキビシだ。マキビシというのは、ニンジュツィストが逃げるとき追っ手を足どめするために、背後に撒く小さな金属製品だ。本来は両端の尖った、V字形をふたつ食い違わせたような格好をしている。だから、どんな角度で落ちても、二本の針が上むいて、追っ手の足に突きささる。といえば、実際に扱ったり、映画で見たりしたのを、思いだす方もあるだろう。大戦ちゅうの破壊工作に、パルチザンがしばしば使って、敵の自動車を立往生させた。あれとそっくり、同じものなのだ。

マキビシは拾いあつめたが、おれはもう、廊下をのぞいてみようとはしなかった。女ニンジュツィストたちが、いつまでも愚図愚図しているはずはない。無言で現われて、無言で部屋を荒して、無言で消えちまったに決ってる。おれは部屋を見まわして、うんざりした。片づける気どころか、パジャマのズボンをはく気さえ起らない。おれはベッドへ飛びこんで、毛布をひっかぶった。目をつぶっても寝られなくて、ピンクのスポーツカーに乗った羊が柵をたおして出てくるのを、朝まで数えることになるんじゃないか、と心配だったが、牧場も雨がひどかったらしい。ノックの音で目をさましたとき、もう窓は明るかった。はね起きたとたん、くず屋の倉庫に泊ったのか、とおれは思った。けれど、散らばっているのは、みんなおれの物だ。半ば安心し、半ば憂鬱《ゆううつ》になりながら、「どなた？　ダレカヨウデスカ？」と、ドアに聞いた。

「おはよう、ミスタ・ライアン。ヤマ警部です」と、聞きおぼえのある声が答える。

「ああ、ヤマ警部」おれはあわてて、タタミ・マットを匍いまわりながら、「ちょっと待ってください。いますぐあけます」と、いった。ざっと片づけて、「さあ、どうぞ」と、ドアをあけてから、まだ裸なのに気がついた。「いや、もう少し待っててください」

ようやく、ドアがあけられるようになると、「まだ、お寝《やす》みだったんですね？」と、警部は剃り立ての顔をほほ笑ませながら、磨き立ての靴をぬいだ。「気がきかないことをしてしまって、申訳けありません」

「かまいませんよ。ただこんな朝早くから、客が来ることなんてないものでね。少しあわてましたが――」と、上衣の下でシャツのボタンをかけながら、おれがいう。

「習慣を存じあげなかったもので」と、ヤマ警部はあたまをさげた。「十時半ですから、たぶん、ご迷惑にはならないだろうと……」

「もうそんな時間ですか。ゆうべ探しものをしましてね。この通り」おれはついでに部屋の様子を弁解して、「片づけるのも嫌なくらい疲れたんで、寝すごしたらしい。いつもは、もっと早いんです。まあ、どうぞ」と、ザブトンを持ちあげた。とたんに、紫がかったピンクの塊《かたま》りが、目についた。アキコのパンティだ。ザブトンのかげに隠して、それをズボンのポケットに押しこんでから、「それで、ご用はなんでしょうか？」

「きのうの事件ですよ。検視の結果、殺人ということになりましてね」

「殺人？　しかし、あの男はぼくの見ている前で、薬を飲んで——」

「それが、毒薬だったんです。あなたに教えていただいて、ポケットにあったチューブを調べてみたところ、残っている錠剤、ぜんぶが毒物でした」

「すると、自殺ってことも——」

「考えられませんよ。自殺するための毒薬を、心臓の薬のチューブに入れて、あんなにたくさん、持って歩くなんてことはね」

「まさか、ぼくが容疑者になってるんじゃないでしょうな、ヤマ警部」

「警察は一応、だれでも疑ってみます。でも、あなたが犯人だとすると、ひとつ解《げ》せないことがある」と、警部はきれいに撫でつけたあたまを傾けた。「われわれが到着する前に、毒薬の残りを始末する時間は、たっぷりあったはずですね。だのに、なぜそれをしなかったか、ということなんです」

「その理由くらい、考えられますよ」と、おれはいった。ヤマ警部が慇懃《いんぎん》な物腰につつんで、頭脳の明晰《めいせき》ぶりを誇っているような気がしたからだ。「心臓病の薬と毒薬をすりかえたのは、どこか別のところで――それはまあ、そうに決ってますが、つまりですね。犯人は、現場にはいなかった、と警察に思わせたかったからじゃないか？」

「ということは、つまり、犯人はその場にいる必要があった、とおっしゃるんですか」

「そうなりますね。殺すだけが目的じゃなかった、ということに」

「それは、おもしろいですな。たとえば、どんな目的があるでしょう？」

「例えば――薬をすりかえる余裕は、過去にあった。けれど、あのときでなければ、盗めないものがあったかも知れない。あの男がきのう、どこかでだれかから受けとったものが、どうしても手に入れたかった、という考えは、どうです？」

「すると、例の不良少女たちは、あなたが雇ったことになりますよ。ショックをあたえて、薬を飲ませなけりゃいけないんだから」

「そうなりますね、確かに」

「ずいぶん、手のこんだことをしたものですな。ご婦人が電話をかけに行ったあと、逃げてしまわなかった理由は、なんです？」

「大勢に顔を見られてる。外国人だから目立つ、と思って――いやだな、警部。いまの話は、ぜんぶ仮説ですよ。ぼくは犯人じゃありません」

「わかってます。不良少女たちを雇う必要があったんだから、ついでにあの連中に、目的のものを盗ませたほうが、ずっと簡単だ。でも、仮説としてはおもしろかったですよ。探偵の素質がありますね。ミスタ・ライアン」

「だから、私立探偵をやってるんです。きのうは急いでて、引きとめられたくなかったから、お話ししなかったんですが、ムシャシュギョーの費用かせぎに、私立探偵をやってるんですよ。看板は掲げてませんがね」

「そうでしたか」ヤマ警部はやたらに感心した顔つきで、「それはぜひ、お力を貸していただきたいな」と、ポケットから、写真を一枚とりだした。きのうの男の写真だった。「さっきあなたは、外国人は目立つ、とおっしゃったが、そうとばかりはいえません。被害者の身もとが、まだわからないのです。もっとも、きのうのきょうだから、無理は無理ですがね。お国の友だちにお会いになったら、この男をご存じないか、聞いていただけませんか」

「お安いご用です」

「では、これで帰ります。あまりお邪魔をしては、申訳けない」と、ヤマ警部は立ちあがったが、戸口で急にふりむいて、

「しかし、あなたがもし犯人だったら、

きょうは忙しいところですね。警察に通報したご婦人を、探しださなきゃならないから」

「どうしてです？」

「あの女性は、あなたと被害者が知りあいだってことに、気づいたかも知れません。だから、探しだして、殺さなければならない。手間のかかることです」と、いかにも同情したような顔をしてから、声を立てて笑った。

　ぎょっとした拍子に、おれは大きなくしゃみを、続けざまにふたつした。

「おや、風邪ですか」と、警部が聞いた。

「そうかも知れません。ゆうべが雨で、ちょっと寒かったから」

「でも、ふたつでよかった。日本の古い言いつたえによると、くしゃみがひとつ出たときは、だれかが噂をしている知らせ。ふたつのときは、だれか異性に愛されはじめた証拠だそうですよ（これは誤りで、訳者の記憶によれば普通、三つほれられ四つカゼひき、というように思う。）。心あたりがおありでしょう。では、お大事に」

　ヤマ警部は、愛想よく一礼して、帰っていった。おれはウェグナーの椅子にかけて、エスプレッソでコーヒーを沸した。ブラックコーヒーとトーストで遅い朝めしをすましてから、専門家に認められたのを力に、私立探偵稼業に出かけることにした。まずウェスト＝オークボのフジヤマ・ハウスへ行ってみたが、フェルナンド・ロペスの部屋には、まだ錠がおりている。そばの共同水道で、黒いスリップ一枚の女が歯をみがいていた。それが、なかなか達者な英語で、「ロッペイ＝サン、ゆうべは帰らなかったようよ」と、教えてくれた。
「どこにいるか、知らないかな?」と、おれが聞く。

「彼女と一緒でしょ」女は旧式なカメラのシャッターみたいに、大袈裟《おおげさ》なウインクをした。「けど、相手も、場所も、知らないわ」

「ロッペイ=サンって、どんな顔してる?」

「ほんとはハンサムなのかも知れないけれど、こっちの耳から、こっちの耳まで」と、歯ブラシを持った手を、右の顳《こめ》顬《かみ》から左の顳顬まで、顎をたどって動かしてみせた。肩紐の外れたスリップがずれて、乳房が片方のぞいたが、幸い、気をうばわれるような代物ではない。「鬚《ひげ》だらけでさ。鼻の下も靴ブラシみたいだから、あたしはあんまり好きじゃない。でも、あんた、ロッペイ=サンの顔、知らないとすると、友だちじゃないね? だったら、お帰りよ。なにさ、そんな顔して嚇《おど》したって、もうなんにも教えないから。好きじゃなくったって、同じアパートに住んでるんだ。ロッペイ=サンの味方だよ」

おれは別に、怖い顔をしたわけではない。急に変った女の剣幕に、びっくりしただけだった。おれが乳房に見とれなかったので、ご機嫌を損ねたのだろうか。とにかく、あきらめるより仕方がない。聞きこみというやつ、思ったよりも難かしいものだ。落着いてみると、ヤマ警部は食えない男だった。おれは警部をけむに巻いた気でいたが、とんでもない。さんざん喋らせられた上に、例の千エン紙幣の一件を、打ちあける機会もなくしてしまった。

　それを考えると、女ニンジュツィストたちのことが、気になりだした。昨夜の様子をよく思いだしてみると、あの女ども、なにかを探していたようだ。十万エン入った封筒を、中を改めた上で置いていったのだから、盗みが目的でないことは確かだろう。

　空はまだ曇《くも》っている。だが、雨は夜あけ前にやんだらしい。すっかり乾いた三十番ストリートを、Kアヴィニューの角まで歩いて、おれは地下鉄に乗った。ロペスを探すには、半ぱな時間だ。バー・ドン・ファンも、ヌード・スタジオも、日が暮れなければ店をあけない。けれど、音楽喫茶なら、もうやっているはずだ。だから、アキコに聞いたボナンザへ、行ってみる気だった。もちろん、アキコがいるとは思わない。しかし、女ニンジュツィストのことを、ぜんぜん聞きだせないとも限らない。ウェスト＝ギンザ駅でおりて、地上へ出てみると、アサヒ・プレスの灰色のビルの上に、かすかな日ざしが漏れていた。

　音楽喫茶ボナンザは、五番ストリート（錦町河岸から、八重洲口をへて、土橋に終る通り。）から、セイント・ルークス・アヴィニュー（セイント・ルークは聖ルカのこと。旧読売新聞社わきから銀座通り、昭和通りを横切って、聖路加病院に達する道路。）へ折れて、イースト＝ギンザへ入らないうちに、サイドストリートをすこし戻ったところにある。日本では地震の恐怖から、建物の高さは九階までしか、許可されない。その制限ぎりぎりの新しいビルで、一階の前面は大きな事務用品店だ。右端の入口に、ボナンザの店名を派手に書いた、だが、出しゃばってはいない天幕庇《マーキー》がついている。その下で、里心のつくような夕焼け色のモヘアのセーターに、トレアドールパンツの娘が、ドーナッツみたいに特大型の黒いヨーヨーを、手際よくあやつっていた。今どき珍しく、まん丸なロイドめがねをかけていて、ヒッチコック映画によく出てくる小生意気な少女を、おれは連想した。あまり期待はしなかったが、「アキコ＝サン、来ていますか？ココニイマスカ？」と、聞いてみる。

娘は返事をしなかった。その代り、今まで上下に動いていた黒いヨーヨーが、急に横に走った。普通、紐は一メートルかそこらのものだが、驚いたことに、これは二メートルばかりも延びて、壁のエレヴェーターのボタンを押した。やがて、スチールのドアがあくと、娘は「どうぞ」というジェスチャーをした。とたんにその手から、直径十二センチばかりの円盤がまた宙を走って、なんと今度はエレヴェーターのケージの中へ飛びこんだ。おれが礼をいうのもわすれてケージへ駈けこむと、ドアはすぐ閉った。見ると二階のボタンが、ちゃんと押してある。舌を巻いているおれを、そこまで運びあげて、自動エレヴェーターはとまった。

黄色いアクリル樹脂のドアをあけると、店内はラテン音楽の洪水だった。だが、ひと廻りしてみても、アキコのすがたはもちろん、シルキーブルーのジャンパーも見あたらない。音楽喫茶ボナンザは、このビルの一階、二階のうしろ半分を占めている。エレヴェーターだけでなく、店内の一部が吹き抜けになっていて、狭い階段でも上下ができる。一階を探しに行こうとしたとき、その階段をあがってきた女が、おれを見あげて、「あら！」と、立ちどまった。きょうは、キモノではない。趣味のいいスーツで、ほっそりした撫で肩を包んでいる。けれど、その上の顔と長い髪は、きのうと変らない。警察へ電話しに行ったまま、消えてしまった女だった。

「これは、これは」と、おれはいった。

「どうもあなたは、ぼくを助けにいつも現われるらしいですね」

「まあ」と、女は黒い真珠のような目を見ひらいて、「なにを困ってらっしゃいますの？」

「アキコ＝サンてひとを、探してるんです。ハンニャの刺繍をしたジャンパーの娘たちと一緒に、よく来るらしい。二階にはいないんで、だれかに聞いてみたいんです」

「あたし、お手つだいしましょう」と、女はまわれ右をして、身軽に階下へおりて行った。吹き抜けの壁には、ハイファイのスピーカーが、一ダースばかりも嵌めこんである。女はボサノバの強風にさからいながら、何人かの客に話しかけて、おれのところへ戻ってきた。「ハンニャのジャンパーの娘さんたちは、だれも知らなかったけど、アキコ＝サンのほうは三人ばかり、知っているひとがいましたわ。以前は毎日、来ていたそうよ。でも、このひと月半ほど、ぜんぜん顔を見せないんですって」

「ありがとう。それじゃあ、仕方がないな」

「その三人も、アキコ＝サンの苗字や住所は知らないんですよよ」と、女は気の毒そうに眉を翳《かげ》らせる。修整もしてないのに、その眉は濃く完璧な曲線をえがいていた。

「ほかに心あたりの場所、ございませんの？」

「いいんですよ。どうしても、というわけじゃない」と、おれは手をふって、

「職業上のひっかかりで、簡単に探せるようなら、と思ってきてみたまでです」

「お仕事なら、なおのこと重大ですわ。もっとほかのお客に、聞いてみましょうか」

「ビジネスといったって、証言が欲しいだけなんですよ。それも、相手が知っているかどうか、保証のないことでね。ぼく、私立探偵でして」

上り下りするひとたちの邪魔になるので、おれと女はなんとなく、階段のそばのテーブルに腰をおろした。盛装で無表情に立っているのが仕事のウェイトレスを、おれはようやく呼びよせて、メニューの中からニッカ・ウイスキーのストレートを選んだ。女はレモンティを注文してから、「探偵さんでしたの？」と、おれにいった。

「名前はサミュエル・ライアン・ジュー

ニアです。サムと呼んでください」

「ヨリコ・サワノウチと申します」女は会釈をしてから、「探偵さんといえば」と、恥ずかしそうに肩をすくめて、「きのうはあれから、ご迷惑をおかけしてしまったんではないかしら？」

「ご心配なく。あなたの分も、証言しておきました」

「すみません。時間を約束して、あれ以上、遅れられないところがあったんです。ほかにもちょっと……」

「ぼくに謝ることはないですよ」

「あの――事務所はどちらですの？　あなたが私立探偵をやっていらっしゃるという……」

「実はそんな、正式なもんじゃない。ぼくは外人でしょう。看板を掲げてみても、意味がないんだ。紹介でくる特殊な事件だけ、扱ってるんですよ」

「特殊な事件というと、複雑な恐喝《きょうかつ》なんかは？」

「得意ちゅうの得意」

「でも、日本人の依頼なんぞ、お引受けにはならないんでしょう？」

「あなたのようなお客なら、話は別だな。推理小説、嫌いですか。四、五冊読めば、美人の依頼をことわる私立探偵なんて、地球上に存在しないことがわかるはずですよ」

「警察がくるのを待たなかったのは、証言すると、新聞に名前が出てしまうからなんです」と、ヨリコは急に早口になった。「両親には、カマクラのお友だちのところへ行く、といって出てきたんですもの。でも、ほんとうはユーラクチョーで、ある男に会って写真を買い戻すために、出てきたんです」

「というと、そのある男に、あなたは強迫されてるわけですね？」

「半月ばかり前、ヨコハマのお友だちの家に、泊ったことがありますの。その晩、お友だちと一緒にお風呂へ入ったとき、ちょうどキモノをぬぎおわったところを、写真に撮られてしまったんです。送ってきたのを見て、青くなりましたわ」ヨリコは声をひそめて、膝の上のハンドバッグをにぎりしめた。そのイタリア製らしい蜥蜴《とかげ》のバッグから、これがそうなんですの、と写真が出てくるのを期待したが、艶消しクロームの口金はついに開かなかった。「お友だちは、うしろ向きなんです。そういっちゃ悪いけれど、色は黒いほうだし、おまけに髪はショートカットだもんだから、まるで男みたいで……日本では、未婚の娘が男のひとと一緒に、お風呂に入ったなんてことがわかると、大変なんです。ことにあたしの父は旧陸軍の職業軍人で、とっても厳格ですから」

「そりゃあ、日本でなくたって大変ですよ、そんな写真をばらまかれたんじゃあ——。しかし、どうしてまた、友だちの家なんかで……」

「ちょうどそのとき、別棟をアトリエに借りていたアメリカ人の画家が、バスルームにカメラを仕掛けたんです。南アメリカのひとでしょうね。だって、名前がフェルナンド・ロペス……」

「なんだって！」おれは立ちあがりかけたが、急遽《きゅうきょ》、落着くことにした。「つまり、強迫してきたのは、そのロペスなんですね？」

「いいえ、日系アメリカ人のオカダという男が、あいだに立ってるんです。十万エンでネガを買え、といってきました。両親に内緒《ないしょ》では、五万エンつくるのがやっとだったんで、きのう、それだけ持って行ったんです。でも、勘弁してくれませんの。あと三万エン出せば折れてもいい、というんですけれど、出来ませんでしたわ、一万五千しか」

「出来たとしても、話は片づかないんじゃあないかな？」と、おれは経験豊富そうな顔をして、「観光地の早撮り写真じゃないんだ。一枚こっきりってはずはない。別の写真が、きっとあとから出てきますよ」

「あたしもそれが心配で、こうして愚図愚図してますの。もう約束の時間は、少しすぎてるんですけど」

「ぼくがお役に立ちますか」

「お願いできれば、あたしの代りにオカダに会っていただいて――」

「話をつけてくれ、とおっしゃるんですね？　よろしい。引受けましょう」

「お礼はあとで、必ずなんとかします」と、ヨリコはバッグの口をあけて、「オカダに渡すお金は、ここに――」

「それは、しまっておきなさい。ところで、どこへ行けばいいんです？」と、おれは立ちあがった。

「ここの九階に、事務所を持ってるんで

すって……部屋の前まで、ご一緒しますわ」ヨリコとおれは、さっきのエレベーターで九階まで上った。廊下の片側に、ドアが三つ並んでいる。左側のドアを指さして、ヨリコは囁いた。「ここだわ、サム」

「ぼくひとりのほうがいい。あんたはボナンザで待ってなさい」おれはドアをノックした。返事はない。ノブを廻すと、ドアはあいた。「だれもいませんか。オルス?」と、声をかけながら、室内をのぞく。大きな青鳩色のスチールデスクのほかに、家具らしいものはなにもない。壁にも窓のあいだに、カレンダーが掛っているだけだ。それもカラー・ヌードや、風景写真ではない。ベラ・ルゴシのドラキュラ伯爵（イギリス作家ブラム・ストーカーが創作した吸血鬼。ベラ・ルゴシが映画で扮して当りをとった。ほかにもロン・チェニイ・ジューニア、ジョン・キャラダイン、クリストファ・リーなどがこの役に扮している。）が凄い目つきで、こちらを睨んでいる。アメリカの恐怖映画のファン雑誌のカレンダーだった。デスクのひろさは撞球台そこのけだったが、これも上に乗ってるのは、象牙色《ぞうげいろ》のボディに黒い文字盤のセクチコンの置時計（スイス、ポーテスキャップ社の乾電池時計。唖鈴を半分にしたようなデザインはイタリアのアンジェロ・マンジアロッチ。）と、象牙色の電話機が一台だけ。ただし、受話器が外れてデスクのわきに垂れさがっている。

「変だぞ、こりゃあ」と、おれは部屋に踏みこんだ。

まだうしろにいたヨリコが、「だれか倒れてるわ」と、囁いた。

鉄色の服の肥った男だ。それが、大きな廻転椅子と壁のあいだに、妙な格好で倒れている。手首にさわってみると、茹《ゆ》でたソーセージみたいに、ぶよぶよして生温い。まだ死んで間がないのだろう。けれど、脈はなかった。おれは死人の顎に手をかけて、「これがオカダか」と、持ちあげて見せた。

「ええ」と、身震いしながら、ヨリコが答える。

「だったら、あんたは帰ったほうがいい。なるべく、ひと目につかないように」

「わかりましたわ。ネガが見つかったら、ここへ電話してください」

小さな四角い紙きれを、おれのポケットに押しこんで、ヨリコは部屋を出ていった。さっきは気がつかなかったが、ドアのわきの壁に、客用の折りたたみ椅子が、四脚ほど立てかけてある。その一脚をひろげて、ドアが開かないように、ノブの下にかってから、おれはまずデスクを調べた。引きだしは全部で七つ、そのうち四つは空っぽだ。いちばん深い引きだしには、ジョニウォーカーの黒が、ほとんど手つかずでひと壜と、オールドファッションド・グラス二個が入っていた。右袖のいちばん上には、自動拳銃が一挺。ブラウニングの三二口径で、握りは疵《きず》だらけ、銃身のガンブルーも剝げちょろけている。マガジーンを抜いてみると、七発そっくり塡《はま》っていた。

だが、そんなものよりも気になったのは、左袖のいちばん上から、出てきた小箱だ。中身は、非常に精巧な付け髭だった。接着剤の小壜と小さなブラシも、添えてある。おれはその髭を、死体の鼻の下にあててみた。とたんに死人は、おれの知らないオカダではなくなった。

ミスタ・イガになったのだ!

おれはしばらく、ニンジュツィストの末裔の顔に見とれてから、服のポケットを探りにかかった。けれど、ヨリコの写真も、ネガもない。派手な模様入りハンカチが二枚、ケントがひと箱、小さなルーレットを仕込んだ日本製ガスライター、ブロンズ仕上げの貞操帯を模《かたど》った悪趣味なキーホールダー、それに鍵が三つ四つぶらさがっているほかには、見おぼえのある大きな財布が出てきただけだ。財布には五千エンと千エン紙幣で一万四千エン、ハロルド・オカダという名刺が数枚、入っている。おれはイガの名刺を出して、電話番号を比べてみた。同じだった。受話器の外れている電話が、その番号のものだろう。財布をもとに戻しかけて、名刺のかげに畳んだ紙幣の挾んであるのへ、目をつけた。額面は千エンだが、刷り色がいやに明るい。ひろげてみると、予期した通りの絵が裏に印刷してあった。ただし、おれが預ったやつとは図柄がちがう。エド時代の屋根つきボートの中で、ヨージンボーふうのサムライと入墨《いれずみ》のボートマンが、娘ひとりを強姦《ごうかん》してる場面だった。

その千エン紙幣と付け髭とキーホールダーを、こちらのポケットに移して、おれは立ちあがった。ハロルド・オカダまたの名イガは、後頭部の強打によって、殺されたらしい。あけはなした窓を背に、電話をかけているところを、襲われたのだろう。おれは藍色リノリウムの床に膝をついて、受話器に耳を近づけた。電話は切れている。ついでに床を見わたしたが、凶器らしいものは転がっていない。おれは立ちあがって、デスクの上のセクチコンを取りあげた。これでやったのかも知れない、と思いながら、時計の丸いあたまとオカダの丸いあたまを、見くらべたときだ。はじけるように、ドアがあいた。おれが入ってきたドアではない。横手の壁にもうひとつ、一枚板のドアがある。それが突然、開いたのだ。

入ってきたのは、シルキーブルーのジャンパーにジーパンの女だった。両手に大きなカメラを構えている。シャッターを切ったと思うと、「いただき！」と、叫んで、身をひるがえした。ハンニャのマスクを刺繡した背が、たちまちドアの向うに消える。

おれは、セクチコンを投げだした。デスクに乗せておいたブラウニングをひっつかむと、女のあとを追った。ドアの外は、灰色の階段だ。頭上でドアの閉る音が、重苦しく聞える。おれは一度に三段ずつ、階段を駈けあがった。重いスチールドアをあけて、屋上に出てみると、女は胸壁《パラペット》によりかかっていた。にやにや笑いながら、カメラをひっくり返している。

「ポラロイド・ランド・カメラか」と、おれはいった。

女は裏蓋から、写真を取りだして、「しかも、カラーよ」と、かざしてみせた。「一分足らずで、これだけのものが出来るんだから、科学の力って偉大ね

（正確には五十秒で現像できるこのフィルムはポラカラーの名で六三年一月に発売された。）」

「文明を賛美するために、おれを撮ったわけじゃないんだろ？」と、おれは手を差しだして、「その写真、返してくれよ」

「いやだね。新聞社へ持っていって、買ってもらうんだ。もっとも、その前に警察に行って、これが本物の現場写真だってことを、証明してもらわなくちゃいけないけどさ」

女の見せびらかす写真には、置時計を握ったおれとオカダの死体が、鮮明に写っている。警察だって、鵜《うの》呑みにはしないだろう。だが、おれの腹は痛くもないのに探られる、それでヨリコのスキャンダルでも、掘りだされたりした日には、インスタント私立探偵、完全に落第だ。

「どうしても、寄こさない気かい？」と、おれはブラウニングの銃口をあげて、

「いくらニンジュツィストだって、弾にはお手あげだろう」

しかし、女はけろりとした顔で、ポラロイド・ランド・カメラを足もとに置いた。「そんなもので女を嚇《おど》すのは、フロイト式にいうと、セックスに自信がない証拠だそうよ。だとすると、むきだしでひけらかすのは、そもそも女性に対して失礼ね。これでも、かぶせたらどう？」

と、女が左手にかざしたのは、産児制限と性病予防のために、男がつかうゴム製品だった。

「馬鹿にするなよ」と、おれは拳銃の安全装置を外した。地上九階だから、銃声を心配する必要は、あまりあるまい。いよいよとなったら、威嚇《いかく》射撃くらいやっ

て見せる気で、「嚇かしじゃないんだぜ」と、遊底をすべらせた。とたんに、ちらっと女の手が動く。反射的に、おれの指は引き金をしぼった。曇り空に銃声がのぼる。それきり引き金は動かなかった。見ると、銃身に底の破れたコンドームが、かぶさっている。二発目が射てないのは、薬莢《やっきょう》を排出して戻りかけた遊底が、ゴムの端をくわえこんだせいだった。

　一発目の弾丸は、女の足もとに転がっていた。そばにアルミニュームの一エン貨幣が、へしつぶされて落ちている。小さな貨幣を入れたゴム製品を、相手の拳銃に投げつけて、銃身にすっぽりかぶせ、第一弾の威力はアルミニュームとゴムの壁で削《そ》いだ上、第二弾の発射を不可能にする、というのが、この女の特技だったのだ。唖然としているおれの耳に、女の誇らしげな声が響いた。

「ニンポー、バースト・コントロール（バーストは爆発だが、産児制限、バース・コントロールのしゃれになっているので、惨事制限とでも訳そうか。）！」

＊ *Deedle deedle, dampling, my son John* の一行目と二行目、「ぶくぶく肥ったジョンちゃんは／靴下はいたまま寝んねした」をもじったものだ。

その二

雨があがったせいか、腰高窓のくもりガラスは、昼間より明るいくらいだった。だが、卓袱台の上においた腕時計は、もう六時になろうとしている。滝口正雄は立ちあがって、天井の蛍光灯をつけた。簑浦常治は、〈三重露出〉の校正刷から顔をあげると、まぶしそうに目をしばたたいて、

「第三章まで読んだところじゃ、別になんにもわからないな」

「結末まで読んだって、おそらく、わかりゃしないさ。わかったら、犯人——か、名探偵ってことになる。そのどっちでもないんで、ぼくもきみに助太刀をたのんだんだ」

「しかし、やっぱり本になってないと、しろうとにゃ無理だよ。こんなにまっ赤になおしてあったんじゃ、読んでても、神経が行きわたりゃしない」

「そのゲラ刷は、初校といって、一回めのやつだからね。間違いだらけなんだ。本になるまでは、まだなかなかさ。ぼくが手を入れるのは初校だけだけれど、藤堂書房の校正部があと二回、再校ってやつと、三校ってやつを見るんだ。それでもまだ、間違いのはげしい

ページは、念校というのを出させることもある。そのあいだ印刷屋じゃ、活字を組みこんだ箱を並べておいて、誤字をさしかえていくわけさ。じかに紙をあてて、校正は刷るんだよ。校了になると、活字を組んだ箱の上に、ドライマットという特殊な厚紙をあてがってね。圧力をくわえて、紙型をつくる。それに耐熱処理をして、熔かした鉛《なまり》を流しこむ。できあがった鉛版を印刷機にかけて、はじめて刷りにかかるんだ。刷りあがった紙が、製本屋で本のかたちになってからだって、本屋に並ぶには配給会社や、取次書店を通さなきゃならない。原稿をわたしてから本になるまで、どんなに早くても、まず四十五日はかかるんだよ」

「確かに、まだなかなかだね」

「ぼくの報酬も、まだなかなかさ。本になってからでないと、金はもらえないからな。それも一冊につき、定価の八パーセントだ。もっとも、原著者にも六パーセント、払わなけりゃならないからね。出版社としては、普通の本より、余計になることはなるんだよ。原著者は、いいんだ。向うのしきたりで一万部まで、六パーセントとすると、一万五千までは七パーセント、二万部までは八パーセントってぐあいにね。売れるにしたがって、印税率がふえる契約になってる。こっちのほうは、どこまで行っても八パーセントだ」

「それで向うの作家は、ひとつあたると、金持ちになれるんだな。ハードカヴァで売りまくって、ペイパーバックでまた売れて、印税のパーセンテイジは、そのたんび、はねあがっていくんだから」

「ただし、ハードカヴァから、ペイパーバックになった場合は、まるまる著者に入るわけじゃないぜ。ペイパーバックの印税は、出版社が四分、作家が六分ぐらいの割りあいで、ハードカヴァの版元とわけることになってるんだ。だから、出版社のほうでも……」

と、いったとたん、卓袱台の下で電話が鳴った。滝口はうしろ向きのまま、手さぐりで受話器をとった。

「もしもし、滝口ですが」

「やあ、能勢です」

「はあ?」

「能勢ですよ。能勢健一です」

「ああ失礼しました、能勢さん」

「こちらこそ、お手紙いただいたのに、返事をさしあげないで、失礼しました。実は、さしあげられない状態だったんです。ずっと、写真のしごとでね。スカンジナヴィアへんを、ほっつき歩いてたもんだから」

「それは相変らず、おさかんなことで――」

「二、三日前に帰ってきて、お手紙、拝見したわけなんですがね。ぼく、どうも長い手紙を書くの、苦手なんですよ。どうしても、とおっしゃるんなら……お目にかかって、お話ししたんじゃいけませんか」

「いけないどころか、願ったりかなったりです。いつ、お目にかかれます？」

「きょうなら、時間があるんですが——八時ごろ銀座で、というんじゃ、話が急すぎますか」

「けっこうですとも、銀座のどこで？」

「並木通りに、シベールっていう、喫茶店があるそうですよ。ぼくもよく知らないんだけど、電通の近くらしいな。そこで七時にひととあう約束をして、いまから出かけるとこなんです。用件は簡単にすむはずだから、あとクラブやバーを引っぱりまわされる羽目になりたくないんでね。七時半から、八時ぐらいの見当できていただけると、助かるんですが」

「並木通りのシベールね。うかがいましょう」

滝口は電話を切ってから、簑浦にいった。

「能勢健一だよ、カメラマンの」

「あの男も去年、アフリカのフォト・ルポルタージュで賞をもらって以来、すっかり有名になっちまったね。まだ若いんだろう？　ぼくらのなかじゃあ、いちばん年下じゃないかな」

「いちばん年下は、巻原君だ。能勢はぼくとおない年か、ひとつ下か、とにかく三十にはなってるはずさ」

「きみはそんなに若いのかい？　ぼくとおなじぐらいか、と思ってた。かれこれ十も、読みちがえていたとはねえ。失礼」

「そちらが、お若いからですよ。そう聞いたら、なんだか気安くたのめなくなっちゃったけど、能勢にあいに一緒にいってくれないかな。ざっくばらんに、話をするとね。女房とわかれたりしたおかげで、しばらく仕事をしてなかったんだ。そのごたごたを片づけるためにも、ここで稼がなきゃならない。校正を遅らせて、歩きまわってもいられないんで、きみに——あんたに手つだってもらおう、と思ったわけでね」

「年がわかったからって、呼びかたを変えることはないだろう？　いいよ。一緒に出かけるとして、時間があるなら、途中でめしを食おうじゃないか」

「じゃあ、すぐ支度するから」

滝口は押入れから、乾電池式のかみそりを出して、髭を剃りはじめた。あたりが静かなせいか、軽いかみそりの唸りも、大きくひびいた。すこし声を高めて、簑浦が聞いた。

「能勢健一にあう段どりをつけたとこを見ると、手紙かなんか出したらしいね、ほかの四人にも」

「菊池、宇佐見、巻原、小森、みんな出したよ。でも、すぐ返事がきたのは、これだけさ」

滝口は電気かみそりをおくと、卓袱台のわきに手をのばした。高さ二十センチほどのスティール・キャビネットが、小口の大理石模様のかなりくすんだウェブスター大辞典を、重たげに乗せている。そのいちばん上の引出しから、手紙を一通とりだすと、簑浦にわたして、滝口は着がえにかかった。

「巻原修造か。あの学生、貿易商社につとめたんだね？」

左肩に横文字で、社名の刷ってある細長い横封筒をひらいて、簑浦はなかの手紙をひきだした。それも、社名入りの用箋で、カナタイプの活字が、三行だけ並んでいる。

アノジケンハワスレマシタ
オモイダスコトガデキテモ
オモイダシタクアリマセン

「そっけないだけに、気になる文面だな。このつとめ先にでも押しかけて、うんとねばったら、なにか喋るかも知れないぜ。ぼくが行ってみようか」

「そうしてくれると、ありがたい。その手紙、じゃあ、持っててもらおう。宇佐見弘にだしたのは、〝名あて人たずねあたらず〟で戻ってきたよ。ほかのふたりのは、あとから出したせいもあるだろうが、返事もまだだ」

滝口が服を着おわると、ふたりはせまい庭をぬけて、春木町よりの露地へ出た。地下鉄の本郷三丁目駅へむかって、都電通りへ出ていくと、ちょうど向うから、軌道をわたりお

えた娘がひとり、

「お出かけ？　滝口さん」

と、笑顔で声をかけてきた。ピンクの袖なしブラウスの腕に、折畳み式の傘の柄がのぞいた大きなビニールバッグをかかえて、白いブーツが若わかしい。すれちがってから、簑浦がさりげなく聞いた。

「いまのは？」

「あの家の娘だ。いつも、いまごろ帰ってくるから、どこかに勤めてるんだろう」

「きみがあそこを借りたのは、電話が安く買えたからじゃあ、なさそうだな」

「あの子のことかい？　そういわれてみると、いちおう拝める顔をしているかもしれないな。でも、ごめんだね、あんな清潔ムードは」

「そんな読みの浅い批評しかできないほど、生活反応が鈍《にぶ》くなってるのか？　だから、老けて見えるんだな。賭けてもいいぜ。新幹線のトンネルは、とっくに開通してるよ」

　本郷三丁目の地下鉄の駅を、ふたりが入ったときには、あたりはまだ雀《すずめ》いろをしていた。だが、西銀座の駅からあがってみると、空はもう現代人のこころみたいに、ネオンの華やかさを反映することしか、できなくなっていた。簡単に食事をすまして、喫茶店シベールについたのは、八時五分前だった。能勢健一は、パウル・クレーの絵みたいな柄のポロシャツから、筋肉のもりあがった腕をむきだして、二階のすみのテーブルに、神妙にすわっていた。その前で、きちんとネクタイをしめた若い男が、大形な身ぶりをまじえて、喋っている。能勢が滝口に気づいて、片手をあげると、若い男はあわてて、テーブルの上のカラー写真をかきあつめた。それを大きな封筒にしまいこむと、押しいただくようにして、立ちあがる。滝口と簑浦は、そのあとへ腰をおろした。ウェイトレスがふたりの注文をうけて、去っていくとすぐ、

「簑浦さんも、ご一緒でしたか。しばらくですね。お元気そうで――」

と、白い大きな歯を見せて笑っただけで、能勢健一は本題に入った。

「例の事件の晩のことを、お知りになりたいんだそうですな。なにか書くんですか？」

「別にそんな魂胆《こんたん》でもないんだけれど……」

と、滝口は言葉じりをにごした。

「かまいませんよ、ぼくは書かれたって。あの晩のことは、よくおぼえてます。ただぼくは、くだらないことまで、おぼえてる性質《たち》でね。おまけに、うまく省略できないもんだから、話しはじめたとなると、やたら長くなっちゃって――」

「そのほうが、ありがたいんです。あれは、おととしの一月二十八日でしたね？」

「正確にいうと、二十七日から二十八日にかけてです。二十七日が土曜日で、おひる過ぎから――二時ごろだったかな。沢之内君の家へあつまって……ちょうどあのとき、おやじさんはスイスにいたんです。事件を聞いてあわてて帰ってくるとちゅう、例の事故でね。

アルプスのどこかへ、旅客機ごと突っこんじまったんだから、よほどあの家、ついてなかったんですな。より子のすぐ上のねえさんで、関西へ嫁にいったひとが、お産だとかでね。おふくろさんも、留守だった。だから、徹夜で勝負ができたんです。勝負ってったって、ポーカーだけど——そうじゃないや。最初は、ブラックジャックをやってたんだ。ご存じですか、ブラックジャック？」

「ぼくが訳した小説んなかに出てきたんで、調べたことはあるが、やったことはないな」

と、滝口が答える。能勢はうなずいて、

「二十一ともいうやつで、まあ、舶来のオイチョカブです。最近のライフ——雑誌の《ライフ》に、電子計算機をつかって、これの必勝法をあみだした数学者の話が、出ていたな。最初に仮親が一枚ずつ、表むきにカードを配って、黒のジャック——スペイドかクラブのジャックにあたったものが、親になる。親のシャッフルと子のカットがすむと、いちばん上の札を、親はみんなに見せてから、いちばん下へ上むけて、つまり、ほかの五十一枚とは逆になるように、入れるんです」

「たしかそれを、バーンする、というんだったね？　燃すって意味の」

「そうです、そうです。バーンしたカードが出てくるまでは、シャッフルしなおさないで、つかうわけですよ。親はまず、左どなりの子から一枚ずつ、自分をふくめてカードを裏むけに配る。それを見て、子が親に対して、賭けるわけです。親にはそれを『倍額にしろ』

と、命令する権利があるし、命令された子は、『いや、いっそ四倍にしよう』と、挑戦する権利もあるんだけど、とにかく次には表をむけて、親がもう一枚ずつ、カードを配る。その合計が、ぴたり二十一になってたら、ブラックジャックといって勝なんです。エイスが一点あるいは十一点、絵札は十点、あとは数どおりの計算で」

「つまり、最初にエイスがき、次に絵札か十の札がくるか、その逆でなけりゃあ、ブラックジャックにゃならないわけだな」

砂糖を入れて、かきまわしおわったコーヒーの表面に、ていねいにクリームを浮かしながら、簑浦が口をはさんだ。

「そう。子のひとりにそれが出来たら、そいつは賭金の倍額と、つぎに親になる権利を獲得する。残った子を相手に、親は勝負をつづけるわけです。親がブラックジャックだったときには、子はみんな賭金の倍をとられて、その回の勝負はおしまい。親はマージャンでいえば、レンチャンできるんです。子のだれかが、ブラックジャックをつくるまで、何回でも」

「親にできて、子にもできた場合は、どうなるんだっけ？」

と、調子をあわして、滝口が聞く。

「子の負ですよ。ただし賭金だけで、倍額をはらう必要はない。親はレンチャンできる。だれにもブラックジャックができなかったときは、もっとカードを貰って、自分の数をふやすわけです。何枚でも、要求できるんだ。順番に一枚ずつですがね。番のとき『ヒット・ミイ』と子がいったら、親は表をむけて一枚やる。いらないときには、『イナフ』というんです。もちろん、親もカードをふやせるんだけど、その場合は最初の一枚を、ひらかなきゃいけない。みんながイナフになったら、最初の一枚もひらいて、勝負です。合計が二十一に近いほど、強いわけでね。オーヴァしてたり、親より低かったり、タイだったら、賭金をとられる。親より多けりゃ、賭金ぶんだけ貰えるんです。ただし、子にはボーナスってのがある。カードが五枚になっても、二十一をオーヴァしなかった場合は、すぐそれをいやあ、賭金の倍がもらえる。六枚なら四倍。七枚なら八倍、というぐあいにね。たとえ親の手のほうがよくっても、勝になるわけですよ。子がヒットしてもらってから、ぴたり二十一になって親に勝っても、そりゃあ、ブラックジャックじゃない。倍額はもらえないんだけれど、例外として七のカードが三枚くれば、賭金の三倍、六、七、八と札がそろえば倍額、というボーナスがある。だが、親にはこうした特典、いっさいなしってのが、公認正式のルールだそうですよ、家庭むきブラックジャックの」

「その日の成績は、どうだったの？」

と、簑浦が聞いた。

「宇佐見が、ついてましたね。というよりも、ブラックジャックは、あいつがいちばんうまいんです。ことにチャンスをつかんで、スプリットするのが上手だったな。スプリットってのは、最初の二枚がペアだった場合、カードをひらいて、賭金を倍にすることなんです。そうすると、同値のそれぞれの一枚を基札《もとふだ》にして、いわばふたり分やれるんですよ。ぼくなんかやると、かならず大損するんだけど、宇佐見は差引ゼロか、大儲けでね。ぜったいに、損しなかった。あの日はもっとも、その腕の冴えは見せなかったんです。てのは、ずっと親をつづけてましたから——そのくせ、ポーカーに切りかえよう、といいだしたのは、宇佐見なんだ。思うに、より子さんの負が、かなり籠《こ》んでたせいじゃないかな。あのひとはポーカーのほうが、上手でしたからね。ぼくはわりにいい線いってたんで、実はつづけたかったんです。でも、菊池がまず賛成して、小森も巻原も、どっちでもいいって態度だったんで——」

「つまり、菊池君は成績が悪くて、あとのふたりもたいしたことはなかったわけだね。それで、どんなポーカーをやったの？」

と、滝口が聞いた。

「ふつうのドロー・ポーカーですよ。ジャックポッツっていう、ジャックのワンペア以上を、だれかが持ってれば、そいつから勝負のはじめられるやつ。ただ特別なルールが、ひとつだけくっついてて、スペイドとハートのジャック——つまり、片目のジャックはワイルドなんです。ぼくら、『化ける』といってましたがね。なんの役でも、つとめさせられるんですよ。たとえば、エイスのペアと七のペア、残りが片目のジャック、とするでしょう？　これ、普通ならトゥーペアだけど、ジャックをエースに化けさせて、フルハウスにできるんです。マーロン・ブランドの西部劇があったんで、『片目のジャックは無法者、どんなことでも、思いのままだ』なんていって、ワイルドにしてたんですよ。根ほり葉ほり刑事に聞かれたとき、そのことを喋ったらね。ろくにポーカー知らないくせに、ハリウッドのワイルド・パーティのことかなんか、聞きかじってたんですね、きっと。デカのやつ、ストリップ・ポーカーをやってた、と思いこんじまってねえ。往生《おうじょう》しましたっけ」

「話が逆戻りして悪いけど、より子さんがブラックジャックで負けたって、どのくらい損したんです？」

この男はまるで、フィンランドで見てきたヌーディスト村の運動会の話でもしているようだ、と思いながら、滝口がまた聞いた。

「それが、はっきりはわからないんだ。あんな騒ぎになって、けっきょく精算しなかったでしょう？　メモはとったんだけれど、燃やしちゃったのかも知れません。巻原や宇佐見が、ひどく気にして、『警察には、ただのお遊びだったことにしよう』っていってたから――チップはつかってたけど、タバコやチョコレートを賭けたのか、金を賭けてたのか、見わけはつきませんからね。あそこの家には、おもちゃの金貨が、たくさんあったんです。ポーカー・チップとして造ったものなのか、単なるおとなのおもちゃなのか、よくわからないけど、このくらいの大きさで」

と、能勢健一は二本の指で、直径二センチ五ミリくらいの円をこしらえて、

「マリリン・モンローにサッチモ、ソフィア・ローレンにシナトラなんて連中の漫画の顔が、浮彫《うきぼり》になってましてね。掻きあつめるとジャラジャラいうし、積みあげたときの気分もいいんで、それをチップにつかってた。だいたいあそこは、なにかにつけて凝っていて、カードなんかも、裏に模様のないイギリス製のやつが、取りよせてあったな。ティーク材のディーリング・ボックスにおさまって、篦《へら》みたいなスティックまで、添えてありましたっけ。ちゃんとしたギャンブリング・ハウスじゃ、いかさま防止のために、裏白のやつをつかう。千八百五十年ぐらいまでは、ギャンブラーが反対するんで、どこのカード会社も裏は白か単色、模様はつけられなかったもんだ、とかいいましてね。でも、滑稽《こっけい》なんだ。ぼくらがつかうと、白いところに指の汚れがついて、かえって目じるしができちまう。だから、せっかくのカードもしまいっぱなしだったけれど、金貨は愛用してました。なんでも、サンディから、おみやげに貰ったんだとかいってたな、たしか」

「そうだ。思いだしたよ。あのアメリカ人、サンディという名だった」

と、簑浦が膝をたたいて、となりの椅子をかえりみた。しかし、滝口の表情はかわらない。

「あの日はそれを、一枚いくらにしてた？」

と、先をうながしただけだった。能勢はポロシャツの胸ポケットから、女持ちのライタ

ーみたいな小さなカメラを、つまみだした。正面をむいたまま、ま横が撮れる西ドイツ産のミノックスだろう。手もちぶさたらしく、そいつをひねくりまわしながら、気鋭のカメラマンは話をつづけた。

「ジャックポッツになってからも、ぼくはわりに調子よかったんです。それでご機嫌だったんだから、かなり高かったんじゃないかな？　といったって、貧乏時代のぼくのことだから、大した額じゃないかも知れませんよ。どわすれしたらしいや。思いだしたら、知らせましょうか？」

「無理にでなくて、けっこうです。で、ポーカーをはじめたのは、なん時ごろ？」

と、滝口がつづけて聞いた。

「これは、どわすれじゃない。時計を見なかったから、わからないんです。もちろん、暗くなってました。いったん休憩ってことにして、晩めしを食ったんです。みんなで沢之内君を手つだって、というよりも邪魔をして、へんてこな料理をこさえましてねえ。あれ、八時半か、九時ごろじゃなかったかしら。それから始めたんですが、巻原君は運に見はなされっぱなしで、ちょっと悲愴な顔つきでしたよ。あいつ、まだ学生でしたから」

「より子だけ途中で、自分の部屋にひっこんだんだったね。それはいつごろ？」

と、簑浦が聞いた。

「始めたのが八時半だとすれば、十一時ごろでしょうよ。シャワーをあびて、ひと眠りするから、といいましてね。自分の部屋に、ひきあげたんです。もともと、タフなほうじゃあなかったけれど、考えてみると、おかしいな。だいぶ負けたんで、不機嫌だったとも、思えないんですよ。そこは持てるものの強みで、いつもけろりとしてたんだから」

「態度がみょうだった、というの？」

と、滝口がたずねる。能勢はテーブルの上の灰皿を、どの角度から撮るべきか、迷ったように見つめていた。しばらくしてから、首をふって、

「どういったらいいか、わからないな。シャワーをあびたくなったのは、変じゃないんです。寒い晩だったけれど、部屋のなかは汗ばむくらい、暖まってましたからね。もっとも、煖炉のなかにセットしたガス・ストーブだから、廊下へでると、とたんに冷える。トイレへいくのを、南極観測にいってくるなんて、ぼくらいってたほどですよ」

「そのあと、きみたちは？」

と、簑浦がうながした。

「巻原がぬけて、四人でインディアン・ポーカーをやったんです。そんなのが、ほんとにあるのかどうか、知りません。映画かなんかで、小森がおぼえてきたんです。ルールはおよそ単純なんだけど、しんどいゲームでねえ、これが」

能勢は笑いながら右手をあげると、細長い銀いろのミノックス・カメラを、日焼けした額にあてた。

「ひとり一枚、カードをもらうと、こうやるんです。つまり、ほかの連中の手は見えてて、自分のだけがわからない。たがいに顔いろをうかがいながら、賭けるんですよ。みんな多かれすくなかれ、勝負づかれしてる。そこへ持ってきて、いままで以上に、勘と度胸をはたらかせなきゃならないんだから、じきゲームが荒れてきてね。小森なんか、まるでやけでしたよ。自分が提唱しただけに、やめようとはいえなかったからでしょう。さすがの宇佐見も、苦戦だったな。もっとも、やつの読みの深さを封じるために、一回ごとにカードぜんぶを、切りなおすことにしてましたからね。ひと勝負に四枚しかつかわないんだから、本来はブラックジャック同様、親がつづくときには、そのまま次の四枚を配るのかもしれませんけど」

と、滝口が聞いた。

「小森がだめ、宇佐見もだめだったとすると、菊池君ときみがよかったのかい？」

「荒っぽいゲームになると、菊池は強いんです。ぼくはそれほどでも、なかったですよ。しばらくして、巻原と宇佐見が、より子さんを呼びにいきました。片よったゲームじゃおもしろくないから、ジャックポッツを再開しようてんでね。すぐいくから、という返事で、ふたりは戻ってきたんだけれど、いつまで待っても現われない。それで催促にいって、死体を発見したんです。考えてみると、あの晩は最初から、どうかしてましたよ。いつもはマージャンならマージャン、ポーカーならポーカーで、長つづきしたんですがね。それが、インディアン・ポーカーなんて乱暴なのまで、飛びだしたりして……」

「発見前後のことを、くわしく聞きたいんだが」

と、滝口がたのんだ。能勢はうなずくと、手つかずのグラスの水に小指をひたして、黒いメラミン塗装のテーブルに、離ればなれの丸ふたつをかいた。それを、直線でつなげながら、

「あの家、ご存じでしょう？　ぼくらのいたのは、玄関わきの洋間です。より子の部屋は、裏のほうへ建増したバス・ルームつきの、やはり洋間でした。だもんで、物音は聞えなかったんです。巻原と宇佐見が呼びにいったときには、バス・ルームにいたそうですよ。部屋のドアをあけると、まっ正面がバス・ルームのガラス戸でね。無神経な設計だって、いやがってましたけど、そのときも波形の一枚ガラスに、横むきのヌードが見えたそうで、巻原のどぎまぎぶりを、宇佐見がからかってたから――ぼくらんところへ、戻ってきたときにですよ。だから、生きてたことは、間違いない。『すぐいくわ。もうちょっと待ってて』という声も、聞いてるんです。催促にいったのは、十分ぐらい……いや、そんなこたないな。二十分かそこら、たってたでしょうね。宇佐見が南極観測にいくってんで、ついでに声をかけてもらうことにしたんだ。ところが返事がないんで、さては越冬ちゅうにお出ましになったな、と思って、帰ってきたわけですよ、宇佐見は」

「それで、みんなで見にいったんだね？」

と、簑浦が口をだした。

「そうなんです。宇佐見は声をかけただけじゃなくって、部屋をのぞいてもみたそうですがね。気がつかなかったはずですよ。ベッドをおいたほうの半分は、パネルでしきってあって見えないんだ。より子はそっちに倒れてたんです。スリップの上に、ローブを羽織っただけで」

「死因は後頭部の強打——だったな、たしか」

と、つぶやいたのは、滝口だった。

「ええ、凶器が見あたらないんで、最初はみんな、事故だと思ったんです。ショックでしたよ。イタリアン・シルクのローブで、うつぶせに倒れてるのがね。薔薇いろの地に、銅版ふうの細密画で、錬金術師の仕事場を染めつけたローブだった。それがこう、とてつもなく大きな花びらでも、むしり棄てられてあるみたいな感じで」

能勢が顔をしかめたとき、ウェイトレスが階段口へあがってきて、

「能勢さん、おいでになりませんか。お電話です」

と、気取った調子で、二階じゅうに呼びかけた。能勢は大声で答えて、救われたように立ちあがった。ひろい肩幅のポロシャツが、階段に沈みきるとすぐ、簑浦は首をふった。

「ギャンブルの話を、聞きにきたみたいだ。肝腎なことは、あいつ、ろくろくおぼえていないじゃないか。おれにブラックジャックのルールを、無理やりおぼえさせておきなが

ら」

「あれでも、参考にはなったさ」

滝口は、ひえた紅茶をのみほした。カップを片手に持ったまま、受皿のはじにおいたレモンの薄切りを、じっと見つめる。

「ゲームの経過から、容疑者の性格が推理できる、というんだろう？　さしずめ、博才《ばくさい》ゆたかな宇佐見あたりを、疑ってるのかもしれないがね。きみだって、知っていたはずだぜ。あいつ、より子と結婚することになってたんだ。一方的な証言じゃない。より子の口から聞いたって、巻原もたしか認めてたよ。とにかく今夜の収穫は、おれにいわせりゃ、アメリカ人の名前がわかったことだけだね。S・B・クランストンのSは、サンディのSなんじゃないかな」

と、簑原がいった。表現はひかえめだが、確信ありげな口調だった。

滝口はまだ、それが手がかりになりそうかどうか、検討しているみたいな目つきで、レモンの切れはしを見つめていた。すくめた肩のあいだから、不機嫌そうな声がもれた。

「かしら文字がAなら、そうもいえるけど――サンディてのはね。アリグザンダーの略称なんだよ、残念ながら」

Ⅳ

おれを茹であげ洗いあげ
胃ぶくろ引きだし絞っても
ニンジュツなんぞにゃ
負けないぞ＊

「一エン玉が、不足してるってのに、無駄にしちゃった」と、女は舌うちして、歪《いび》つになったアルミニューム貨幣を拾いあげた。「練習をなまけたんで、スピードが落ちたのね」

してみると、いつもは相手が遊底を引いて、初弾をチェンバーに送りこんだ瞬間、コンドームを飛ばすらしい。そうすれば、復座する遊底がゴムを噛んで、一発も射てなくなるわけだ。おれは恐れ入ったが、感服してばかりはいられない。ブラウニングを投げつけてから、女に体当りしようとした。だが、拳銃はとちゅうで、床に落ちてしまった。横あいから、黒い物体がぶつかったのだ。大きなヨーヨーだった。おれは横っ飛びに位置をかえて、さっき出てきたドアを見た。階段を蔽《おお》ったペントハウスの上に、ロイドめがねを光らして、小娘が立ちはだかっている。夕焼け色のセーターのまわりを、フレンドシップ・セブン（グレン中佐が乗って地球を三周したアメリカの人工衛星。一九六二年二月二十日に打上げた。）みたいに黒いヨーヨーが飛びまわっていた。「ちぇっ、貴様もニンジュツィストだったのか！」

と、おれはいった。とたんに、くしゃみがふたつ出た。

「そんなにかっかしないでよ、おじさん」と、娘はからかい顔で、「あたまを狙って、殺すことだって出来たんだ。それを助けたんだからさあ」

　同時にヨーヨーが、ジェット機そこのけの唸りとともに、おれの鼻すれすれまで飛んできて、戻って行った。

「そうか、わかったぞ」飛びのきながら、おれはいった。

「オカダを殺したのは、お前だな」

「さすがだわ。クイズの本場から、来ただけのことはあるわね」

　と、娘は屋根から飛びおりた。ヨーヨーもまた、飛んできた。おれもあわてて、また飛びのく。背中がパラペットにぶつかった。対する女は四人になって、ドアを背にして並んでいる。ペントハウスから、もうふたり出てきたのだ。ひとりは顎を動かしている。チューインガムを噛んで、目つぶしを製造ちゅうなのだろう。並べてみると、ゆうべの四人に間違いない。ひとりずつでは、見わけのつかなかった注意力不足を呪いながら、おれは呶鳴った。

「いったい、おれをどうする気なんだ！」

　バースト・コントロールの女が、「どうしよう？」と、ほかの三人をかえりみる。

「ひと踊りさせようか？」と、ロイドめがねのミス・ヨーヨー。

　ガムを噛んでた女は、「賛成！」と叫んで、尻ポケットから、ナショナル・パ

ナソニックを取りだした。アンテナを延ばして、局を選ぶ。ボビー・ダーリンの歌が入ってくると、

「ここでいい？」

「じゃあ、始めるよ」と、ロイドめがねが進みでる。

　同時にヨーヨーが、唸りを生じて襲ってきた。直径十二センチばかり、普通《なみ》の四倍はあろう円盤が、縦になり、横になり、あるいは斜めになって、飛んでくるのだ。プロ（アメリカには音楽にあわせて、ヨーヨーの妙技を見せる芸人がいる。）の使う品のように、輪になった紐の先が軸木にかけてあるだけで、結びつけてはないために、横転逆転、自由自在になるのだろう。木製の円盤ふたつ、細い軸でつないだヨーヨーは、フィリッピンで生まれたらしいが、原型はすでに千七百年代、シナから東インドをへて、イギリスに渡っているという。溝のある陶製の車に糸を巻きつけて、プリンス・オブ・ウエイルズ・トイ（皇太子のオモチャ。）と呼ばれていたそうだ。同じころの日本には、ミス・クリサンスィマムズ・カート（お菊の手車。ただしカートと訳したのは、作者の誤解だ。）といって、当今のヨーヨーに近く、粘土製の菊の花ふたつ、細い管でつないだものがあったらしい。そういう古い玩具が、フィリッピンでかたちを整えたわけで、ヨーヨーというのは、それがフランスに渡って、エミグレートと呼ばれていたのに、玩具商がつけた登録商品名だという。アメリカに入ったのは、狂乱の千九百二十年代、クロスワードパズルとともに一世を風靡した。ただし、千九百十三年十二月二十一日、

ニューヨーク・ワールズ紙の日曜付録版に始まったクロスワードが、傑作集に目をつけたサイモン・アンド・シュスター社を大出版社に肥らせたばかりか、その後も新聞の一隅を占めつづけているのと違って、やがて下火になったけれど、最近の二十年代ばやりで、チャールストンと一緒に復活したようだ。しかし、リバイバルをたくらんだ人間も、まさか日本で人殺しの道具に使われるとは、思わなかったろう。「ニンポー、フライング・ソーサー（空飛ぶ円盤。）！」と、小娘が叫ぶ。

右かと見れば、また左、あるいは上に、つづいて下に、飛びきたり飛びさるヨーヨーにつれて、おれは身をよじり、跳ねあがり、片足をあげた。それが、トランジスタ・ラジオから湧きだすリズムにあっていたとしても、おれの責任ではない。なにしろ大男のオカダまたの名イガを、おれの見るところ一撃で、死に到らしめた黒い空飛ぶ円盤だ。そのスピードに合わせて、ぴょんぴょん避《よ》けるよりしかたがない。とうとうパラペットの上に追いあげられて、危険防止の金網を背に、おれは跳ねつづけた。女たちは、笑いころげている。地上九階の風は、きびしい。おれはまた、くしゃみをした。ズボンのポケットからハンカチを引っぱりだす。とたんに女たちの笑いが、けたたましさを増した。おれが鼻にあてたのはハンカチでなく、アキコのパンティだったのだ。おれは腹立ちまぎれに、そいつをミス・ヨーヨーに叩きつけた。すると、パンティはふわっと広がって、ロイドめがねの顔にすっぽりかぶさった。

どうしたはずみで、そんなことになったのか、実はおれにもわからない。けれど、とっさの思いで、「イガ＝ニンポー、アンチ・ストリップティーズ（逆ストリップ。）だ。ざまあ見ろ！」と、叫んでおいて、パラペットを蹴った。たちまち、飛びくる嚙ムガム弾をかいくぐって、ミス・ヨーヨーにつかみかかる。その直前、おれと紅いセーターとのあいだに邪魔が入った。一本のゴルフクラブだ。

「こんなところで、愚図愚図しちゃいられないわよ」と、クラブの持ち主がいった。「もうじきポリスが、九階まであがってくるわ」

その言葉がおわらないうちに、四人の女はパラペットへ駈けあがっていた。ざざっと金網が鳴ったと思うと、もう四人のからだは、四メートルばかり離れた隣りのビルの金網の内側へ、逆立ちの格好で貼りついた。次の瞬間、一回転で屋上におりる。しかも、あとにはロープが二本、ビルのあいだに張りわたしてあった。きのうと同じモンスターシャツとレザースラックスのアキコは、ゴルフクラブの先で、おれの肩を押しながら、「あの真似はできなくても、ロープなら渡れるでしょう?」

「よしてくれ。ミー・ノー・ターザン。ユー・ノー、ジェイーン（ワイズミュラー売り出し当時のカタコトセリフ、「ミー・ターザン・ユー・ジェイーン」をもじったもの。）」

「たった四メートル足らずじゃないの。いやなら、ここで死んで貰うわ」

クラブのしめすほうを見ると、隣りの

ビルの金網から、ブラウニングが狙っている。いつ浚《さら》っていったのか、しかも、おれには剝がせなかったゴムが、きれいに除いてあるらしい。「しかし、下界のひとたちが怪しむぜ、ぶきっちょな綱渡りに気づいたら」と、おれは溜め息をつきながら、抗弁した。

「テレビ映画のロケだと思うのが、関の山ね。さっさとお渡んなさい」

おれはもう一度、溜め息をついて、からだを軽くしてから、二本のロープに両手両足をからませた。どうやら、隣りのビルへ辿りつく。アキコはロープの鈎を外して、クラブと一緒に抛《ほう》ってから、飛び移ってきた。おれは女たちに囲まれて、九階からエレヴェーターに乗った。地階へくだると、駐車場だ。ピンクのジャガーが、ひときわ目立つ。アキコがそれに潜りこんだ。あとの四人のうち、まだジュツを見せてくれない女が、いきなりおれの両手を握った。いちばん立派な胸をしているだけに、力も凄じい。たちまちおれの両手は、後頭部に組みあわされた。ミス・ヨーヨーが頷いて、ロイドめがねを外す。ついでに指で押して、レンズも外した。ぱちんと丸い縁がひらいて、察するに手錠の役もつとめるらしい。しかも鉉《つる》をしごくと、セルロイドの鞘がぬけた。メスみたいな刃物になって、おれの手首が後頭部でしめあわされると、それはちょうど頸動脈のあたりへ来た。暴れるどころか、これでは迂闊に横もむけない。

「きみたちのニンジュツ、なかなかモダ

ンだな。戦争ちゅうにナチの殺人学校（作者は想像で書いたのだろうが、ナチの追求者として著名なビーゼンタール博士によって、最近こうした施設の実在したことが暴露された。）へでも、交換学生で行ってきたんじゃないのか」と、おれは負け惜しみをいった。女たちは返事をしないで、おれをジャガーへ押しこんだ。中ではアキコが、眼病用の黒めがねを手に、待ちかまえていた。それを当てがわれて、おれはなんにも見えなくなった。レンズの代りに、鍋蓋でも嵌めてあるんだろう。その上、へりにゴムがついている。目のまわりに吸いつく仕掛けだ。観念して、おれはいった。「きのうみたいなカミカゼ運転は、ごめんだぜ。おれが死ぬと、アメリカのある町に、女の涙で洪水が起るからな」

「安心なさいよ」と、アキコがいった。

「今ごろの時間だと、どこも車でぎっしり満員。飛ばしたくたって、飛ばせやしないわ」

それは本当だった。ジャガーは葬式なみのスピードで、走っては停り、走っては停り、おかげで道の見当が目は見えなくてもついたくらいだ。セイント・ルークス・アヴィニューを、十番ストリート（昭和通り。）で曲って、Yアヴィニュー（馬場先門から八丁堀、越前堀をへて永代橋におわる通り。）へ入る。エイタイ・ブリッジを渡ったことまでは、少くとも自信があった。けれど、旧メモリアルホール（もと両国国技館。現在の日大講堂。）をすぎて、二十二番ストリート（月島から相生橋、高橋、駒形をへて斜めに押上に至る。）を北へ入ってからは、いささか怪しくなった。スミダ・リバーの毒ガスが遠ざかると、いよいよいけない。ダウンタウンの錯綜しきったサイドストリートを、幾曲りかすると、まるで判断がつかなくなった。一時間ほど走りつづけて、首と手が剝製みたいになったころ、ようやく車は停った。だれだかわからない四本の手に助けられて、おれは降りた。靴の下で、砂利が鳴る。十メートルばかり歩いてから、靴をぬがしてもらった。ひんやりした板の間へあがる。やたらに長い廊下を二度ばかり曲ると、足の下が畳になった。まわりに女たちの気配がするだけで、不気味なばかりの静けさだ。二本の手が、おれを立ちどまらせてから、黒めがねを外してくれた。その両手の持ち主は、アキコだった。

「ここが終点なの」

五人の女の服装とは、およそ釣りあいの取れない部屋で、タタミ・マットが十枚敷いてある。家具はひとつも置いてない。左右はサンドペーパーみたい壁で、左手の上半分はショージ・パネルの引き違い窓だ。前のフスマ・ドアは布張りで、キャベツのような花とチャイニーズ・ライオンの絵（牡丹に唐獅子であろう。）が、華やかに書いてあった。

「手錠も外してくれよ」と、おれは訴えた。

「トーキョー名物、道路工事で凸凹の道を、小一時間もこの格好で揺られてきたんだ。腕はバットになったみたいだし、首はボールになったらしい。きみたち、野球が出来るぜ」

「お察ししますわ」と、アキコはいやに愛想がいい、手錠はたちまち、もとのロイドめがねに変容して、おとなしくミス・ヨーヨーの鼻に跨《また》がった。アキコがつづけて、「筋肉疲労には、トルコ風呂が一番だそうですわ。こちらに用意がととのっておりましてよ」というと、チューインガム女史がフスマ・ドアをあけた。

隣りの部屋は壁も床も天井も、なにも塗ってない板張りで、左奥にやはり木造の四角いバスタブ、右奥にスチームバスの一人用キャビネット、これも木造のやつが据えてある。広さはタタミ・マット六枚ほどのその室内を、おれは見まわしながら、せいぜい皮肉に聞えるよう、

「ふん、急に待遇がよくなったな」

「あたしたちと同じニンジュツィストだからよ、あなたが」と、アキコは微笑して、「どうぞ、お楽に。服をぬがせてさしあげます」

辞退しようとしたが、四人がかりでは、抵抗しきれない。あっという間に、バースデイ・スーツ（生まれた時の服、すなわちハダカ。）一枚にされて、おれがワンマン・スチームバスに押しこまれるのを、楽しそうに眺めながら、「確かイガ＝ニンジュツ……とおっしゃいましたわね？」と、アキコは聞いた。

丸い穴のあいた木蓋から首だけ出して、「そうとも。プロフェッサ・モモチの門下だ」と、おれは威張った。

「きみたちも、流派を名のるべきだぞ」

「あたしたち、サナダ・グループよ」と、大きな錠をキャビネットにかけながら、ロイドめがねがいった。

「嘘をつけ！　そんな流派があるもん

か」

「ご存じないかも知れないわ」と、アキコが引きとって、「ユキムラ・サナダというひとが、編みだしたニンジュツなんです。サナダは千六百年代の天才的戦術家で、イガやコーガのニンジュツィストをたくさん雇ってたの。それで両派のいいところを集めて、改良を加えたわけね」

「サナダの名前は、プロフェッサ・モモチから、聞いたことがある」と、だんだん熱くなる木箱の中で、おれは答えた。

「だが、そんな流派は残っていないはずだぞ」

「ええ、トクガワ＝ショーグンの時代に移る直前の大戦争で、サナダは戦死したことになってますものね。でも、現代まで伝えられたんです——オキナワで」

「オキナワだって？」

「サナダは戦死したと見せかけて、実はキューシューへ落ちのびたの。トクガワの調査がきびしくなると、さらにオキナワへ渡って、百歳まで生きていました。百姓をしながら、サナダ＝ニンジュツを子孫の女たちに伝えてね。女だけに限ったのは、支配者トクガワの注意をひくまい、としてのことでしょう。住んでた土地も、サナダ＝ハラを訛ってサンダバルと呼ばれていたようだけど、今じゃ地名はなくなって、苗字になって残っています。あたしのフルネーム、アキコ・サンダバルっていうの」

　オキナワの戦いで、海兵隊の猛者《もさ》たちが、娘ばかりのゲリラに悩まされた、という噂を思い出しながら、「するときみがサナダ・ガールズのリーダーなんだな?」と、おれは聞いた。「まさか、アメリカ人を見さかいなしに、悩ましているんじゃないだろうね、殺された先輩たちの復讐のために」

「あたしたちの島は、アメリカの兵隊さんだらけよ。わざわざ、本土へ渡ってくると思う?」と、アキコは聞き返した。

「それより、お風呂加減はいかが?」

首をふって、鼻のあたまの汗を払い飛ばしながら、「もう停めてくれないか? 熱すぎるよ」と、おれは頼んだ。キャビネットの内側は、さわると火傷《やけど》しそうだった。首にタオルを巻きつけて、穴の隙間を埋めてあるのに、それでも洩れる蒸気のせいで、サナダ・ガールズの顔が霞みはじめる。「出してくれったら! これ以上ハードボイルドにすると、あとが怖いぜ」

「そうねえ。あたしたちの質問に正直に答えてくれれば、出してあげるわ」

「ちえっ、これもサナダ=ニンジュツの拷問か」と、突っ立ちあがる勢いで、おれは蓋を破ろうとした。だが、両肩を火傷しそこなっただけ。厚い木の蓋は、びくともしない。腰をかけてる小さな椅子も、燃えだしそうな塩梅《あんばい》だ。尻を落着けてさえいられない。全身おおった汗の熱湯を、おれは両手で拭いながら、「ええい、なんでも聞いてみろ! 知ってることなら、答えてやらあ」

「知ってるはずよ」といったのは、蒸気に霞んでよく見えないが、バースト・コントロールの提唱者らしい。

「きのう、あたしたちが逃げたあとで、死んじゃった男のことさ。あいつから預ったもの、どこにあるの？」

「そっちだって、知ってるだろう？　ゆうべ、調べて行ったじゃないか」

「そうか。だれかにもう、渡しちゃったんだね？　だれに渡した？　名前をいいなよ」

「名前なんぞ、知るもんか」と、おれはかすれた声をあげる。耳はがんがん、目はもうもう、胸毛もちりちり燃えだしそうだ。「だから、厄介払いをしたくても出来ないんだ。頼む、蓋をあけてくれ！」

「苦しかったら、正直にいうんだね。預ったものを、いったい、だれに届けたか――」

「サムライに渡してくれ、と頼まれたんだ。それだけだよ。どこのなんというサムライか、聞こうとしたら……死んじまった。だから……渡したくても……わた……」

　おれのあたまの温度計は、ついに針が吹っ飛んだ。目の前の蒸気が、まっ黒に染まる。全身の毛穴から、熱い空気が噴きだした。見る見るからだが縮んで行く。萎《しぼ》んだからだは蒸気の渦に巻きこまれて、サナダ・ガールの投げたコンドームみたいに、天井に叩きつけられた。そのまま貼りついて、身動きもままならない。目の下はバスタブだ。中の湯が音もなく、飛びかかって来る。湯ではなかった。冷たい水だ。氷のようなやつが、百万本の針になって、顔に突きささった。おれは唸って、目をあいた。木製のバケツが頭上でおどって、冷たい水がまた落ちてきた。おれはあたまを振って、板張りの床から起きあがる。

「気がついたようね?」と、遠くヒマラヤのあたりで、女の声が聞えた。おれはどうやら足の裏だけを残して、濡れ鼠のからだを床から剝すことに成功した、女の声は遠かったが、五体は眼前に立っていた。ジュードー・ユニフォームから、長い手足をはみださせて、ブラックベルトを締めている。サナダ・ガールズ五人のうち、まだジュッを見せていない女だった。

木製のバケツを床に置いて、「さあ、からだを拭いてあげるわ」と、女は大きなタオルをひろげる。今度の声は、ちゃんとタオルの蔭から聞えた。おれのからだを拭いおわると、女はフスマ・ドアをあけた。隣りの部屋には、厚いマットレスが敷いてある。だが、四人の女は見あたらない。それどころか、おれの着ていたものも見あたらない。

「裸で追い出されるんじゃあ、かなわないな」と、おれは顔をしかめて見せた。

「大丈夫よ。マッサージがすむまでには、きちんとプレスして持ってくるわ。少しいじめすぎたから、こんだサービスしなくちゃね」と、女はマットレスを指さして、

「横におなりになって」

「ここはいったい、どういう場所なんだい?」

「決ってるじゃないの。トルコ風呂よ。

デラックス・ダイミョー・トルコ」

　封建時代のダイミョー領主の館《やかた》のように、デラックスな設備のトルコ風呂、という意味らしい。その説明だけで、安心したわけでは毛頭ないが、なにしろ一滴残さず、汗をしぼりとられたあとだ。おまけに、マッサージの手際があまりよかったので、おれはつい眠ってしまった。だが、急に胃ぶくろのあたりを、凄い力でしぼりあげられて、おれは飛びあがった。

「ひどいな。ひとを裏返しにする気かよ」

「まだ起きちゃ、だめじゃないの。すぐ嚥《の》みこんだものを、吐きださせてあげるからさ」

「朝めしを食っただけで、腹の中はからっぽだ。吐きだすようなものはないぜ」

「嘘おっしゃい。気を失ってるあいだに、隠せるところは全部しらべたの」と、いったとたん、中腰になったままの女の足が、マットレスについた片手を軸にして、矢のように延びてきた。おれは両足を薙《な》ぎ払われて、ひっくり返った。おれの臑《すね》に片足をかけたまま、おでこに紐でもついてるみたいに直立すると、「ほかに隠せるところは、お腹の中だけだわ」

「まだおれがなにか隠している、と思ってるのか。こん畜生！」

　おれは怒って、のしかかってくる女の胸ぐらをつかむと、トモエナゲで投げ飛ばした。相手の下半身を蹴りあげる勢いで、全身を一回転させて、枕もとのほうへ投げ出したのだ。ジュードーならば、相手がブラックベルトだろうと、こっちには大きなからだと力がある。女はジュードー・ユニフォーム、おれは裸。つかまえどころが多いだけでも、よけい、こっちに分があるわけだ。それに、ジュードー・ユニフォームは前が哆《はだ》けやすい。女性がこれを着た場合、内側がどうなっているのか、という興味もあって、おれは勇躍、跳ねおきた。もちろん、女も立ちあがっていた。おれたちは両手を前に、中腰になって睨みあいながら、マットレスのまわりを三回まわった。

いつの間にか、部屋の隅に籠がおいてある。柳の枝で、矩形に編んだ籠だ。おれの服やシャツが、きれいに畳んで入れてある。それに気づいて、おれは勝負に出た。ジュードー・ユニフォームの襟をつかむと、相手のふくら脛《はぎ》を、片手で払おうとした。だが、一瞬早く、女がおれの手首をつかんだ。その手を軸に、今度はおれが一回転する番だった。けれど、おれは相手から手を離さなかった。マットレスに落ちると同時に、もう一度トモエナゲをかけたのだ。女のからだが、おれの上で逆立ちする。ジュードー・ユニフォームの襟が、盛大にひろがった。下にはなにも着ていない。息を呑むほど大きな乳房がふたつ、戦闘機の機関銃座みたいに、おれを狙っていた。手を離すと、女は足から先に、壁にむかって飛んでいった。ショージ・パネルの窓を破って廊下へ突っこむはずだった。おれはマットレスを横にころげて、半身を起した。だが、ジョージ・パネルの毀《こわ》れる音はしなかった。タタミ・マットを見まわしても、どこにも女は倒れていない。おれは狼狽して、立ちあがる。とたんに思わず、頬をつねった。窓の手前に女の顔が、細い眉毛をコールマン髭のように、赤い唇を寝不足のキュクロペス（ギリシャ神話に登場するひとつ目の巨人。）の目みたいに見せて、ぶらさがっていたからだ。

　おれの気の迷いではなかった。やたらに高い天井は、細長い板を組みあわせたもので、黒い漆塗りの桟が走っている。その桟を、翡翠色のペデキュアをした指で挟んで、女は逆さにぶらさがっているのだった。その指の把握力が、たとえチンパンジー並みであったとしても、男の力でぶらさがれば、落っこって来ないはずはない。そう判断して、おれは飛びかかった。けれど、計算どおりには行かなかった。女のからだがサンドバッグのように、大きくうしろへ揺れたかと思うと、おれの顔に生暖かい液体が、したたかにかかったのだ。濡れタオルを、はたきつけられたような衝撃だった。尻餅ついたおれの頭上で、乳房を両手で揉みあげながら、女は叫んだ。

「サナダ＝ニンポー、ブレスター（SFでおなじみのブラスター。熱線銃をもじってブレスト、つまり乳房にかけた造語。乳腺銃とでもいおうか。）！」

　同時に、尖った薔薇色の乳首から、ふたたび白い線が走る。おれの顔は、ねばつく液に蔽われた。まるで合成樹脂系の接着剤みたいに、それはおれの目をふさぎ、鼻をふさぎ、口をふさいだ。手でこすっても、落ちればこそだ。一種の異常体質を利用した恐るべきニンポーに違いない。おれはだらしなく、またもや意識を失った。そのまま放っておかれたら、きっと窒息してしまったろう。

しかし、サナダ・ガールズには、おれを生かしておく必要があったらしい。気がついてみると、うしろ手に縛られて、まっ暗な中に転がされていた。ご親切に、顔のミルクは落してあったけれど、おでこや頬はまだ硬わばっている。服も着せてくれたようだが、お尻の下には愛想のないコンクリートが冷めたかった。闇に目が馴れてくると、どうやらここは、スチームバスのためのボイラー室らしい。その壁にパイプが、何本も走っている。その中の細い一本に、おれは縛りつけられているのだった。ボイラーの音が、ぜんぜん聞えないところを見ると、夜もだいぶ遅いのだろう。パイプもすっかり、冷えきっている。おれは縛られている手で壁をさぐった。パイプの継ぎ目に、ナットで締めあわせる鍔《つば》がついている。その一部分が欠けて、三角形に凹んでいた。そこまでロープをずらして行って、おれは辛抱づよく手首を動かした。ロープが切れないうちに、手首のほうが切れてしまいそうだ。だが、あきらめるわけには行かない。今までさんざ愚弄されながら、サナダ・ガールズの手のうちを見てきた苦労が、それでは無駄に——いや、負け惜しみはよそう。とにかく日本ふうの表現でいえば、ここらでショーツのゴムを(つまり緊褌一番。)、やつらの鼻をあきつくしてかしてやりたい。見せてやるのだ。サム・ライアンの逆襲を！

意気ごみだけはよかったつもりだが、いくら時間をかけても、ロープは切れない。けれど、結び目がゆるんできた。おれは手首をすりむきながら、どうやら縛《いまし》めをとくことが出来た。暗闇の中で、服のポケットを探る。ニンジュツィストは泥坊とは違う、というつもりか、所持品から減っているものはないようだ。ミスタ・イガのつけ髭まで、指にさわった。持っていたおぼえのない紙マッチも、入っている。おれは手さぐりで火をつけて、電灯のスイッチを探した。ボイラーや壁のパイプがなかったら、かなり広い部屋だろうが、ドアはひとつしかない。そのわきの壁にスイッチがある。天井の電灯をつけてから、おれの自由を奪っていたロープを、大急ぎでパイプから外した。それを束ねて、ドアのノブにかける。鍵穴から灯りが漏れないようにして、部屋の中を調べにかかった。といっても、その対象になるものは、ロッカーがひとつ壁に押しつけてあるだけだ。幸い、錠はおりていない。

スチールの戸をあけてみると、中にはゴルフバッグがひとつと、猟銃が二挺、立てかけてあった。ゴルフバッグは、見おぼえのあるカンガルー皮のやつだ。その下には、シルキーブルーのジャンパーが数着、きちんと畳んでクッションみたいに置いてある。そのまた下に木箱のあるのが気になって、おれは引きずりだしてみた。中身は拳銃三挺だった。二挺はオートマチックで、ハイスタンダードの二二口径とコルト四五口径。もう一挺はスミス・アンド・ウェッスンの三八口径リボルバーだ。ほかに実包の紙箱とサイレンサーがふたつ――ひとつはコルト用、ひとつはスミス・アンド・ウェッスン用のものが入っていた。おれは、四五口径と三八口径の弾丸を選びだした。リボルバーにだけ、サイレンサーを取りつける。もう一度、室内を見まわして、隅に椅子が一脚、置いてあるのに気がついた。そいつをドアのそばに運んでから、ノブを廻した。錠がおりている。さっきの紙マッチを出して、表紙をひろげた。マブーという喫茶店のやつで、ヨリコ・サワノウチが渡して行ったものらしい。表紙は薄いが、プラスチックみたいに丈夫だった。ドアと框《かまち》のわずかな隙間に、それを差しこんでずり上げて行く。外観から判断した通り、錠は掛け金式のもので、やがて手応えがあった。そのまま表紙を上げると、掛け金も一緒に上った。おれは電灯を消して、そっとドアをあけた。左手に椅子の背もたれをつかんで、ライオンの調教師みたいに構えながら、部屋を出る。とたんに、頭上で声があった。

「ごちょごちょやってる、と思ったら、やっぱりねえ。おかげで、張り番に退屈しないですみそうだわ。でも、よくロープが解けたこと」

同時に、電灯がついた。部屋の外は、狭い階段だった。いちばん上に、サナダ・ガールズのひとりが立っている。こちらを見おろしている顔は、バースト・コントロールの女だった。おれは椅子を構えて、右手のコルト四五口径を向けた。女のからだが動いたとも見えないのに、たちまちオートマチックの銃口は、ゴムの薄膜に蔽われた。おれはぜんぜん間をおかずに、椅子を棄てると、背もたれに当てがって持っていたスミス・アンド・ウェッスンを突きだした。そのサイレンサーにも、ぴしっとコンドームが被《かぶ》さるやいなや、おれはコルトのほうを女に投げつけた。こんどこそ本番で、まごまごしてればナイフかなんか、飛んでくるに違いない。おれは運を天にまかせて、椅子のかげに膝をつくと、ひと捩《ねじ》りしておいただけのサイレンサーを、リボルバーから捥《も》ぎはなす。銃口を上げたときには、引き金をひいていた。

せまい階段に、銃声の反響が凄じい。一発、二発、三発。女のからだが、でんぐり返しをくりかえしながら、下まで落ちてきた。第三帝国の紋章（ヒトラーが国旗に使ったカギ十字。）みたいな格好で、四本の爪ことごとく、鋭い両刃になった代物がひとつ、おれの足もとに光っている。椅子の底には、三つ突きささっていた。まかり間違えば、こいつに心臓を剔《えぐ》られていた、と思って、ぞっとしたのは後刻のことだ。おれは立ちあがると、生の牛肉のような女の死体を飛び越えて、階段を駈けのぼった。上にはドアがふたつある。横のは屋内に通じそうな気がして、正面のを選んだ。勘はあたって、外は小暗い庭だった。どうやら、屋敷の裏手らしい。植込みが濃い闇をつくっている向うに、黒板塀があった。塀の上には、両端の尖った棒を×形に組んだものが、ごく狭い間隔で取りつけてある。忍びこんで来るやつを帰してしまう、という意味で、シノビ=ガエシと呼ばれている泥坊よけだ。ズボンを破らずに乗り越す自信は、とうていない。庭木をくぐって、非常口を探しにかかった。

不意にくしゃみが出そうになって、おれは口を押さえた。右の頰が、ちくりと痛む。触ってみると、洗い残りのミルクが、プラスチックを貼りつけたみたいに固まっている。それが一ヵ所ささくれて、頰にかすり傷でも出来ているらしい。思いあたるのは、足もとに落ちていたハーケンクロイツ型の異様なナイフだ。あいつ、頰に命中したに違いない。だが、乾いたミルクに勢い削《そ》がれて、わずかな突き傷しかつくれずに、むなしく床を打ったのだろう。ほかに考えようはない。奇態なナイフの恐しさと、その上を行くブレスターの威力を実感して、おれは身震いした。そのとき板塀にあてている手が、一本の横棒にふれた。小さな潜り戸のかんぬきだ。それを引っこぬいて、おれは露地へ走り出た。反対側にも、黒板塀がつづいている。遠く明るい露地口さして、盲めっぽう駈けぬけた。今ごろサナダ・ガールズは、仲間の死体を発見して、色めき立っているかも知れない。走るスピードを増しながらも、おれはいささかご機嫌だった。ざまを見やがれ。サムの逆襲の第一歩が、あれなんだ。

ターザンの真似をして、勝利を誇るジャングル・クライを、あげたいくらいの気分だった。でも、我慢してその代り、広い道路へ出たところで、ちょうど来かかるタクシーを、おれは大声に呼びとめた。「ギンザへユキマス！」と、行き先を告げる。朧ろ月とまばらな街灯に照されて、妙にしんとしてる並木道を、ルノーの七十エン・タクシーは、まっしぐらに走り出した。

「ココハドコデスカ？」と、おれはこのへんの地名を聞いてみた。

「ムコージマですよ。わかる？　あんた、ゲイシャ・ハウスで遊んできたんですね。違いますか？」と、黄いろい歯をむきだして笑いながら、運転手はふり返った。

「ジャパニズ・スタイル・セックス・サービス、とてもジョートーだったでしょう？」

「確かにジョートーだったよ。堪能しすぎて、二度と近よる気もしない」

「そんな弱音は吐かないで、どうです？　元気づけにセックス・ショーでも見ませんか。男と女、女と女、犬と女。うなぎと女なんて珍しいのも、ありますぜ」ルノーは、鉄の組梁《トラス》も仰仰しい大きな橋に、さしかかっていた。半開きの窓からは、スミダ・リバーの毒ガスが入ってくる。だが、近くの灯火、遠くのネオンを映して、黒い川面は美しい。「ああ、これがシラヒゲ・ブリッジです。近くに電話ボックスがあるから、今夜はどこでショーをやってるか、聞いてあげますよ」と、運転手はスピードを落した。

　橋を渡って西南に進めば、じきアサクサだ。このダウンタウンの盛り場は、ストリップ劇場が軒を並べていることで有名だが、周辺の民家でも、きわめてセンセーショナルなショーを、ギャング主催で秘密裡に、やっているところがあるのだった。しかし、目下のおれには興味がない。

「それは辞退するが、電話はかけたいな。ボックスの前で、停めてくれ」と、運転手に頼んで、さっきの紙マッチをポケットから出した。タクシーが歩道に寄って、まだ停まりきらないうちに、おれはドアをあけた。そのとき、反対側のドアすれすれに、まっ黒な車が追い越して、カミカゼ・スピードで走り去った。おれの運転手が罵声を投げたが、とうてい間にあいそうもない。気にも留めずに、おれは電話ボックスに近づいた。大音響が、とたんに起った。

　軍隊時代の自衛本能が、おれには残っていたのだろう。歩道に身を投げて、あたまを抱える。腋の下から振りむくと、今の今まで、おれが乗っていたタクシーは、真鍮色の炎と煤黒い煙りにつつまれていた。その炎と煙りの中から、人間の腕らしいものが突きでて、宙をつかんだ。ドアをあけて、逃げだそうとしているらしい。運転手だ。だが、腕はすぐひっこんで、あとはただ唸る炎とひろがる黒煙。

＊ *I had a little pony* の第二節、初行か

ら四行目まで、「鞭を鳴らして打ちすえて／泥の中を乗りまわす／そんなに驢馬をいじめると／ぜったい貸してやらないぞ」という、子どもが自分の驢馬をレディに貸したら、いじめられたので腹を立てている唄を、もじったものだ。

その三

滝口正雄は、〈三重露出〉の校正刷を、訂正しおわった第四章まで、藤堂書房あての速達便にして、金助町郵便局をでた。その顔つきとは反対に、晴ればれと空は明るい。蒸暑くなりそうな日の光に、いっそう眉をしかめながら、滝口は下宿を通りすぎて、湯島天神へむかった。ここへ越してきて以来、運動不足をさけるために、一日に一度は男坂、女坂の石段を、おりたりあがったり、することにしているのだ。昼間のせいか、黒びかりした青銅の鳥居のそばには、頰の赤い小娘が、暑苦しそうに赤ん坊をおぶって、ぼんやりと立っているだけだった。鳥居の亀腹のかげに、子どもを置きざりにして、故郷へむかって列車のでる上野駅へ駈けつけようか、と迷ってるみたいな面もちだ。境内をのぞくと、糊のきいていないワイシャツの袖を、ゆっくり捲りあげながら、瘦せた男がひとり、額堂の額をあおいでいる。横顔は病みあがりめいた感じで、灰汁《あく》をかぶったように艶がない。しかし、目鼻立ちには見おぼえがあって、滝口は声をかけた。

「間違ったら、ごめんなさい。小森君じゃありませんか」

「滝口さんでしたね。これから、お宅へうかがおうか、と思っていたんです。手紙をいただいたけれど、返事を書くのはめんどくさくって」

小森一郎は、元気のない低い声でいいながら、いったん捲りあげた袖を、もう一度おろしかけた。それをまた、名声をかけた大事業のような丹念さで、捲りなおすと、

「めんどくさいなんていっちゃ、失礼かな。でも、長いこと病気でねてたんで、不精をとがめられない習慣に、なれちゃいましてね。しかし、あんがい早起きなんだな。滝口さん。昼すぎじゃなけりゃ、起きないんだろうと思って、ここで時間をつぶしてたんだが」

「いつだって、いまごろには起きてるよ。もうかれこれ、十一時だもの。じゃあ、いきますか」

滝口が踵《くびす》をめぐらしかけると、ためらいがちに小森はいった。

「この社殿の裏のほうに、ベンチがあるでしょう？　なんなら、そこで話しませんか。ただし、ぼくはものおぼえが悪いから、あまりお役に立ちませんよ。正直いうと、すこし迷惑なんです。目下のところ、いやおうなしに、髪結いの亭主の境遇でね。女房が美容院のほうで、忙しがってるさいちゅうに配達されたから、手紙は読まれずにすんだけれど」

と、先に立って境内にもどりながら、ひょうきんに顰《しか》めた顔をふりかえらして、

「きょうだって、女房がアメヤ横丁へ買いものにいくってんで、半ばおとものの資格で出てきたんです」

そのくせ、より子のことと聞くと気になって、こずにはいられなかったのだろう、と滝口は思った。ろくに埃もはらわずに、ベンチに腰をおろした小森から、二、三年前のおしゃれな若い装身具デザイナーは、とうてい探しだせなかった。並んでかけると、滝口はすぐ口を切った。

「迷惑かもしれない、と考えないわけじゃなかったんだが、ちょっと——妙なことが持ちあがってね」

手みじかに〈三重露出〉の話をすると、小森は聞きおわって、わざとらしい舌うちをした。いやに金属的なその音は、崖下を通過する都電の騒音さえも圧して、社殿うらの広場にひびきわたった。それは過去という古井戸に、怒りをこめて投げこまれた小石のひびきだったのかもしれない。

「より子なら、それくらいの祟《たた》りはしそうだな。あんたがあの事件を、ほじくりかえしたくなった気もちはわかりますよ。でも、あんまり熱心にはならないほうが、いいんじゃないですか？　よけいなお世話かもしれないけれど」

「しかし、放っておいたんじゃ、どうも気になってね。格別、より子のことだからってわけじゃない。解決のところが落丁した推理小説を、読みかけちまったようなもんで……」

「完全本が手に入って、満足できればいいけれど、かえって不愉快なことになったら、どうします？　その可能性、大ありですよ。あの女に近づいた連中は、みんな駄目になってるんだから——ぼくが長わずらいしたのは、より子のせいじゃないとしても、簑浦さんは事業に失敗した。無一物になったんじゃないらしいが、ぼくの聞いたとこじゃ、まるで無気力な若隠居だ」

「こちらも相変らず、うだつのあがらない翻訳家だしね。でも、能勢君なんて華ばなしいのが、いるじゃないですか」

「あいつはもともと、鈍感なんです。パリまでいって、便器の写真を撮ってくるようなやつだから……そういえば、宇佐見もいちおう、ちゃんとやってるな。ひょっとすると、あいつが一枚、噛んでるんじゃないかしら。銀行につとめて、たしかいまアメリカにいるはずだ。そのS・B・クランストンてのが、ペンネームだとすると、さしあたり臭いのは、サンディ・ヘインズだけど、ありゃあ、推理小説を書くような男じゃありませんからね。金持の馬鹿息子です。民話の東西比較研究をやってたから、発育不全だっていうわけじゃない。より子へのプレゼントに、口んなかに赤い豆電球がついて、煙を吐きだすドラゴンの縫いぐるみを、持ってきやがった。よっぽど、無邪気なんですね」

「事件当時は、もうアメリカへ帰ってたんでしょう?」

「そうですよ、たしか。なにしろ、都電が気に入った、という先生でね。趣味はパステル画をかくことだけ。車も乗りまわさない。ギャンブルもやらない。だから、ぼくらのポーカーにもつきあわない。もっとも、ぼくもあれ以来、ポーカーをやっていないな。ほんとは、簑浦さんをけなせないんだ。このごろ退屈すると、近所の碁会所へいくんです。それも、石がなくなったら、ジャンケンで勝負をきめるって口でね」

「でも。あの晩は、インディアン・ポーカーなんて凄じいのまで、やったそうじゃないか」

「あのときの話が、眼目なんでしょうけれど、あらかたわすれました。絶対安静、考えごともしないように、なんて生活が長くつづくと、わすれる技術もうまくなる。そうだ。ひとつだけ、あんたの喜びそうなことを、おぼえてるな」

小森は滝口に顔をむけると、返すつもりのない借金を、申しこむときみたいな笑いかたをした。はっきり視線をあわしたのは、ほとんど初めて、といっていい、それまでは喋りながら、塵紙で太いこよりをこしらえて、人形のようなものをつくっていたのだ。

「ぜひ、それを聞きたいね」

と、滝口がうながすと、小森はふたたび膝の上に視線を落して、人形をこしらえはじめた。爪のいろは悪かったが、指さきの緻密な動きだけは、昔とそれほど変らない。わかれた妻に、小森が創作したイアリングを安くゆずりうけて、与えたことがあるのを、滝口は思いだした。いぶし銀の曲線を何本か、知恵の輪みたいに組みあわせて、大きく派手にも、小さく地味にもつかえるそのイアリングは、栄子のわりに大きな耳に、なかなか似あったものだった。

「巻原がとちゅうで、ゲームをぬけたことは、ご存じでしょう？　ぼくらがポーカーやってたのは、玄関わきの洋間でしたが、となりにも洋間がもうひとつあって、より子のおやじさんの書斎なんですがね。すこぶる寝ごこちのいいソファがあった」

と、小森は話しはじめている。そこに、滝口はあわてて、脳裡のスライド投写機から、栄子のつめたい横顔をぬきとると、沢之内慎三の書斎の全景をさしこんだ。ただでさえ隣室よりもせまいのが、壁をおおった黒檀の書棚のせいで、いっそう小ぢんまりと落着いてみえる部屋だった。客間の煖炉の上にかかっているビュッフェのサン・ジャック塔の絵は、きわめて精巧な原寸大でありながら、しろうと目にも複製とわかるのに、こちらの壁間を小さく飾ったゴヤの〈鰯の埋葬〉は、まるで本物みたいな気がする。豪奢な台ランプを改造した電気スタンドが、紫檀のデスクの上から、なんどり投げる光のために、そんな錯覚が起るらしい。その光に金文字を沈めたエンサイクロピーディア・ブリタニカの列や、それにも増して、天井ちかくに埃をかぶったモンタギュー・サマーズの悪魔学の研究書、*The History of Witchcraft and Demonology* の初版本がうらやましかったのを思いだしながら、滝口はうなずいた。

「知ってます。その長椅子で、巻原はやすんでたんですか」

「そういうことに、なってますね。しかし、だれも監視してたわけじゃない。おまけに客間から、書斎へつうじるドアをあけても、ちょっとのぞいたくらいじゃ、デスクのかげになって、ソファは見えない。なんていうと、中傷めいて聞えるかもしれないが、廊下のドアからなら、隙間に目をあてただけで、よく見える。ぼくがのぞいたときには、いなかったんですよ、巻原は」

「それは、いつごろ?」

「わかりません。あんたの翻訳に出てくる連中みたいに、なにかというと時計をみる習慣は、ぼくにゃないから……とにかく、やっと宇佐見が、より子を呼びにいったときよりは、もちろん前です」

「というと、別にそのことを、騒ぎたてたりはしなかったわけね?」

「巻原がどこにいようと――より子の部屋だったに決ってるけど、ぼくの知ったことじゃないもの。やきもきするのは、宇佐見の役だったな、あのころは」

　膝に落した小森の目は、こよりの人形が、より子のミイラでもあるかのように、悲しげだった。そのくせ、くぼんだ頰のすみには、複雑な微笑がきざまれている。あんな事件にならなかったら、あくる日、沢之内家を辞した道すじで、この男、宇佐見に耳うちしてやるのを、楽しみにしていたのかもしれない。そう思いながら、滝口はいった。

「それだけのことじゃ、巻原君は疑えないな。あとで宇佐見君が、バス・ルームにいたより子さんを、ちゃんと見てるんだから」

「ぼくだって、やつが犯人だ、と仄めかすつもりは、さらさらないですよ。あの事件で、いちばんショックを受けたのは、巻原だって認めてるくらいだ。より子のパステル画の肖像を――サンディがかいたもんだけど、盗みだした、といっていいくらいの貰いかたをしてね。あいつ、宝物みたいにしてましたよ。いまでも、抱いてねてるんじゃねえかな」

　吐きだすようにいった言葉のげすっぽさが、手もとのこより人形とそぐわなかった。それは、紙をもんだチュチューをはいて、典雅なバレリーナになりかかっている。細長い足にアラベスクのポーズをとらせながら、小森はつづけた。

「でも、となりの部屋にいなかった、という事実は、なにか意味ありげじゃないですか。警察は殺人だと決定したけれど、情況の判断から、そう決めこんだだけじゃないのかな。あんがい絨緞をプールに、ベッドを跳びこみ台に見立ててね。より子のやつ、投身自殺をしたのかもしれませんよ。なにしろ、凶器はなかったんだから」

「どうして？」

「呼びにいってきてからは、巻原もぼくらと一緒にいたんです。動機はあったかもしれないが、ぼくたち五人には殺せなかった。外から入ってきた泥坊かなんかに、あっさり殺されるような彼女じゃないし……」

「あの状況から見て、沢之内君が犯人に気をゆるしていたことは、たしかだね。盗られたものは、なかったんでしょう？　それにドアのノブには、最後にあけた宇佐見君と菊池君の指紋しか、なかったって話だったな。つまり、巻原、宇佐見の両君が呼びにきたあとで、だれかが拭きけした、ということになる。強盗なら、そんなまねはしないだろうね。最初から手袋をはめるか、さもなきゃ、ぜんぜん気にしないか、どっちかだ。しかし、自殺だという心あたりは、なにかあるの？」

「なにも」

と、小森は細い首をふって、

「はっきり、そう信じてやしませんしね。ただ考えてみると、あのひと自身、どうしていいかわからない立場に、あのころ、立ってたんじゃないかなあ。ありゃあ、おやじのせいですよ。沢之内慎三氏というのは、学生時代、神秘主義の戯曲かなんか書いてたんですとさ。それが親の意見でか、自信の喪失でか、虚業のほうはあきらめて、実業に専念するようになった。ねえさんのほうは、専念ちゅうの子どもなんで、実用むきに育ったけれど、より子が育つころには地位が固って、落着いてきてましたからね。芸術的素質かなんか見いだして、規格外の教育をした。まあ、きざないいかたをすれば、沢之内慎三の自己の青春に対する誇張された悔恨と、多年、抑圧された反道徳的性格の影響で、あんな変てこな女ができあがったんでしょう。それに、おふくろなるものがまた、日本的悪妻の見本みたいな存在でね。家がだいじ、亭主がだいじ、子どもがだいじ、つまり、いてもいなくても同じような母親なんです。けっきょく、両親ともに不器用なんだ。だから、より子も器用に現代をはねまわっていたようでいて、実は不器用な女だったんです」

「話が抽象的になりすぎたね。ぼくはだいいち、より子がそれほど妙な女だとは思わないんだが……」

「妙ですよ。あの事件の新聞記事を読むと、より子はボーイフレンドを集めて、手玉にとってる体温過剰の金持ち娘だ。実物は、あんなに冷めたい女なのに――なんとなく、ぼくは思うんだけれど、成熟期になにかショックをうけて、実質的な恋愛が、できなくなってたんじゃないのかなあ。そのくせ、おおむね女性ってのは、男性よりも猥褻な存在ですからね。男をこしらえたくなって、手をだしてみちゃあ、怖くなって、手をひっこめてたんじゃないかしら」

「そんな女の子は、いくらもいるよ」

「ぼくが一般論的ないいかたをしたのは、遠慮したせいなんだがな。まあ、いいや。よしましょう。こんなお喋りで、人間の本質がつかめるわけはない。だいたい、口ばかり達者で、わりあい臆病だったぼくらの責任かもしれませんよ、より子があんな死にかたをしたのは」

「男運がわるかったのかな」

「いわないこっちゃない。せっかく、ロマンティックに仕立てあげたのが、月並みなひとことで、片づいちまった」

「だから、事実がほしいのさ」

「事実はもう、売切れですよ。銅板画模様のローブの前がはだけて、蝶の模様を刺繡したところ以外はフィルムのように透明なパンティがのぞいていた、なんて脚色してみたって、はじまらないでしょう？　死体はわりに行儀よく、うつぶせになってたんですから」

と、小森は紙のバレリーナを、膝の上へねかしてみせて、

「ぼくらが発見したとき、髪の根もとのほうは湿っていたけれど、からだは乾いていた。解剖結果をあとで聞いたところでは、処女ではなかったが、当夜、交渉をもった痕跡はなかった。テーブルの上にはポータブル・バーがおいてあって、これが、くすんだ三方金、底びかりした総革表紙の骨董品的書物を四、五冊積みあげたかたちの、いちばん上の一冊が蓋になってる、という凝ったやつでね。おやじさんの書斎から、接収してきたもんなんだけど、そばにタンブラーがひとつ、置いてあった。あらかた氷がとけてたために、ふえてはいたが、ブラック・アンド・ホワイトをダブルでいど、ついだものらしい。その少量が、故人の胃から検出された。あの部屋には、一歩も外へでなくても生活できるように、設備がととのってて、冷蔵庫もあった。その上に、からっぽの製氷皿がのっていましたよ。倉庫をひっかきまわしても、残ってる事実は、こんなもんです」

「死体の発見は、一月二十八日の午前一時四十何分かだったね？」

「そりゃあ、ぼくらの電話をうけて、警察が記録した時間でしょう？　どっちにしても、大差はないけれど——もう死んでることは、間違いなかったし、肉親は留守ときてるんだ

から、警察を呼ぶよりしようがない。意見はすぐに一致したんです。巻原は最後まで、いやな顔してましたがね。ぼくも後悔したな。刑事ってのは、次元がひくいからね。『いい若い者があつまって、やくざの真似をしてたのか』なんていやがるんで、『貴族のまねをしてたんだ』って、いってやったよ。花札やカードを不健全とみる風潮は、政府がばくちの寺銭かせぎをしているのを、照れくさがってる偽善的態度の影響でしょうな。花札にはずいぶん、複雑かつ芸術的なやりかたがあるんでしょう？　手本びきとかなんとか名称をきくだけで、信頼できるルール・ブックも、研究書も出てないのは、日本文化の恥ですよ。カードに関しちゃ、ホイルみたいな権威あるルール・ブックや、研究書もたくさんあるってのに」

「つまり、もっぱら、きみたちが疑われたわけか」

「そりゃあ、易きにつくのが、人情だからね。より子の部屋のわきから庭へでるドアは、内がわからなら鍵がなくても、あけられるんだ。庭の上は凍っていたから、足あともない。だからって、ぼくらを疑うことはない、と思うんだがな。あの晩、より子のところに、だれかから電話があったんです。そいつが、たずねてきたかもしれませんしね」

「でも、裏口の扉には、かんぬきが差してあったんじゃなかった？」

「かんぬきじゃなくて、掛金ですよ。あれは外からでも、かけられるんだ。受金に対して、四十五度ぐらいに掛金をたおしておいて、扉をしめる。外がわから、掛金の下のほうを軽くたたくと、うまく受金におさまるんです。掛金を回転させる軸が、ちょっと固かったから、そんなことが出来たんでしょうね」

「しかし、外からは、あけられなかったんでしょう？」

「そりゃあ、より子さんがあけてやったに決ってますよ」

「きみの意見だと、犯人はより子と親しい人物で、きみたちが知らないうちに、裏口から入ってきた、というわけか」

「そういうことになるけれど、ぼくにゃ意見なんてないですよ。いまさら、犯人をつきとめたところで、どうってこともないじゃないですか。警察の鼻をあかしてみても、おもしろくはないし、犯人をゆすりたいほど、金に困ってるわけでもないし……」

「ぼくだって、そんな下ごころがあるわけじゃないぜ」

「こりゃあ、失礼。つい品性が、下劣なもんでね。ぼくら五人のなかに、犯人がいたとすれば、能勢健一あたりだな。でも、やつには機会がなかった」

「能勢君をうたがう理由が、なにかあるの？」

「あいつなら、人殺しができそうだからですよ。巻原がゲームを抜けたのは、やつにいじめられたせいなんだ。能勢にいわせれば、そんなつもりはなかったんでしょうがね。テーブル・ステイクスでやったんです。あの晩のポーカーは——ご存じでしょう？　賭高を各人が持ってるチップの数に、おさえとくシステム。二十枚もってれば、一度に二十枚まで賭けていい、というやりかたです。そのとき十枚しかないやつがいれば、そいつは全部だすか、おりるしかない。そうしむけるのを、『タップする』というんですがね。能勢は巻原を、タップしたんです。巻原が十一枚しか持ってないのに、能勢は二十枚ぐらい賭けた。よせばいいのに、巻原が応じて、十五枚ぐらいのより子も――ご両人、つきが廻ってきてたせいかな。強気にうけて立ったんです。菊池はおりたけど、ぼくと宇佐見はつきあった。各人がだしたチップの山を、ポットというでしょう。こういう場合は、各人十一枚ずつのメイン・ポットのほかに……」

「サイド・ポットとかいうのを、別につくるんだったね、たしか」

「そう。だから、より子と宇佐見とぼくと能勢で、五枚ずつのサイド・ポットを、まずつくった。つぎに宇佐見とぼくと能勢で、もうひとつ、五枚ずつのサイド・ポットをつくったわけです。もちろん、この数は正確じゃないですよ。二年も前だから、ぼくがおぼえてるはずはない。ただ結果は、おぼえてるな。てっきりハッタリで、内心こまってるんだろう、と睨んでいたのに、能勢はいい手をつかんでた。『きみが一気に、天井までせりあげるときは、きまってブラフなのに』って、宇佐見もくやしがってたけど、より子はつまり、巻原のまきぞえくって、落城しちまったんです」

「あんがい残酷なんだな、能勢君は」

「そういっちまっちゃあ、気の毒かもしれない。カード・プレイアーのエティケットには、むしろ、宇佐見のほうが外れてますね。より子のご機嫌とって、ブラックジャックをやめにしたんだから」

「菊池君のことは、きみ、どう思ってる？」

「菊池義久——あれも、金持の馬鹿息子ですよ。いまだに、親のすねを齧《かじ》ってるらしいや。ぼくもだいぶん、おこぼれを頂戴したけど、趣味のわるい男でね。いまなら、引受けるかもしれないが、半月形のカフスボタンで、両方あわせると、女のあそこになるようなの、出来ないかなんて注文しやがる。やたらにプレイボーイ気どりで、戦果を報告したがってばかりいたけど、女と同衾ちゅうの写真まで見せかねないやつだから、大本営発表だろう、と睨んでました。去年のはじめに結婚して、もう離婚したそうです。噂によると、やきもちのひどさに音をあげて、細君が逃げたんだって。それが事実なら、より子はやつに殺されたのかもしれないな」

「しかし、菊池君にもチャンスはなかったんじゃない？」

「さあね。よく考えてみると、ぼくら五人にだって、機会があったかもしれない。よく考えてみる気なんぞ、起りませんがね。より子は死んだ。もうどうしようも、ないじゃないですか。殺された人間がかあいそうか、殺した人間がかあいそうか、どっちがどっちか、わかりもしないのに」

と、ひとりごとのように、小森はいった。こよりのバレリーナの首を、いきなり毟《むし》って

足もとに棄てると、吐息とともに立ちあがって、

「もういいでしょう？　あんまり喋ると、つかれるんです。もしも推理の結果、ぼくが犯人だとわかっても、手紙でいってきちゃ困りますよ。ご足労でも、午後二時から五時までのあいだに、家へきてください」

にやにや笑いながら、社殿をまわって、左手の大いちょうの下までくると、小森は立ちどまった。

「早かったね。もうすんだのかい？」

と、女坂の石段を見おろして、声をかける。地味な和服をきた女が、紙袋をかかえて、のぼってくるところだった。小森の声に、女は微笑の顔をあげた、どことなく、沢之内より子に似た顔を。

V　ライアン！　ライアン！
帽子をおかぶり
あんたの髪が燃えちゃうよ＊

トーキョーに住んでみて、おれがまず驚いたのは、喫茶店の多いことだった。日本人が家庭では緑茶しか飲まないせいか、と最初は考えたが、そうでもないらしい。なぜなら、一九六一年、コーヒー貿易の自由化とともに、ネスカフェやマクスウェルのインスタントコーヒーが、どっと家庭に入りこんでいる。いっぽう喫茶店は、単に飲み物を提供するだけの場所ではないところが、多いからだ。ボナンザのように、ハイファイ装置を設備して、レコードを聞かせる店。ステージを設けて、生演奏を聞かせる店。そのどちらにも、シャンソン、ラテン、ウェスタン、といった専門分野を標榜しているところがある。ただし、クラシックとモダンジャズの専門店は、レコードのほうにしかない。店内の白壁に客の勝手ないたずら書きを奨励しているところは、ニューヨークのグレニチヴィレジあたりにもあるようだが、ヌード喫茶ときては日本独特だろう。といっても、ヌーディストが集まるわけではない。ビキニ以外の水着や、それに類似の衣裳によって、手足を余分に露出したウェイトレスが、ブラジァか靴下留めに挾んだマッチで、タバコに火をつけてくれるだけのことだ。座席がそれぞれに厚いカーテンで遮断され、ブザーを押さなければウェイターも近づかない、従って男女一対の客しか歓迎されないアベック喫茶というのもある。ヨリコ・サワノウチから渡されたマッチの店は、ファッション喫茶、と称していた。

　お茶受けにファッション・ショーを見せてくれる、という仕組みに違いない。マブーという店名は、ジャージーで有名なイタリアの婦人服地メーカーに肖《あやか》ってつけたものだろう。所在地はロッポンギで、ハーディ・バラックス（麻布新竜土町にあって現在は東大の生産技術研究所。駐留軍が都内でいちばん最後まで残っていたところで、星条旗紙の編集部は今もここにあるはずだ。バラックは兵舎の意。）から、そう遠くはない場所だ、隣りに、同名の婦人服店がある。ヨリコはその二階で待っていた。独立記念日の花火みたいに、勇ましく炎上するルノーから、なにくわぬ顔でおれは離れて、別の公衆電話で連絡をとったのだ。ようやくマブーに辿りついたときは、もう午前零時に近かった。

「ひょっとしたら、警察に連れて行かれたんじゃないか、と思って、あたし、気が気じゃなかったわ」と、ヨリコはいった。「だれが知らせたんだか、あれから間もなくパトカーが来たんですもの。あたしはうまく逃げだしたけど、警察へ電話して、あなたがいるかどうか聞くわけには行かないし……だから、今夜はここへ泊ることにしたの」

おれが通されたのは、かなり広い洋室だ。踝《くるぶし》までめり込みそうな絨緞の上に、航空母艦そこのけの長椅子と、等身大の三面鏡が据えてある。高級客の仮り縫いなんぞが、ここで行われるのだろう。飾り棚に嵌めこんだテレビが、深夜番組の古いアメリカ映画をやっていた。ウイリアム・パウエルの意気なアマチュア探偵が、似ても似つかぬ甲声で、日本語のせりふを喋っている。ヨリコは薄薔薇色のドレッシングガウンに白い毛玉のついたスリッパすがたで、ツーラ（木地に絵模様つきのヤギ皮を貼り、ビニール仕上げした高級家具で有名なイタリアのメーカー。）の酒簞笥をあけると、ヘネシーのV・S・O（VERY SUPERIOR OLDの略で、二十年近く寝かしたコニャック。）を気前よくついでくれた。三面鏡に映ったおれは、伯爵夫人をゆすりに来たギャングみたいで、なんとなく落着かない。

「この店のマダムと母が、古いお友だちなんです。あたしの家は遠いんで、遅くなったときは、ここへ泊ってしまうの」

説明しながら、ヨリコはテレビを消した。両手で囲ったバルーン・グラスを、しばらくは眺めていたが、待ちきれなくなったらしい。「――で、写真は見つかった？」

「どうもおかしいんだ、それが」おれは思いきって、この事件の詳細を打ちあけた。ただし、営業政策上、おれのぶざまな敗退ぶりだけは、かなり暈《ぼか》しておいた。

「そんなわけで、だいぶ混乱している。なにしろ、ぼくが乗ったタクシーを追ってきて、爆弾を投げつけたくらいだ。やつらも、懸命なんだろう。運転手は死んだに違いない。ひどい話さ。仲間を殺された復讐のつもりだろうけれど」

「現代にニンジュツィストがいるなんて信じられないわ」ヨリコは首を傾げながら、長椅子に腰をおろした。

「写真を持ってったのは、そのひとたちかしら」

「最初はぼくも、そう思った。でも、違うようだな。やつらはなにか、別のものを探してるらしい。ぼくがその所在を知ってる、と考えてるんだ。イガに頼まれたマキモノ・ブック、あんたが取り戻したがっている写真、サナダ・ガールズが欲しがってるなにか――この事件には、探し物が三つあることになる。最後のなにかってのは、殺された男が息をひきとる前、ぼくに渡した、ということになってるんだが……」

「心当りはないの？」

「大ありさ。そこがいちばん、変なところなんだ。もっとも、あれが暗号かなんかになってるとすると、馬鹿にされた、という思いが先に立って、やつら、気づかなかったかも知れないな」と、内ポケットから、お行儀の悪い千エン紙幣をつまみ出す。おれとヨリコが両端にすわっても、まだひろびろしている長椅子のまん中へ、それを行儀正しく陳列した。

「こっちが、殺された男から受け取ったもんだ。こっちは、オカダの財布に入ってたやつでね。どっちにも、字が書いてあるだろう？」と、極彩色の絵のまわりに、筆記体の日本文字が、細かく並んでいるのを指さして、「これに暗号くさいところが、ありゃしないかな。ひとつ、翻訳してくれないか」

「困ったわ」と、ヨリコはガウンの肩をすくめる。「こういうときは、どういう態度をとるべきかしら。若い女としては、正視するさえ憚《はばか》られるとこだけど、科学者のように冷静にならなけりゃいけない？」

「そうあって貰いたいね、証拠物件なんだから」

「じゃあ、そうするわ。これ、エド時代のこの種の絵本から、模写したものだと思うの。暗号らしいところはなさそうだけれど」と、ヨリコは殺された男の分を取りあげて、「——我は知る、いま正に我の常軌を逸せんとするを。下剋上の振舞いに及ぶも、汝、嘲笑するなかれ。冀《ねがわ》くは我を遇するに、苛酷、迅速を以ってせよ。嗚呼、我いまや生死の境いを、さ迷いつつあり」

「なんだい、そりゃあ？」

「この女のひとが、喋ってることよ。エド時代の古い口語だから、中世英語に翻訳しなけりゃあ、忠実とはいえないでしょう？」

「もういいよ。そいつを日本語のまま、アルファベットに書き直して、分類してくれないかな。頻出度を調べてみようや」ヨリコは面倒がらずにやってくれたが、おれはたちまち、匙を投げた。「こりゃあ、ビル・ソマーズにでも任せたほうがよさそうだ。こんなことをしてる間に、フェルナンド・ロペスのアパートに行ったら、もっと収穫があったぜ、きっと。車を貸してくれるところがあれば、今からでも――」

「このお店のが、いつでも使えるけど、ロペスのアパートへ行って、どうするの？」

「たぶん、写真はやつが持ってる。ネガも部屋にあるだろう。そいつを取り戻すのさ」

「オカダのためにも働いてるって聞いて、実は不愉快だったんだけれど、あたしのために出かけてくれるのは、嬉しいわ」

と、ヨリコは立ちあがる。隣りの部屋へ入ったが、すぐ戻ってきた。エリザベス二世の横顔を浮かした銀貨に、銅の鎖りをつけたキーホールダーを差しだして、

「裏通りに駐めてあるわ。六十一年のシボレー・インパラ。でも、無理しなくていいのよ、あしたでも」

「不意打ちをかけるには、今のほうがいい。ただ心配なのは、ネガをひったくって、逃げださなけりゃならないような場合さ。ひと目で見わけが、つくかどうか――」

「そうね。恥ずかしがらずに、見せなきゃいけないかしら。ちょっと、目をつぶってよ」と、いわれて、おれは命に従う。「もういいわ」という声が聞えるまでに、かなり手間どった。目をあくと、天井の蛍光灯は消えていた。枝つき大燭台を模した真鍮のフロアスタンドだけが、典雅にかがやいている。絨緞の上には、薄薔薇色のドレッシングガウンが、夜明けの波みたいにうねっていた。その上に、黒いレースのスリップやブラジァやパンテ

ィが、海草のごとくに浮かんでいる。エーゲ海の朝露から、生まれたばかりのヴィーナスが、それを踏まえて立っていた。「両親に見つかると大変だから、写真はすぐ燃してしまったの」と、ヨリコの声でヴィーナスがいう。「だから、被写体のほうをご覧に入れるわ」

望遠鏡なしで黒点が観察できる間近さに、白夜の太陽のような裸体があるのだ。おれは謹んで、拝見した。先細りの長い足が、薔薇色の波から上って来る。「必ず取り戻してきてよ。でも、気をつけてね」と、両手をこちらの肩に乗せた。媚薬の爆弾みたいに、上むいた乳房に見とれて、おれは返事をわすれていた。その口を、ヨリコの熱い唇がふさぐ。おれの両手は、弓なりに反った背筋を、すべり落ちた。地球儀のような腰の丸さを抱きしめる。ほんとうにその瞬間、世界を抱えたみたいな気がしたものだ。地球は表面なめらかだが、内には火が燃えている。絶えず細かく揺れ動いて、今にも噴火しそうだった。

「すごく熱いね」と、おれは囁く。「まるで、風邪でもひいてるようだ」

「あんたがあんなもの、翻訳させるからよ」

「じゃあ、責任を取らないといけないな」

「ここでは駄目。あっちにも、部屋があるわ。抱いて行って、サム」

今度もおれは、いわれた通りにした。隣りの部屋は、狭くて暗い。シングルのベッドだけが、孤島のように目立っていた。だが、その上にヨリコを横たえれば、漂流するのも苦ではない。躊躇なく島に匍いあがると、濡れた裸身は放肆《ほうし》にひらいて、おれを裹《つつ》んだ。そのときになって、勘違いに気がついた。おれたちの下にあるのは、島ではない。小舟だった。しかも、毀れかかった舟だった。小舟は揺れて、軋みつづけた。今にも、沈みそうだった。けれど、ヨリコに不安の兆しはない。例の紙幣の文句を、今度はやさしく訳してくれた。おれも不安は感じなかった。舟より先にヨリコの中へ、とっぷり沈んでいたせいだろう。おれはすべてを忘れて、煮えたつ油の沼を攪《か》きまわした。ヨリコもいつか、英語を忘れてしまっていた。激しく首を振りながら、わななく口に意味のとれない声をのぼせる。それが時おり、小舟の軋みより高くなって、また鎮まると、啜り泣きに近くなった。

　五十分後、いやいやながら、文明社会へ戻ったおれは、六十一年型シボレーを十五番ストリート（浜松町から飯倉、六本木、信濃町をへて四谷三丁目にいたる。）に走らせていた。ロッポンギを離れると、両側の町は暗くなる。それが、Kアヴィニューでまた明るくなって、ウエスト＝オークボでもう一度、暗くなった。車をおりて、フジヤマ・ハウスの裏手へ廻る。窓はみんな、まっ暗だ。ロペスの部屋の窓下へしゃがんで、おれはイガ＝ニンポー秘伝、恋に狂った猫の声を鳴いてみた。しばらく続けると、右はしの窓が突如ひらいた。パジャマの上衣だけをボタンもせずに引っかけた女が、下框に片足かけて身を乗りだす。蒼白い胸から下腹にかけての洗濯板ぶりを、薄闇に際立たせて、「うるさいな、畜生！　あたしが今夜ひとりだからって、馬鹿にするんじゃないよ」と、金切り声をあげる。同時にコップ一杯の水を、おれはあたまに頂戴した。これも上達の証拠、と思えば、腹は立たない。あわてて逃げだす猫の声をやりながら、おれは窓下を離れた。

　顔を拭こうと、ポケットのハンカチを探った手に、キーホールダーが触れる。ヨリコに借りたホンコン銀貨のやつではない。前当てが映日果《いちじく》の葉で、小排泄のためのスリットを、相擁するアダムとイーヴの浮き彫りが囲んだ貞操帯のミニアチャー。腰まわりの金輪に、鍵がいくつか通してある。オカダが持っていた物だ。それを預る気になったのは、なぜだったかを思い出して、おれはアパートの玄関へ急いだ。足音を殺して、ロペスの部屋のドアに近づく。貞操帯から、安アパートの錠前に、ふさわしいのを選びだす。鍵穴に差してみると、勘は当った。軋みもしないで、ドアがあく。おれは室内にすべり込んだ。窓下で推察した通り、ロペスがいないことを確認してから、戸口の錠をかけ直す。その代り、プロフェッサ・モモチの教えに従って、窓の捻じこみ錠を抜いておいた。黒くて厚いカーテンを十分に引いてから、シボレーのポケットで見つけた懐中電灯をつける。ただし、事故表示用のやつだから、光りの輪は赤くタタミ・マットの上に落ちた。六枚マットの室内は、半分以上、毛布みたいな敷物で蔽われている。奥の壁ぎわには、造りつけのベッドがあった。夜汽車の上段寝台みたいな高さで、下が戸棚になっている。オシイレ・クラジットを、改造したものに違いない。

　ベッドのぐるりの板壁には、隙間なくウキヨエが貼ってあった。単色の写真版もあれば、原色版もある。シャラクやハルノブの忠実な複製もあれば、あまり値打ちのないメイジ時代の本物もある。女装したカブキの男優や、盛装したゲイシャ・ガールの上を、おれは隈なく撫でまわした。けれど、下になにか貼りこんである様子はない。次には戸棚を調べてみた。すべり戸をあける前に、裏と表に貼ってある紙を撫でたが、やはり、なんにも隠してないようだ。中にはアルバムやスクラップブックや、ノートが山と積んである。いちばん上のアルバムには、ウキヨエの写真が並んでいた。どれも壁には貼れないスプリング・ピクチャーだ。スモー・レスラーに押し潰されそうなゲイシャ・ガール、破戒坊主の誘惑に乗った領主の奥方、変ったとこでは、ボンゴを担いだ鬼のすがたの雷鳴の精に強姦される女天使、といった取り組みが、赤いライトに照されて、一層どぎつくグロテスクに見える。次の一冊も、内容に大差はなかった。だが、複写した絵ではない。生きた人間を撮った写真だ。もちろん、現代の男性と女性だった。中には日本人の女と日本人でない男の組合わせも、何枚かある。日本人でないほうはいずれも同一人物で、鬚っ面の大男だ。ひょっとすると、これがフェルナンド・ロペスかも知れない。比較的、顔の鮮明な一枚を剝がして、ポケットに入れる。今度はスクラップブックをひろげてみた。それには肉筆のスプリング・ピクチャーが貼りこんであった。淡彩のスケッチもあれば、ワガミ・ペーパに極彩色のものもある。例の紙幣中の二枚に、馴染みがあった。例の紙幣の裏の図柄と、そっくり同じものなのだ。

酒場ドン・ファンの壁の絵を、おれは思い出した。ロペスはウキヨエにあこがれて、日本へやって来たそうだが、その興味と勉強の結果を、こんな形式で金に換えていたらしい。アルバムの写真や複写は、参考資料なのだろう。友人と称して、ギャングが顔を出したのも、これで頷ける。おれはスクラップブックを閉じて、ノートに右手をのばした。とたんに左手から、懐中電灯が飛びだした。赤い光りが弧をえがいて、暗い敷物の上に落ちる。同時におれは片足を、ぐいと曳かれて突んのめった。電灯の筒にも、足首にも、細い紐のようなものが絡まったのだ。ベルトのうしろ腰にさしたリボルバーには、まだ、一、二発残っている。けれど、それを発射して、アパートじゅうを起す気にはなれなかった。おれの右手は、ちょうど革表紙のノートにかかっている。それを摑んで、背後に投げた。だが、ノートブックは跳ねかえされた。おれの頭上を飛び越えたとき、ページのあいだから、なにかが落ちた。落ちたところは、懐中電灯の赤い光りの輪の中だ。郵便切手か、フィルムの切れはしか、小さなパラフィン紙包みだった。おれはあわてて、右手をのばす。その手に紐が巻きついた。妙な臭いのする黒い紐だ。払いのけようとした左手も、同様、紐で引っぱられる。手首がちぎれそうだった。おれはもがいて、タタミ・マットを転がりながら、「だれだ！　卑怯だぞ」と、呶鳴りつけた。そのつもりだったが、声は途中で引っこんだ。ぴしっと音を立てて、喉に紐が絡んだからだ。

　おれは自由な片足で、なんとか立ちあがろうとした。けれども、すぐに引き倒された。頸動脈は膨れあがって、いまにも噴出する血が、頭蓋骨を木っ端微塵にしそうだった。目蓋を裂いて、目玉は飛びだす。一枚のこらず歯も踊りだす。その歯を食いしばって、大蛸と闘うネモ艦長（ジュール・ベルヌの小説「海底二万リーグ」の主人公で、怪潜水艦ノーチラス号の艦長。）みたいに、おれは転げまわった。でも、拳銃に手はとどかない。その代り、左手が戸棚の中でなにかを掴む。円筒形のブリキ缶だ。エアロソルの殺虫剤かなにかだろう。そいつをおれは、力いっぱい握りしめた。エアロソル剤のスプレー缶は、叩き潰したり、火に投じたりすると、爆発するはずだ。いくら把握力に自信があっても、握ったくらいで、うまく潰れるとは思わない。しかし、腕をこまぬくことも出来ないで、死を待つよりは増しだろう。握りしめると、背後に抛った。缶はなにかにぶっつかって、陰にこもった轟音をあげる。あんまり威勢はよくないが、とにかくバンザイ、破裂したのだ！

　甘ったるい匂いの霧が、たちまち闇に

ひろがった。殺虫剤ではなかったらしい。髪をセットするローションだろう。とたんに、おれは解放された。手足と首の紐が、するりと解ける。同時にカーテンが、大きく揺れた。だれかが窓を飛びだしたのだ。その背におれは、「イガ＝ニンポー、キリ＝カクレ」と、叫ぶ。霧を起して身を隠す法は、イガ・ストリームの伝説的ニンジュツィスト、サイゾー＝ザ・ミストマンの有名なレパートリだ。伝統あるニンポーを模放できて、おれはいささか得意だった。だが、人間、慢心すると碌なことはない。なぜなら、続いて窓から飛びだしたおれは、いきなり腹を蹴りあげられて、気を失ってしまったから。

　意識を取り戻して、おれはまず「もう金輪際、推理小説なんか読まないぞ」と、呟いた。マイク・ハマーは及びもないが、せめてなりたやシェル・スコット、なぞと夢さら願わなかったのに、こうも事実が小説より、苛酷なものであろうとは！　タフなことには自信があっても、これでは最後の一章で、ロスのホワイト・ヘッド（リチャード・S・プラザーが創造した三枚目探偵シェル・スコットは銀髪で、ロスアンゼルスに事務所がある。）みたいに奮起一番、悪人ばらを総嘗めにできるかどうか、ちょっと覚束なくなってきた。心細い目で見まわすと、がらんとした小さな部屋で、床は冷めたいコンクリートだ。けれど、背中は暖かい。だれかと一緒に、背中あわせに縛られているのだった。パートナーが気になって、からだを捻じると、「よしてよ。痛いじゃないの！」と、うしろで女の声がした。

「我慢してくれ。きみの顔が見たいんだ」と、囁いて、首を曲げる。目に入った横顔に、おれはあいた口が塞がらなかった。意外も意外、パートナーはサナダ・ガールズのひとり、かの噛ムガム弾の射手だったのだ。

「いったいぜんたい、どういう状況になってるんだい、こりゃあ？」

「ふたりとも、ナガドス＝グミの捕虜にされたらしいわ」と、いまいましげに女がいう。

「ナガドス＝グミ？」

「フェルナンド・ロペスを使って、ふざけた千エン紙幣を製造販売していたギャングよ。ナガドスというのは、エド時代のギャングが携行していたサムライ・スウォードのことだけれど」

「しかし、サナダ・ニンジュツィストともあろうものが、ギャングに捕まるなんて、だらしがないな」

「あんただって、ニンジュツィストの端くれでしょ。笑ってないで協力してよ」と、女は腰をゆすぶった。おれの指さきに、ジャンパーとジーパンのあいだの素肌が、暖かく触れる。「あんたが気を失ってたんで、縄抜けが出来なかったんだからさ」

「暫定的平和条約には賛成だが、実はおれ、初心者なんだ。どうすればいい？」

「縄抜けも、知らないの！」女は舌打ちした。「そういえば、あたしたちのところから逃げたときも、縄は不様に切ってあったっけ。とにかく立ってよ」

「おれのほうが、背が高いぜ」それに女

も同様だろうが、足首も縛られている。

「うまく行くかな」

「あたしを背負うつもりで、やればいいじゃないの。壁に額をあてて、ずり上るのよ」

　おれは指示に従った。おでこをだいぶ擦りむいて、それでも出血しないうちに、どうやら立ちあがることが出来た。

「あたし、からだを軽くしてるからさ。このまま跳ねて、窓まで行って」

　窓ガラスには×印が書いてある。それに鼻を押しつけて、「きみなら、あけられるかも知れないな。でも、やってみるだけ無駄だよ」と、おれは溜め息をついた。「ここは六階か、五階だぜ。きっと、新築のビルだろう。まわりは、低い家ばかりだ。わりあい近くに、イセタン・デパートのネオンが見える。きみがパラシュートに化けられるんなら、おれもひとつ、勇気を出して――」

「しっ、だれか来たわ」

　ドアのあく音がした。振りむくと、オシリスの罰をうけて現代に甦えったロン・チェニイ・ジューニア（オシリスはエジプト神話の幽界の王。その罰を受けて、生きかえったミイラは、ドラキュラ、フランケンシュタインとともに怪奇映画のドル箱テーマにされ、ボリス・カーロフがまず演じ、クリストファ・リーもこれに扮して当りをとったが、ロン・チェニイ・ジューニアがいちばん多く演じている。）みたいに、首すじから後頭部へ包帯した男が、ぬっと入ってきた。目のまわりにも、絆創膏がこてこて貼ってある。天井の裸電球が、それに妙な翳をつけて、あやうく見違えるところだった。だが、確かに、おとといの晩のサングラスだ。「その窓ガラス、高いんだぜ。おでこでぶち割ってくれるなよ。

首を出して助けを呼んでも、下までは聞えやしねえから」と、サングラス改めミイラは嘲笑《あざわら》った。「あいにく、向い風だしな。まあ、あきらめるこった。ロッペイ＝サンをどこへ隠したか、喋っちめえなよ」

「なんの話だ？」と、おれはいった。

「さっぱり、わからない」

「わからねえんじゃなくて、忘れたんだろう、ライアン＝サン？　忘れたことを思い出させるのは、おれの得意ちゅうの得意でね」と、包帯だらけの右手がポケットへ入って、飛びだしナイフと一緒に出てきた。一緒にナイフの刃も出てきた。「こいつを使って、ちょっと手術をするんだ。たいがいのひとが、なんでも思い出してくれるね」

「なにさ、それ、あたしのナイフじゃないの！」と、おれの背中で、女がいった。「だれんだって、同じだよ。名医はメスを選ばずだ」と、ミイラはおれの鼻さきで、すいとナイフの刃をのばす。

おれも同感だった。「ヌードスタジオで、あれだけ痛めつけられたのを、自分で手当したとすると、あんたの腕は大したもんだ。でも、麻酔もかけずに手術する気かね。捕虜を虐待すると、国連へ提訴するぜ」

「健忘症を癒してやろう、というんだ。虐待とは縁が遠いだろ？　麻酔をかけねえのは、ショック療法の一種だからだよ。よかったら、始めるぜ」

「待ってくれ。タバコを一本、吸わしてくれないか。そしたら、なにか思い出すかも知れない」

「なんで、弱音を吐くのよ」と、女が怒った。「めったなことを口走ると、蹴殺すからね！」

ローヒールの靴をはいた片足が、おれの膝のあいだへ、うしろから割りこんで来た。男の急所を、踵で蹴上げる気なのだろう。おれはあわてて、反りかえった。

「なにを喋ろうと、こっちの勝手だ。きみにつきあって、痛い目を見なきゃならない義理はない」と、宙に浮いてる女のからだを床におろす。

「そうだとも。やっぱり男同士だ。話は早えや」と、ミイラはタバコの函を出した。

「背中の女にも、一本やってくれ。口があいてると、うるさくっていけない」

「よしきた」ミイラはおれの口に、ピースを差しこんだ。火をつけてから、背後にまわる。女はおれの意図を察して、おとなしく給与を受けたらしい。ガスライターの鳴るのが聞えた。チューインガムを、あれだけの力で発射する唇だ。タバコだって、吹き飛ばすだろう。その期待は外れなかった。「ぎゃっ！」と、ミイラの叫びがあがる。

おれは、ピースを吐き棄てて、全身をそっちへ向けた。ミイラは両手で顔を蔽って、床にあおむけに倒れている。背中の女が、壁を両足で蹴飛ばした。それを推進力にして、おれはミイラの上へ、からだを叩きつけた。骨が折れたような音が、胸の下で鈍く響く。同時にミイラは、あひるみたいな声を立てた。両手が顔からずれて、どす黒く左の目蓋の焦げているのが、無惨にのぞいた。タバコの火箭《ひや》が、突きささった痕だろう。絆創膏にも、包帯にも、新しい血がどんどん汚染《しみ》をひろげている。「早くナイフを！」と、女に促されて、おれはからだを転がした。床に落ちた飛びだしナイフを、協力して摑みとる。女が手早くそれを使った。縄が切れて、おれはようやく立ちあがる。

そのときドアがあいて、日本語が聞えた。入ってきたのは、栗鼠《りす》みたいな顔をした小男だ。右手に、リボルバーを構えている。倒れているミイラと、自由になったおれたちを見て、栗鼠は出っ歯の口をあけた。だが、大きな声は出さなかった。うっと呻いただけだった。飛びだしナイフが、その胸にめり込んだからだ。

むろん、女が投げたものだ。ナイフが刺さった瞬間、骨つきの肉を、肉切り包丁で叩っ切ったような音がした。初めて聞いたが、感じのいいものではない。反動で、栗鼠のからだは、ひっくり返った。

「逃げるのよ。さあ、急いで！」

「チョットマッテ」おれはミイラの持ってたガスライターを拾ってから、「これ、おれのリボルバーらしいんだ」と、栗鼠の上に身をかがめた。

「拳銃は、邪魔だわ。持てば万一のとき、射ちたくなる。音を立てたら、大変よ」

女はもうドアからすべり出していた。おれもリボルバーは断念して、あとにつづいた。暗い廊下には、マッチ箱みたいな自動式のエレヴェーターが、一台あった。おれがそっちへ行こうとすると、

「馬鹿ね。そんなもので降りたら、すぐ捕まっちゃうじゃないのさ」と、女がとめた。

「じゃあ、階段か」おれは手すりから顔を出して、急に声を小さくした。「駄目だ。だれか上って来る」

「あんた、ガスライターをポケットに入れたわね。ちょっと貸して」

女は、ライターを受けとると、手すりの陰にうずくまった。エレヴェーターの前へさがって、おれは息を殺す。

「ちぇっ、なにしてやがるんだろう?」

といった意味らしい日本語と一緒に、靴音が階段をのぼってきた。女はライターを、かちっと鳴らした。靴音が一瞬とまる。同時に女はガスの噴出量を最大にして、腰を浮かした。唇を尖らして、炎を吹く。驚いたことに、ライターは小型の火焔放射機になった。炎が真横にのびたのだ。靴音の主が悲鳴をあげる。女は立ちあがって、手すりを躍り越えた。おれはまともに、階段を駈けおりる。顔を焼かれた男は、廊下まで転げ落ちていた。下の階段に、靴音が聞える。だれかが悲鳴を聞きつけたらしい。

「しようがないわ。こっちへ隠れましょう」と、女は廊下の奥へ走った。端の部屋へ飛びこんで、正面の窓をあける。

「ちぇっ、道具がなくっちゃ、ほかの屋根へは移れないわ」と、舌打ちしたが、急に目をかがやかして、五階下の道路に手を振った。

おれが横からのぞいてみると、狭い小路の斜め下で、人影がひとつ、ゴルフクラブをかざしている。アキコ・サンダバルに違いない。ピッチング・ウェッジらしいのが一閃すると、黒い塊りが風を切って、おれたちの窓へ飛んできた。女がそいつをキャッチすると、アキコは頷いて、またウェッジを構えた。今度は前より小さいものが、おれの眼前をかすめた。と思うと、頭上でガラスの割れる音がした。おれは窓から、首を引っこめた。とたんに、爆発音が部屋をゆるがす。天井から、ばらばら漆喰が落ちてきた。さっきまでおれたちのいた部屋で、手榴弾が炸裂したのだ。それを六階下から、正確に叩きこんだアキコの腕には、ゲイリー・プレアー（南アフリカのプロゴルファー。一九六一年、アメリカ人でなければ不可能というジンクスを破ってマスターズに優勝した。歌がうまくペリー・コモ・ショウに出たこともある。）だって、恐れをなすことだろう。でも、なぜこんな真似をしたのか、おれには見当もつかなかった。

それが呑みこめたのは、チューインガム女史の言葉でだった。ドアに走り寄って、聞き耳を立てていたのが、「みんな上へ行ったわ。今のうちよ」と、廊下へ飛びだす。手榴弾はナガドス＝グミの連中を、六階へ集めるためのものだったのだ。おれもあわてて、女のあとを追った。けれどニンジュツィストの足にはかなわない。おれが息を切らして、一階へ辿りついたとき、女は裏口のドアをあけていた。階段の下と廊下に、ひとりずつ男が倒れている。ひとりは両眼を、チューインガムで潰された上、黒いベルトで首を絞められていた。もうひとりは、鼻孔をガムで塞がれて、口をあけて死んでいる。

鼻で呼吸ができなくなって、口をあいたところへ、ガムを気管に吹き込まれたのだろう。

　アキコが最初に打ちあげた黒い塊りは、武器補充用の袋だったらしい。その中から取りだした原料を、階段を駈けおりながら頬張って、嚙ムガム弾を製造し、あっという間にふたりを倒したに違いない。おれはあらためて、女の絶技に舌を巻いた。サナダ・ガールズとの休戦条約は、このビルを出れば無効になる。出入り口を固めるために、残されたらしいこのふたりと、同じ不運が、戸外でおれを待っているかも知れないのだ。階段下の死体の首から、大急ぎでベルトを外す。しなしなしてて幅も細いが、握ってみると丈夫そうだ。ドイツ産のボックス（タンニンでなめした中牛または小牛の皮。）だろう。馬蹄形の厚い鋼のバックルも、かなり頼りになりそうだった。それを片手に、おれも裏口から逃げだした。アキコはもちろん、チューインガム女史も、見あたらない。ほっとして、イセタン・デパートのネオンが見えた方角へ、一散に駈けだした。けれど、どこかで見当が狂ったらしい。いつの間にか、コンクリートの築堤に沿った道を走っていた。ヤマテ・ラインの線路をのせた築堤だ。おれは立ちどまった。電車の走りだす時間には、まだ間がある。片側は建築会社の材料置場らしい。立ちどまると、急にあたりは静かになった。そのときだ、頭上に女の声がしたのは！

「わかってるでしょうね？　助けあい運動は、もう終りよ」

　築堤の上に、すっくと影が立ちあがる。噛ムガム弾の射手だった。立てかけてある材木を背に、おれはベルトを振りまわした。バックルと反対側の端をつかんで、顔の前で旋回させたのだ。ちょうど扇風機のかげに、隠れたような格好になる。これなら、恐るべきガムも跳ね返せるだろう、と思ったのだ。鋼の馬蹄形がびゅんびゅん唸って、えがきだす半透明の円のむこうに、女の嘲笑う声がした。

「ふふん、そんなことで、あたしのニンジュツを破るつもり？　材木のかげなんぞに引っ込んだって、駄目よ。見てらっしゃい！」

　女の左手が、水筒らしいものを口にあてる。灰白い泡が、唇に浮いた。と思うと、見る間に大きく丸くなる。なんのことはない、バブルガムを膨らませたのだ。だが、その風船は口を離れた。同時に、右手がガスライターをつける。と見るや、ピンク色の風船は青白い火球と化して、おれの頭上へすっ飛んできた。材木にあたって、ぱちんと割れる。さっと中から液体が散った。斜めに立てた板材の上部は、たちまち炎に蔽われた。度胆をぬかれたおれの耳に、サナダ・ガールの声が響いた。

「見たか——ニンポー、ファイア・バルーン（普通の意味は、風船花火や熱気球。）！」

＊*Ladybird!* の初行と二行目、「てんと虫！　てんと虫！　お家へお帰り／あんたのお家が燃えてるよ」をもじったものだ。

その四

電話のベルが鳴ったのは、〈三重露出〉の第五章に朱を入れおわって、一服しようとしたときだ。箱からぬきだしたホープを、校正紙の上にころがして、滝口正雄は、卓袱台の下にTシャツの腕をのばした。

「もしもし、滝口ですが」

「やあ、しばらくだなあ、先生。菊池だよ」

と、耳馴れない声が、受話器のコードもはねあがるような高調子で、

「さっき、珍しいやつから、電話をもらってね。小森なんだ、小森一郎さ。あいつのことは、さっぱり聞かなかったが、おたくの噂は、ちょいちょい耳に入るんだよ。お色気たっぷりで、うんと笑えるようなミステリを訳したら、送ってくれないかなあ」

「もうじき出るのがあるから、それじゃ、献呈するよ。こないだ、さしあげた手紙――」

「読んだ。読んだ。おやじの家から廻送されてきて、読んだには読んだんだが、どう返事したらいいか、見当がつかなくてね。より子のことは、ときどき思いだすんだよ。なにし

ろ一件のあと、おふくろさんに泣きさつかれてさ。玄関の壁にかかってた花の絵なんか、ぽくんとこで買ったろう？」

「ああ、なんの花だったかわすれたけど、いい絵だね、熊谷守一の」

「おれにゃあ、小児《じゃり》がかいたみたいにしか思えないが、お説のとおりらしいや。どうしても、というひとがあって、こないだ譲ってね。大儲けしたんで思いだしたし、玄関のドアについてたブロンズのノッカー、あれ、なんていったかな？　神話に出てくる怪物らしいが、顔と胸が女で、からだが鷲のやつ」

「グリフォンじゃないか？　いや、あれはライオンのからだに、鷲のあたまと羽がついてるんだったかな」

「そうか。それが輪をつかんでるノッカーは、今でもおれんちのドアについてる。叩かなくても輪を持ちゃげると、家んなかでウエストミンスター・チャイムが鳴るように、改良してあるがね、だから、小生ご帰館のたびに、そのブロンズのおっぱいに触れれば、より子を思いだせるわけさ。死んだ女じゃ、しようがないけどな。そんなわけで、小森に聞いたら、あの事件を小説に書くんだって？」

「いいや、まだ別にそうはっきり――」

「いいよ。いいよ。おれをいい男に書いてくれるんなら、情報を提供するぜ。どこかで会おうか」

「そうしてくれると、ありがたいな」

と、返事しながら、滝口は首をかしげた。不思議なことに、菊池義久という男の顔を、はっきり思いだせないのだ。よく考えてみると、ほんの一、二度しかあっていないのだから、無理もない。だが、菊池は依然、いやに親しげな調子で、

「おれ、もうじき出かけるんだがね。よかったら、どうだい？　ブルーフィルムを見にいくんだけど、つきあわないか。友だちに好きなのがいてな。とうとう病い膏肓《こうこう》って、自作自演自監督ってのを、カラーでつくったんだ。顔をだしちゃ、やばいから、ロボットに強姦される女って、SF仕立てにしてさ。ロボットに扮したってんだから、考えたじゃないか。その発表会を某所でひらくんだが、もっとも釘をさされてな。あんまり知らないやつを……」

「まあ、遠慮するよ」

「かまわないんだぜ。おれの友だちなら、いやとはいえない男なんだ、そいつは」

「でも、そんな場所じゃあ、肝腎の話ができそうもないし」

行くといったら、さぞ困るだろう、と思いながら、滝口は答えた。小森の人物評から推しはかると、おのれのプレイボーイぶりを印象づけるために、ありもしない映画会の話をしているのかもしれない。

「そうか。残念だなあ。ほんとにいいのに。あしたってことになると、こっちの都合がわ

るいんだ。札幌の友だちが、飛行機をつかって猟をするから、一週間ばかり来ないか、というんでね。いま電話で、長話してもいいかな？」

「こちらは、いっこうに構わないよ」

「といったって、実はたいした情報じゃないが、ポリには話さなかったことがあるんだ。あの晩、小森と巻原は、おかしかったんだよ。もちろん、背後関係なんかじゃないぜ」

「背後関係？」

「わからなくちゃ困るな、先生。カマティックな関係、ということさ。そうじゃなくって、喧嘩をしてたんだ。暗闘だな。暗いたたかいだから、ほかの連中は気づかなかったかもしれないが、巻原のやつ、だんだん焦立ってきて、しまいにゃゲームどころじゃなくなった。ただ宇佐見は、感づいてたようだね。気をとられて、あたまの働きまで鈍ったらしい。そこを利用して、最後のインディアン・ポーカーのときには、おれがさんざんカモってやったよ」

「なんだったんだろう、喧嘩の原因は？」

「より子にきまってるさ。いまから考えると、ふたりとも気の毒に、ついに寝るところまでいかなかったんだな。そこへ、目標物が宇佐見と結婚するなんて噂が立って、殺気も立っちまったらしい。ひとの女房になってからのほうが、くどきやすいってこと、知らなかったんだろうよ。月謝のおさめかたが足りねえ連中だから」

「ほかになにか、気がついたことは？」

「わすれたなあ、あれから、いろいろあったもの。おれの一年は、浦島太郎ほどじゃないが、百年ぐらいの目まぐるしさだ。二世紀も前のことを、おぼえてろ、といっても無理さ。そういや、きみも奥さんとわかれたそうだね。せいせいしたろう？　このすがすがしさは、経験者でないとわからないよな。未経験者にいうと、負けおしみだろうって面をしやがる。度しがたいよ。いつでも結婚できるし、わかれるコツものみこめたし、女に対して過大な夢も持たなくなったし、といって、絶望もしていない。これこそ男としちゃあ、理想の状況だよ」

と、大きな声で、菊池はまた間違ったことをいった。滝口は馬鹿馬鹿しくなって、

「つまり、ぼくらは凶状持ちってわけだね」

「そうだ。そうだ。凶状持つ身に、女がほれてさ。身が持たねえよ。いけない。時間だ。したくしないと、約束におくれる。なにしろ、主義と教養のてまえ、電気かみそりで髭をこきおとしてくわけにゃ、いかないんでね。ヘンケルのブラシと、剃刀、シャボン壺をそろえて、まず壺に適量の水を入れる。仁丹ケースくらいの大きさの電気ヒーターを、そいつに抛りこんで、適量の湯にいたしまして、顔じゅう泡だらけにしてから、取りかかるんだ。手間がかかって、しようがない。おまけに西洋かみそりは、不器用者にゃスリル満点、ときてやがる。ここだけの話だが、プレイボーイたらん、なんて決意はするもんじゃない

なあ。おれの部屋じゃわからないんだが、きょうは暑いんだろう？」

「ひどい蒸しようだ。窓も縁がわもあけはなして、アンダーシャツひとつでいても、汗がでてくる」

「しからば、レースの上下を着て、お出ましとするかな。上衣だけなら珍しくもないが、ズボンもレースってのは、憎いだろう。小森とつきあってたころは、やつの感覚、古いからね。邪道よばわりしやがるんで我慢してたんだが、今年、フランス製のいいレースを見つけてさ。念入りに仕立てさせて、暑くなるのを待ってたんだ。ズボンはもちろん総裏だから、見た目ほどすずしかないが、そこがそれ、オシャレもまたストイシズムなり。じゃあ、また電話するよ。きみには、借金はなかったな？」

　返事も待たずに、電話は切れた。滝口は受話器をおいて、腰高窓を見あげた。あけはなした窓のそとは、まだ明るい。だが、部屋のなかは、かなり暗くなっている。電灯をつけるのもわすれて、滝口は低い声で笑いつづけた。

「どうしたんだい？　薄暗いなかで、ひとりで笑ってるなんて、気味がわるいなあ。より子の亡霊になやまされて、発狂したんじゃあるまいね」

　不意うちの声にふりかえってみると、簑浦常治が、縁さきに立っていた。きのうと変って、薄茶いろのレースの半袖シャツに、旅行用の洗面道具みたいな黒い小さな革かばんを、片手にさげたところは、二号さんのアパートをおとずれた商店の主人、といった恰好だ。

滝口はレースのシャツに気づいたとたん、またあらためて、笑いだした。

「顔に口紅なんぞ、ついてないはずだがな」

と、座敷へあがりこみながら、簑浦がいう。部屋のすみの客用の座蒲団へ、滝口は手をのばして、

「いやね。いま電話で、菊池と話してたんだ。そのあいだ溜った笑いを、処分してたところさ。なにしろ、一度か二度しかあってない仲だろう？　話しちゅうに笑っちゃあ、失礼だから」

「菊池義久か。そんなに、おかしなやつだったかね？　おれはかなり、顔をあわせてるよ。ときどき、店にやってきた。映画やテレビで、かわったものを見ると、欲しくなるらしい。こうこういう品をぜひ輸入しろ、といってね。それが、みょうなものばかり。ゾリンゲンの鼻毛そり器とか、茶碗いっぱい分の湯をわかす、小型ヒーターとか……」

「そいつはいまだに、愛用してるらしいよ。昼前に天神さまのところで、小森とあったんだ。ここへ来るところだったそうだが、あの偶然がなかったら、気をかえて、帰っちまったんじゃないかな。とにかく境内のベンチで、話は聞いたんだけれど」

「長わずらいしてるって、小耳にはさんでたが、出あるけるようにはなったんだね？」

「まだあまり、具合よくはなさそうだよ」

と、滝口は立ちあがった。天井の蛍光灯をつけようとするのへ、簑浦が声をかけた。

「つけないほうが、楽じゃないか。話をするだけなんだから、暗いほうがすずしいぜ、気分的に」

「そのほうが、虫が入ってこなくて、いいかもしれない。顔なんかも見ちがえるほど、瘠せちゃってね。小森のことだけど——精神的にもありゃあ、相当まいってるな。そのせいか、いやに棘のある話しっぷりだった。それでいて身なりなんかは、むかしと雲泥さ。まるでかまわなくって」

「以前は、端然そのものだったな。くるぶしの上で、ぴっちり締まる縫いめなしの黒靴を、いつも履いてね。靴屋は深ゴムといってるが、あれ、正式にはなんていうのかしら」

「両わきに、ゴムが入ってるやつだろう？　ドレス・ブーツというらしいよ。ドレスってからにゃ、礼装用の靴なんだろうな。この前やったイギリス製のハードボイルドに、オクスフォード出の殺し屋が、それを履いて出てきてね。見当もつかないから、むこうの殿方雑誌をさんざ調べて、ようやく写真を見つけてさ。靴屋へ持ってったら、教えてくれたよ」

「翻訳家も、楽じゃないね。それで、小森の話はどうだった？　役に立ちそうかい」

「興味を持つどころか、大反対って態度だったけど、いちおう喋ってはくれたし——頼みもしないのに、菊池に連絡して、ぼくんところへ電話させたのは、やつなんだよ。やっぱり気になるのか、ほかに魂胆があったのか、どうもわからない。皮肉をいいすぎたんで、ぼくに疑われちゃ困る、と思ったのかもしれないな。この〈三重露出〉には、宇佐見が一枚、噛んでるんじゃないか、といってたよ。ぼくの手紙が戻ってきたはずで、アメリカにいってるんだとさ。宇佐見の身内は、関西にいるんだろう？　だから、東京のすまいは、完全にひきはらっちまったらしい」

「でも、アメリカにいるってのは、違うな。イギリスだよ。かなり以前から、ロンドンにいるそうだ。きのう、きみから預った手紙をたよりに、つとめ先をたずねてね。巻原に聞いたんだが、出発のときは、羽田まで送りにいった、というんだから、こっちのほうが、正確なんじゃないか」

「せっかく、手がかりをつかんだ、と思ったのに、残念だな。ほかはどうだった？　巻原の話」

「最初はあんまり、話したがらなかったよ。小森とは逆で、すっかり肥っちまってね。あの事件の影響が、深刻だった、とは思えないくらいだ。口がほぐれてみると、そうじゃない、とわかったが……しかし、探偵のまねも楽じゃないねえ。昼やすみをねらっていって、一緒にめしを食ったんだけれど、これがなんにも聞けずで、鰻重二人前なりの投資は、利まわりなしさ。しかたがないから、午後、取引先を二、三軒まわらなきゃならない、という彼氏に同行、道みち食いさがることにした。やつが用をたしてるあいだ、こっちはおもてで待ってたよ。もうこれ以上、聞きだせないとあきらめて、わかれたのがついさっき。

暇があるか、金があるか、両方あるか。それも、たっぷりなきゃあ、しろうと探偵はできないね。小説のようなわけには、いかないもんだ」

「申しわけないな。損な役まわりを、おしつけちゃって」

「暇だけはたっぷりあるから、かまやしないさ。急に暑くなったのには往生したけど、その埋めあわせか、収穫のほうはお寒くて、これじゃどうしようもない。巻原から聞きだせたことは、だいたいにおいて、ゆうべの能勢の話とおんなじだ。ただ途中で、電話がかかってきた、というんだが――」

「ぼくの電話だろう？　それは小森も、気がついてた。ぼくがかけたとは知らないようだし、教えてもやらなかったけれどね。あの晩は週刊誌のしごとで、品川のほうのホテルに泊りこんでたんだ。稿料はいいが、えらく急ぎの翻訳で編集部へ呼ばれてさ。こっちが承知するとすぐ、そこへつれていかれた。だから、参考資料がない。沢之内君に電話したのは、百科事典を引いてもらいたかったからなんだよ。あれ、何時ごろだったかな？」

「遅い晩めしを、みんなでつくってたときだそうだ。最初のはね」

「最初――というと？」

「二回めの電話も、巻原がとったんだよ。書斎のそとの廊下に、小さなテーブルがあって、電話はそこに載せてある。ベルの音がうるさくないように、フェルトでこさえたブルドッグの恰好のカヴァが、電話機にかぶせてあった。だから、書斎にいた巻原がとって、客間の連中が気づかなかったのも、不思議はないんだ」

「ということは、つまり、より子が部屋へひきあげたあとだね、その電話のあったのは?」

「そう。電話はより子の部屋へ、切りかえられるようになっている。すぐブザーをおして、そっちへ廻したわけだが、電話の相手は女で、『滝口の代理です』といったそうだよ。きみが女記者にでも、かけさせたんじゃないのかい?」

「女の編集者をつけて、ホテルへ缶詰にしてくれるようなところ、ありゃあしないよ、きみ。その電話は、ぼくじゃない」

「すると、やっぱり聞きちがいかな。いやに早口で、『竹内の代理です』とも聞えたそうだ。あの家へ骨董品とか、古代裂《ぎれ》とか、よく持ちこんでくるなんでも屋に、竹内って男がいたんだが、巻原は知らないからね。前にかけてきたきみのことが念頭にあって、『滝口の代理です』といったんだ、と思いこんじまったんだろう。公衆電話からのような気が――つまり、料金がチャリンと落ちる音を聞いたような気がする、ともいってたから、きっとそうだ。ホテルからの電話に、そんな音が入るはずないものな」

「うん」滝口は生返事をすると、暗がりのなかでTシャツの腕をくんだ。簑浦は気にもしないで、喋りつづけた。

「巻原はこの話、刑事にはしなかったらしいよ。隠すつもりもなかったが、すっかり気が顚倒《てんとう》して、どわすれした、というんだな。最初のきみの電話のことは、日がたってから、刑事に催促されて、思いだしたそうだがね。二度めのやつのことは、もっとあとまでわすれてて、話しそびれてしまっただけに、いまでもおぼえてる、といってたよ。あの事件でいちばん打撃うけたのは、あいつなのかもしれないぜ。もちろん、親きょうだいは別にしてだが」

「うん、小森もそんな意見だった」

「あのころの記憶は、でたらめに編集したヴィデオ・テープみたいで、うまくまとまらないらしい。参考人として、出頭した警視庁の調べ室の陰鬱さとか、なんども訪ねてきた刑事のげすばった顔なんかは、はっきりおぼえてるくせに、なにを聞かれて、どう答えたかってことになると、順序不同、曖昧模糊としちまうんだそうだ。それは嘘とも、思えなかったな」

「そうだろうね。なんといっても、二年前のことだもの。あの五人はぼくらより、しつこく刑事につきまとわれたには違いないけど、それだけショックも大きかったわけだ。やましくなくても、わすれたい、という気もちは、強く働いていたはずだよ。この二年間――能勢にしても平気な顔はしてたって、細かにおぼえてたのは、無関係のようなことばかりじゃないか」

「そのくせ、いちばんわすれたいものは、いまでも目をつぶると、はっきり見える、と巻原はこぼしてた。宇佐見といっしょにドアをあけたとき、バス・ルームのガラス戸にうつってたより子の影ね。あれなんだ。能勢の話だと、男性雑誌の折りこみヌードみたいに、もう半インチ腰をひねれば、と気をもたせた横むきスタイルになってな、たしか——ありゃあ、また聞きの脚色らしい。なにも着ていなかったのは事実だが、背中をむけて、タオルで髪をふきながら、返事をしたそうだ。巻原とわかれて、ここへ来るとちゅう、いろいろ考えてみたんだけど、どうもわからない。五人のなかに、犯人がいるのかな？　より子の部屋は——みんなと話してるうちに、だんだん思いだしてきたんだが、外からも入れそうだぜ」

「小森もそれを、強調してたよ。警察は近所のひとから、役に立つようなことは聞きだせなかった。玄関や裏口から出入りした人間を、うまいぐあいに目撃したものもいない。すこし歩けば、夜なかでも車の交通のはげしいところだからね。タクシー会社もしらべたらしいが、収穫はなかったわけだ。だからといって、可能性はじゅうぶんある。考えなきゃいけない、とぼくも思うよ」

「とすると、きみが犯人だって可能性も、あるんだな」

　さりげなく、簑浦はいった。暗い部屋のなかでは、表情もさだかでない。冗談なのか、それとも棘が隠してあるのか、滝口には判断がつかなかった。

「残念ながら、ぼくにはアリバイがあるんだ。ホテルだから、夜なかに抜けだすことも、できない相談じゃないが、ぜんぶぼくの字で書いた原稿、という証拠物件がある。六十枚ちかい翻訳を、あくる日ちゃんと渡してるんだからね。そんな依頼があるなんて、前日まではわからなかった。だから、あらかじめ訳して、用意しとくわけにはいかない。ぼくは刑事の訪問をうけても、あわてなかったね。あの晩のことは、ありのまま喋って、もちろん電話の話も——そうか、取りついでくれたのは、識別できない声だったから、菊池君か巻原君だろう、てなことを確かいったな、それできっと、刑事がさっそく、確認にまわったんだよ、巻原のところへ」

「となると、犯人はおれだったのかもしれないぜ」

「あんたは、東京にいなかったんだろう？　二十八日の晩、沢之内君の家であったときに、そういっていたじゃないか」

「実はそうなんだ。親ゆずりの商売に、捨身の活を入れるべきか、あきらめるべきか、思いわずらっていたときでね。富山の伯父のところへいって、ちょうどあの日に帰ってきたんだよ。当時の列車の時間表と首っぴきしても、アリバイは破れないだろうな。汽車には乗っていなかったんだが……」

と、簑浦は自分を元気づけているような笑いかたをして、

「白状すると、伯父貴の家で寝てたんだ、犯行時間には」

「どうもやっぱり、五人を責めたほうがよさそうだ。となれば、常識的に、まず考えられるのは、宇佐見だけれど——発見者が犯人だ、というんじゃあ、平凡すぎるね。論理のゆ

きつくところが平凡なら、それもやむをえないが、目下は、あって話が聞けないってことで、疑いをむけてるんだから、お粗末だな。それに能勢もいっているように、あいつは読みのふかい男だ。むろん堅実いっぽうでもないだろうけど、ブラックジャックに強かった、というんだから、度胸だけのブラフなんぞ、やらないほうじゃないかな」

「おれも宇佐見とポーカーをやったことがあるが、カードの切りかたなんか見ても、それはいえそうだね。ふたつにわけてテーブルに伏せて、触れあってるほうの端に親指をかけて、パラパラ落していく切りかたがあるだろう?」

「ああ、リフル・シャッフルね」

「あれを小森にやらせると、実にあざやかなんだ。弓なりに反ったカードが、小気味のいい音を立てて落ちきると同時に両手で逆に彎曲《たわ》ませて、シャッと揃えるのがね。まるで、映画にでてくる賭博師さ。ところが宇佐見は、手前の角をちょっと持ちゃげて、親指を離してからは、両手の人さし指だけで、カードの両はじを押して、すらっと揃えてしまうんだ。『派手にやると、カードが痛みそうでね。根がけちなもんだから』なんていってたが、じみでもあのほうが、本式なのかもしれないな。小森のは札のはじっこが見えることがあるけれど、宇佐見はむこうにも、こっちにも、ぜんぜん見えない。早さでは、どっちともいえないんだからね」

「ぼくの判断も、間違っていなそうだな。だったら、離れ業はやらないだろう。でも、人殺しのできない男、とはいいきれない。そういう意味では、能勢も、菊池も、黒の可能性のあるがわに分類できる、と見てるんだ、ぼくは」

「巻原と小森は、ホワイト・サイドというわけか。どうして？」

「巻原のことは、まだよくわからない。小森はやることも、感情の起伏も、たしかに派手は派手だがね。すぐ自意識が手綱《たづな》をひくタイプで、根は臆病なたちなんだ。無理心中なら、やりかねないだろうよ。これが巻原となると――より子の肖像画、サンディ・ヘインズがパステルでかいたやつの話は出なかったかい？」

「あのアメリカ人が、かいたものなのか。パステル画を持ってることは、話したよ。『あれが邪魔して、まだ女房がもらえないんです』なんていってたが……」

「自分が殺した女の絵を、後生大事にしてるんだとすると、ちょっと異常だな」

「そんなへんな男じゃ、なさそうだがね。昔あったときもそう思ったが、こんどもこいつ、馬鹿じゃないかなって気がしたな、ときどき。といっても、大学じゃ優秀なほうだって、聞いたおぼえがあるから、なんていうんだろう？　徹夜で賭けごとをしたり、変ったカクテルをこさえっこしたりするには――要するにあのグループには、本来むいてなかったんじゃないか？　大会社へ入って、ささやかな出世をして、死ぬまで浮気をしないで、死んでからも退屈なんぞ、けっしてしない男、といった感じだよ、あれは」

「とすると、ああした環境では、気ちがいじみたことも、やりかねないね。そこで巻原を、かりに錯乱犯罪型とすれば、宇佐見は計画犯罪型、能勢と菊池は激情犯罪型、小森はへんないいかただが、沈没犯罪型ってことになりそうだ」

「ああした環境なんていうと、常軌を逸してたみたいに、聞えるぜ。ありゃあ、いわば感受性の豊かな人間が、ふつうの社会人になるために通過して、あのころは自分もほんとに生きていた、と後日のなぐさめにする一時期さ。おれの場合は、通過するのが遅かったけど」

「うらやましいくらい、あんたは若いな――とにかく、警察はまず宇佐見を疑って、つぎが巻原だったらしいよ」

「だが、宇佐見には、動機がなかった。あいつと結婚する気になったってことを、より子はおふくろにも話してる。例によって、冗談めかした調子だったらしいけど、『本気なら、けっこうなことだと、思ってましたのに』って、葬式のとき、おふくろさんがいってたよ。巻原も当人から、聞いてるんだ。ここらで、取っときをご披露するかな。それが、いつだと思う?」

「あの晩みんなには隣室にいると思わせておいて、より子の部屋へ――」

と、滝口がいいおわらないうちに、簑浦の不満そうな吐息が聞えた。

「なんだ。知ってたのか」

「小森が気づいていたんだよ。巻原からは聞きだせなかったみたいだから、すぐ話したんじゃあ、あんた、くやしがるだろう、と思ってね。悪気じゃなくて、折をみていたんだ。どのくらい長く、より子の部屋にいたのかしら」

「十分たらずだ、といってるが、これが正直なところかどうか、判断はつかないな。とにかくそのとき、より子はほんとに宇佐見と、結婚することになりそうだ、といったらしい。それで絶望のあまり、前後をわすれて、凶行におよんだ。ということは——だめだ。考えられないね」

「ああ、共犯者でもいりゃあ別だが……」

と、いいかけて、滝口はくちびるを嚙んだ。顔いろが変ったような気がした。暗くしておいてよかった、と思いながら、あわてて続ける。

「そんなもの、いるはずないよ。あんたのいう通り、あれはたしかに突発的な事件だ。かりに計画犯罪だったとしても、実行を決意したのは、より子がひと休みするといいだしてからに違いない。どう誘導したところで、邪魔者が四人もいるんだぜ。より子がとちゅうで、かならず部屋へとじこもるなんて保証は、ありゃしないだろう？　馬鹿でもなけりゃあ、そんなあやふやなことに賭けて、いろんな準備はしやしない。馬鹿がやったんなら、とっくにしっぽを出してるはずだ。予備工作をすればするほど、ばれる危険は多くなるんだもの」

「五人が気をそろえて、やったってことは、考えられないかな？」

「可能性がないことはないけれど、ふだんは連中、かならずしも、気のそろった仲じゃなかったようだぜ。それが、より子のせいだとすれば、きっかけしだいで、衆議たちまち一決したかもしれないさ。きっかけ、すなわち動機だね。そいつが、考えられない。よっぽど重大なことでもなけりゃ、あの五人の気はそろうまい。それほど深刻な問題で、なんども顔をそろえたあげく、決心したものならばだよ。警察にだって、なにか臭《にお》っただろうじゃないか」

「そりゃあ、なんともいえないぜ。ことが異常心理というか、具体的ならざる問題になると、刑事さんたち、はなから匙を投げてしまやしないかな」

「抽象的になればなるほど、ちょっと考える立場がずれさえすれば、深刻なものも、そうでなくなっちまいがちだ。ところであの五人、凶行現場に関することでは、嘘はつかない、と思っていい。警察の記録と矛盾したら、たちまちアウトだもの。とすると、話に聞いた状況から推察するに、あれはひとりの仕事だね。五人共謀だったとしても、実際に手をくだしたのは、たったひとりさ。それで動機が抽象的なら、だれか後悔するやつが、あと四人から出そうなもんだ。巻原か小森あたりが、逆上からか、悪意からか、とうに裏切っていたろうよ」

「その可能性は大ありだな、たしかに」

「ぼくはやっぱり、思うんだ。あれが、突発事件だってことは、まず間違いないよ。一時の衝動で、殺しちまった。後悔はしたが、自首したくはない。それが頭脳明敏、自我は強烈、演技力もあるやつでさ。なんとか、糊塗しようとする。殺人事件てのは、そういう場合が、いちばん発覚しにくいだろう、と思うんだ。だから、この事件も、というわけでね、うん」

滝口が自分でいって、自分でうなずいたときだった。腰高窓のむこうで、女の声がだしぬけに起った。

「どうしたの、滝口さん、まだ寝ちゃったんじゃないんでしょう？　電気のたまが切れたんなら、うちにあるわよ」

「ここの娘さんだね？　女の客でもきてるのかと思って、気をもむとかわいそうだ。あかりをつけよう」

簑浦が小声でいって、立ちあがった。蛍光灯がついてみると、その顔は屈託なげに笑っていた。さっきから、話に険があるように感じていたのは、滝口の思いすごしだったのだろう。やはり人間の生活には、つねに光が必要らしい。

Ⅵ　でぶのサディストなんで出来ているの？
悪知恵　悪趣味　下品なよだれ
そういうもので出来てるの＊

酒場でやる遊びのひとつに、「角砂糖は燃えるか、燃えないか」という賭がある。「燃えない」と、主張する連中に金を出させて、火をつけて見せるわけだ。ただマッチを押っつけたのでは、黒く焦げるばかりだが、場所は酒場のテーブルか、カウンターだ。ウイスキーかなんか、すこしは必ずこぼれている。それを滲《し》ませて、火をつけるのだ。角砂糖も、きれいに青い炎をあげる。チューインガムの六十パーセントは糖分だから、アルコールをまぶしたとすれば、燃えたところで不思議はない。軍隊時代、病院勤務の金のない戦友たちが、水で薄めたアルコールを、トルピードウ（魚形水雷、カンシャク玉、シビレエイ、といった意味がある。）と名づけて愛用していたけれど、女の水筒の中身も、その口だったのだろう。それにしても、あっという間に、バブルガムで可燃性の風船をこしらえて、中にもアルコールを封じこんで飛ばした手際には、もう大概のことには驚かないつもりのおれも、震えあがった。

　だが、頭上で火事が起っているのに、震えてばかりはいられない。おれはベルトを振りまわしながら、「卑怯だぞ。降りてこい！　降りてこなけりゃ、こっちが上って行くからな」と、叫んで、材木置場を走りでる。ジーパンの足の真下のコンクリートに、躍りかかった。築堤は匍いあがれない高さではない。だが、ほんとに上っていく気は、おれにはなかった。半歩手前で廻れ右して、コンクリートに背中をあてる。ここが、生死の分れ目だ。女がおれを甘くみてれば、匍いあがるのを待つだろう。少しでも警戒してれば、飛びおりてくるに違いない。「飛びおりてくれ！」と、おれは願った。とたんにジャンパーの背中が、目の前に降ってきた。振りかえる間をあたえずに、ベルトを首にひっかける。おれは両手に、満身の力をこめた。女はもがいて、水筒を握った片手をあげる。蓋がとれているのに気がついて、おれは肘で突きのけた。水筒は地面に中身を撒きちらす。そこへガスライターが落ちたと思うと、足もとに炎の柵が立ちのぼった。

あたまから浴びて、自分もろとも、おれを焼き殺すつもりだったようだ。「ニンポー、カミカゼ・バービキュー」とでもいう気か。おぞけを振るって、女のからだを引きずりながら、おれはベルトを締めつづけた。やがて、女は静かになった。硬わばった手を放すと、シルキーブルーのジャンパーが前に倒れる。刺繡してあるハンニャの目が、怨めしそうにおれを見あげた。そのとき、縛ってある縄が焼き切れたらしい。火に蔽われた板材が、なだれを打って倒れてきた。おれはあわてて、築堤に匍いあがる。線路を越えて対側へおりると、一目散に逃げだした。露地から露地へ幾曲り、抜けでたところは三十四番ストリート（新宿西口から、小滝橋まで。）だった。ウェスト＝オークボまで、車を取りにもどる気はしない。すこし歩けばカシワギだ。おれは足をひきずって、サクラ・アパートへ辿りついた。

　自分の部屋に転げこんで、気がついてみると、服を着たままベッドに大の字になっている。目がさめたのは、ドアをどんどん叩く音のおかげだった。「どうした、サム？　いなくても、返事ぐらいするもんだ。まだ寝てるなら、なおさらだぞ。いま何時だと思ってる！」と、呶鳴っているのはビル・ソマーズだ。

　ほっとして、腕時計を見ながら、「十時二十七分だ、と思ってます」と、おれは答えた。「ドアの鍵はとうにあけてあるし、服もちゃんと着てますよ。どうぞ、お入りください。ご遠慮なく」

　たちまち戸口に桃色ペリカンのような顔が現われて、「ふん、服を着てるもないもんだ。そのまま寝たんだろう」と、老特派員はいった。「二日酔のチンパンジーだって、もう少しましな面をしているぞ」

「そりゃあ、動物園にはニンジュツィストも、ギャングもいませんからね」と、エスプレッソに火をつけながら、おれはやり返す。

　ビルは、仲の悪い迫撃砲みたいに両膝を押っ立てて、タタミ・マットにあぐらを掻くと、「なんの話だ？」

「あんたこそ、なんの話でこんなに早く、シンジュクくんだりへお出ましになったんです、ビル？」

「きみがちっとも、連絡して来ないからだよ」と、ソマーズ老はおれのすすめたコーヒーを、浮き世の義理でしかたがない、といった顔で啜りながら、「ミスタ・イガに頼まれた件は、どうなってるんだ？　まさか預った金を、有頂天になって、使い歩いてたんじゃあるまいな？」

「金だけの働きは、とっくに済ませたつもりですよ。なにしろ時代錯誤の怪物たちを向うにまわして、フラッシュ・ゴードン（新聞の絵物語や、連続映画で有名な未来世界の冒険児。映画では、第十回オリンピックの水泳四百メートル自由形で優勝したのち、七代目のターザン役者になったバスター・クラブが扮している。）そこのけの大奮闘、シリアル（いわゆる連続活劇。無声時代だけでなく、トーキーになってからもさかんに製作され、先ごろテレビでやった「ジャングル・ガール」「電光仮面」などはそれらを再編集したものだ。）十週間分ぐらいの活躍を、たったの二日でやってのけたんですからね。連絡をとってる暇なんぞ、ありゃしなかったな」

ブラック・コーヒーの助けを借りて、買いおきのパンを齧りながら、おれは話しはじめた。瓦みたいに乾いたパンが、喉に閊《つか》えるたびごとに、大冒険は真相を露呈する。だんだん、だらしがなくなった。だが、ビルの顔は反対だ。しだいに締りがよくなって、おれが喋りおえると、

「そのセロファン包みは、どこにある？　ロペスの部屋で、見つけたってやつさ。出してみろ」と、目を光らせて、手を差しのべた。おれはあわてて、上衣を探る。ナガドス＝グミの連中は、武装の解除と自由の束縛に、よほど焦ったものらしい。

セロファン袋も写真も金も、ちゃんとポケットに残っていた。特派員はおれから引ったくって、半透明の小袋をあける。中身はフィルムの切れはしだった。例の鼻めがねをかけた上、三枚重ねのポケットレンズまで繰りだして、老体、そいつを調べはじめる。

おれは写真を二枚並べて、漫然と眺めていた。ロペスのアルバムから剝がしてきた一枚と、ヤマ警部から預った一枚だ。むろん専《もっぱ》ら眺めたのは、全裸の女性が景品についたほうだった。ロッペイ＝サンらしい鬚男の肩に、Y字にひろげた両足をかけて、女の顔は逆さになっている。えげつなく笑った顔は、平べったくて取り柄がない。お尻もいやに平たくて、ただ寛骨が出っ張ってるから、文字どおりの取り柄は、あるというべきか。それに反して見事な点は、その中間だ。乳房ときたら、ラグビーのボールがふたつ、柔らかい土に刺った上に、雪が積ったみたいだった。もう一点は、毛深さで、臍《へそ》まで蔽い隠さんばかり。そこらあたりの景観を、エド時代の日本人は、白壁にぺったり止った蝙蝠《こうもり》、と見立てたそうだが、おなじ蝙蝠でも、これはドラキュラの化身クラスで、ロペスの鬚といい勝負だ。警部のおいていった写真の顔に、髭のないのが不公平に見えたくらいだった。ハンス・ウェグナーの椅子の下に、ちょうどボールペンが転がっている。なんの気なしにそれを拾って、死人の顔にいたずらをした。とたんにおれは、「あっ！」と、さけんだ。「ちょっと、ちょっと、これを見てよ、ビル。驚いたな。鬚のあるなしで、こんなに顔が変るもんですかね。もっとも、ゆうべはつくづく観察してる暇なんか、なかったけれど……」

「なるほど、同一人物らしいな」と、ご老体は大して興味もなさそうに、「それがどうした？」

「いいですか。この男性モデルはまず九十九パーセント、フェルナンド・ロペスに間違いないんです。こっちの写真は、おとといの夕方、ぼくの目の前で、あの世へ送られた男でしてね。それが、鬚を剃り落したロペスだとすりゃあ、大ごとですよ。駈けだしの私立探偵、依頼人と容疑者を、一朝にして失ったわけだ。動きまわる理由がなくなって、妙な敵だけ残ってる」

「しかし、よくやったな。きみを見直したよ。確かにあとへは退けなくなったようだが……」

「退きたいですよ。けさは欲も得もない。ぶっ倒れて、寝ましたがね。窓ガラスを破って、いつ手榴弾が飛びこんで来るか、わからないんですぜ。考えたら、おちおち寝てもいられない。この瞬間にも天井に、サナダ・ガールズが油虫みたいにへばりついてるんじゃないか。そう思うと。見あげるのも怖いくらいだ」

「もうふたりも倒したくせに、弱音を吐くなよ。今どきの日本家屋は、そんなに頑丈には出来てやしない。ニンジュツィストが二、三人しがみついたら、桟が外れて天井板が落ちてくるさ。屋根裏に忍びこんだって、みしみし音がして歩けもすまい。虚仮《こけ》おどしの芸当は持ってるかも知れないが、所詮ニンジュッは過去のものさね。しかも、残りはたった三人じゃないか」

「いや、六番目のニンジュツィストが、いるかも知れません。フジヤマ・ハウスで、ぼくを雁字がらみにしたのは、どうもチューインガム女史じゃなかったらしい。それに、あの女たちのニンジュツは、決して虚仮《こけ》おどしなんかじゃありませんよ。朝鮮で戦争してたときと同じ気持ちでしたね、ぼくは」

「だったら、その気になって、もうすこし闘ってくれ。今までこの事件は、三重露出ぎみだったがね。どうやら、ピントがあって来たようだぞ。脅喝チームが消滅した以上、そのヨリコ＝サンとかいうお嬢さんのことは、まず心配ないだろう。イガがロペスにきみを近づけようとしたのは、マキモノ・ブックなんかのためじゃないな。これさ。これだよ」と、もとのセロファン袋に納めたフィルムを、太い指さきにつまんで、ビル・ソマーズは振ってみせた。「サナダ・ガールズの目的も、ナガドス＝グミの目的も、これに違いない。これなんだ」

「なんなんです、そりゃあ？」

「オキナワ基地の写真」と、そっけなくいって、鼻めがねのケースを開く。その底にセロファン包みを入れて、ビルは内ポケットへしまいこんだ。「もちろん、これは切れっぱしだ。これだけじゃあ、なんの役にも立たない。だが、この調子で撮ってあるとすると、全部そろえば、オキナワ基地の兵器配置が、なにからなにまで一目瞭然、ということになる」

「ほんとですか！」

「そう考えるべきだろうね。実はこっちでも、調べてみたんだ。ロペスは最近、オキナワへ旅行している。そのとき撮ってきた写真を、トーキョーでだれかに売りつけよう、としてたんだな。例のサムライのいう人物を通じて」

「あだ名じゃないか、といいましたね？　ナガドス＝グミに、サムライって呼ばれてるやつが、いるのかも知れないな。あ、そうだ」と、おれは例の贋造紙幣二枚を出して、

「こいつを調べてみてください。ひょっとすると、この文章が暗号になってるんじゃないか、と思うんです」

「専門家に検討させよう。とにかく、きみにとっても、もうアルバイトじゃない。自由世界のための闘いだ」

「でも、どう闘ったらいいか、見当もつきません」

「さしあたっては、ロペスの部屋をもう一度、徹底的に調べてみることだ。昼間のほうがいいだろう。化け物どもにしても、夜より出にくいだろうから」と、にやり笑って、ビルは腰を浮かした。「そろそろ帰るぞ。事態がこうなって来ると、きみとはあんまり会わんほうがよさそうだ。ただし、外人記者クラブへの電話は怠るなよ。いなくても、連絡方法はわかるようにしとく。きみはあくまで、私立探偵として振るまうんだ。ヤマ警部は適当にあしらえ。余計なことを喋るんじゃ

ないぞ。面倒が起ったら、こっちで片をつけてやる。金が足りなくなったら、カブキ・シアターのいい席が手に入りませんか、と電話してくれ」

「本物のスパイも、そんな符帳を使うんですか」

「ユーモアの一種さ。気苦労の多い仕事だからな。そうだ、こいつを貸してやろう」と、化けの皮をみずから剥いだ特派員は、立ったまま腰のベルトを引き抜いて、「さあ、きみのと取っ替えっこだ。これも愛嬌ものだが、ときには役立つこともある」

　おれも立ちあがって、ベルトを締めかえた。緑がかった野暮ったい幅びろの皮で、青銅色の大きい分厚なバックルには、ガーゴイル（怪物のかたちをしたゴシック建築のとい口。）めいた顔が短い舌を出している。やはり青銅色の金具が途中に二ヵ所ついていて、それがズボンの左右のポケットの真上あたりに来るほかは、別に怪しげなところもない。けれども、ビルが手をのばして、怪獣の舌にさわると、小さな肌色の錠剤がひとつ、皺だらけの手の平に転げおちた。

「これは麻酔剤だ。ほとんど無味無臭で、水にも酒にもすぐ溶ける。効きめが現われるまでに、三分とはかからない」ソマーズは説明しながら、錠剤を元どおり舌の裏側へ押しこんで、「それから、こっちはナイフでね」と、右脇の金具を引っ張った。皮のあいだから、するどい刃物がしなしな抜けだす。紙のように薄いが、幅は根もとで二センチぐらい、刃渡り二十センチはあるだろう。ビルは慎重に、それを鞘へおさめると、「まあ、こんなもののお蔭をこうむらないように、祈るんだな」

「秘密兵器なら、ぼくもひとつ持ってましたっけ」と、おれは戸棚をあけた。サムソナイトのスーツケースを、引きずりだす。中より取りいだしましたるは、万年筆スタイルの三八口径催涙弾銃だ。一個五十セントのガス弾を、スプリングの作用によって一発だけ射てる仕掛けで、ニッケルの銃身には、ポケットに挿せるようにクリップまでついている。

「正価十五ドルのところ、特に割り引きして五ドルなにがし（五九年の雑誌で訳者の見かけた広告では五ドル九十五セント。）通信販売で、国にいたころ買ったものですがね。このベルトを締めるまで、忘れてましたよ」

「銃器雑誌なんぞに、広告の出ているやつだな。まさか、そいつを胸に飾った上に、トレンチコートを着こんで、出かける気じゃないだろうね（四十年代末のアメリカ映画では、トレンチコートは私立探偵か、スパイの制服の観があった。）？」

「一緒に出かけて、コートを見立ててもらおうか、と思ってたところです」

「嫌なこった。冗談でなく、間をおいてから、出かけるようにして貰いたい。ほかに質問は？」

「どうもぼく、この事件におけるナガドス＝グミの役割りが、呑みこめないんですけど」

「日本のギャングの黒幕が、必ず日本人とはかぎらんだろう？　現下の日本は、フリーの職業スパイにとって、実りの多い土地じゃない。だから、大金になりそ

うな材料と、買《ね》って《た》くれそうな相手があ

りゃあ、寄ってたかって独占しようとするさ。そういう連中のひとりが、ナガドス＝グミを動かしてるんだろう」

「なるほど、それであんたも、ぼくを表面に出して、自分は引っ込んでいよう、というんですね？」

「スウェーデンの美人のスパイと、ナイトクラブへ行ったり、ソ連の情報部員とゴルフをしたりするのが、わしの仕事さ。暴力沙汰は、きみにまかせる」と、勝手なことをいって、ビル・ソマーズは帰って行った。

おれは汚れたズボンを、バーバリでスポーツ用に作ったビスケット色のやつに変えて、スパイ用のベルトを締めた。鼠色の袖の長いポロシャツを素肌に着こんで、絹のスカーフを襟もとに巻こうとしたが、それでは「首をお絞めなさい」と、いわんばかりだ。やめにして、栗色の鞣し革の上衣を着る。ロペスの写真二枚とイガの付け髭だけは、皺だらけの服に残して、ポケットの中身を移す。これで十分、間をおいたことになるだろう。ぴかぴかの催涙弾銃を胸にさして、ゴム底の靴を履こうとしたときだ。軽いノックの音がした。おれは脇へどいて、いきなりドアを大きくあける。悲鳴に近い声をあげて、飛びのいたのは若い女だ。煉瓦色の地に朱の濃淡で、大理石模様の入ったシャツブラウスを着て、ゆるやかな紺のスカートをはいている。

「なんだ。ハルエ＝サンじゃないか」と、おれはいった。

「さあ、お入りなさい」

「ああ、驚いた。いったい、どうしたの、サム？」

「あんたこそ、どうしたんだい、ハルエ＝サン？」

「心配になったんで、来てみたの」とハルエはザブトンにすわって、スカートの裾を気にしながら、「ほんとは、パパがあんまり心配してるんで、パパが心配で来てみたんだけれど――病気じゃなかったらしいわね」

ハルエはプロフェッサ・モモチのひとり娘なのだ。会ったこともない癖に、ビル・ソマーズは、おれがニンジュツの研究に熱心なのを、この娘のせいにする。「そんな磁力のある美人じゃありませんよ」と、おれは否定してきたが、もすこしビルに長居されたら、嘘がばれたところだった。もっとも、磁力があるだけに、反撥力も激しくて、一度おれがキスしようと試みて以来、あまり笑顔は見せてくれない。今も煉瓦色のブラウスの上半身は、ヒオドシ＝ノ＝ヨロイと呼ばれる赤い甲冑を着こんだみたいに、堅くなっている。これ以上、こちこちになったら、きれいな肌に罅《ひび》が入るだろう。だから、ザブトンには、いちばん距離のあるベッドを選んで、腰かけてから、「きょうは、お勤めのほうは？」と、おれは聞いた。

ハルエは家庭の切り盛りをしながら、裏隣りにあるタイプ印刷の店で、英文タイプを叩いているのだ。そのせいで、切り口上の英語を喋るのかも知れない。

「臨時の休みをもらったわ」

「そりゃあ、すまないことしたな。パパに心配かけたのも、ぼくが悪かった。でも、一種の病気だったんだよ。ひどい目にあいつづけでね」

「きょうは――稽古に来られるの？」

「行きたいんだけれどねえ。ひょっとすると、駄目かも知れない」

「そう……パパにいったら、がっかりするわね」と、低い声でいったと思うと、ハルエの肩が急に落ちた。「サム、もしも――あたしの態度が不愉快で、来ないんだったら……謝ってもいいわ。いいえ、謝るわ」

「そんなことじゃないんだ」と、おれはあわてて手を振った。「ほんとだよ。わけがあって事情は説明できないんだが、どうしても、掛りっ切りでやらなきゃならないことに――自分からだがね、手を突っ込んじまったんだ。片がついたら、すぐ飛んでって、先生にはお詫びをする。あと何日かかるかわからないが……」

「あなたにニンジュツを教えることだけが、今のパパの楽しみなのよ。占いのほうは、いいたくないけど、よっぽど下手らしいわ。ちっともお客さん、来ないんですもの」と、淋しげに笑ってから、ハルエは真剣に首をふって、「お金の問題じゃないの、サム。あなたの授業料がなくっても、そりゃあ苦しいけど、あたしの働きでなんとか食べていけるわ。正直いうと、パパをニンジュツィストとして認めてくれたのは、あなたが最初で……きっと最後かも知れないわね。だから、今ではパパの生き甲斐みたいになってるのよ、あなたが！　それが二日も、顔を見せないんでしょう。パパは急に、年を取ったみたいで……いくら勉強しても、なんにも身につかないようだけれど、ニンジュツは過去のものよ。過去のひとたちだって、なかなか身につけられなかったものだってことは――」ハルエの声は、懸命に震えを堪えてるみたいだった。

「最初にあたしが説明したじゃないの。それでもいいからって、ねばったのは、サム、あなたのほう……」

「まあ、待ってくれ。だれもやめるなんて、いってやしないじゃないか。それに、身につかないどころの話じゃない。先生の講義を聞いてなかったら、ぼくはこの二日間に、十回ぐらい死んでたよ。もっとも、スモーク・ボールだけは、役に立たなかったけどね」

「怨みがましいことをいって、ごめんなさい」と、ハルエは指さきで目の下を押さえてから、小さな紙袋を差しだした。

「スモーク・ボールで思い出したわ。あなたに渡してくれって、パパが寄こしたの」拈《ひね》ってある口をひろげてみると、黒い小さな飴玉みたいなものがまた一ダースばかり入っている。「よくわからないけど、やっぱり、床に叩きつけるんですって。すると、どうにかなるらしいわよ」

「ありがとう」元どおり口を拈って、上衣の左ポケットにしまってから、「ぼくが顔を出さなかったのは、だから、先生のせいでも、きみのせいでもないんだ。わかってくれるね？」と、おれは力説した。「アメリカ人として、どうしてもやらなきゃならないことが起ったんだ。説明できないのが、残念だけれど」

「わかったわ。それがすんだら、また来てくれるわね、ホント？」

「ダイジョブ。嘘でない証拠に、来月の授業料を前払いしとこうか」

「お金のために来たんじゃないっていったでしょう？」と、ハルエは立ちあがる。スカートのうしろを撫でて、皺をのばした。大きくはないが、垂れさがってもいないお尻のかたちを、くっきり一瞬うかがわせて、「パパのために来たのよ、あたしは」

「ぼくのことが心配でやってきた、というべきだね。どうも、きみは正直すぎる」

「そうかしら」と、戸口でハルエは振りかえった。意外に色っぽい微笑を、ちらっと見せて、「これでなかなか、隠しごともうまいつもりなのに」

五分だけ間をおいてから、おれはサクラ・アパートを出た。ウェスト＝オークボへ、まっすぐ向う。六十一年のシボレー・インパラはゆうべの場所に、ゆうべのまんま残っていた。ひと安心して、フジヤマ・ハウスの玄関を入る。気が滅入るくらい、廊下は静かだ。ロペスのドアの鍵をあけたとたん、おれは四本の手で、室内へ引きずり込まれた。タタミ・マットに葡いつくばったまま顔をあげると、五人の男が立っていた。ふたりは銃身の短いスミス・アンド・ウェッスンのデテクティブ・スペシャルを、いやに気どって腰のあたりに構えている。もうひとりは、オートマチックを、おれの鼻さきへ突きつけている。ソ連製のスチェッキンらしい。あとのふたりが持っているのは、お馴染みのグリースガン（アメリカ陸軍のM3サブマシンガンの俗称。自動車の潤滑油さしに似ているからだ。）、まるでこれでは、小火器の展示会だ。五人とも人相の悪い日本人で、もちろんナガドス＝グミの連中だろう。

「どこの国にも、法律を守らない人間はいるもんだね」と、立ちあがりながら、おれはいった。「ゆうべのけさだ。まさか、こんな歓迎準備があろうとは思わなかったよ。迂濶だったな」だが、間違っても射ちはしないだろう、と判断して、おれは度胸をすえた。「それにしても、大袈裟だな。ことにM3なんか、どうする気だい？　ここでぶっ放したら、トーキョーじゅうの警官が集ってくるぜ。その隙に日本銀行でも、襲撃しようって計画かね？」

「なるほど、そういう手もあるな」と、背後で太い声がした。「今度、使わしていただこう。もちろん、アイデア料はお払いする。おとなしくして、そのままで生きていたほうが、いいと思うよ」

振りむくと、戸口に大きな男が立っている。黄の勝った派手なオリーブ色のダブルの上に、まん丸などす黒い顔が乗っていた。東洋人には違いないが、日本人かどうかはわからない。「あんたがボスか」と、おれは聞いた。

「歓迎委員長というわけさ」大男はずらりと並んだ金歯を、むきだして見せた。

「ところで、ミスタ・ライアン、この女性はあんたのお連れじゃないか?」

　背中を押されて室内へよろめきこんだのは、ハルエだった。「つけてきたのか、きみは！　なんだって、そんな馬鹿なことをしたんだ」と、抱きとめながら、おれが詰《なじ》る。「だって」と、ハルエは青ざめた顔で、展示された小火器を見まわしながら、「ほんとは、ゆうべもサクラ・アパートへ行ったのよ。留守にしてた癖に、病気の一種だなんてごまかしたから、どこへ行くか気になって——」

「パパのためにか?」

「あなたが心配だったからよ」と、電気マッサージ器みたいに、ハルエはおれの肩にしがみついて、「このひとたち、なんなの?」

「失礼だがね、お嬢さん。説明はあとでしてもらいなさい」と、口を挟んだのは大男だ。「話をここですますか、それとも歓迎会場へ席を移してからにするか、ミスタ・ライアンの返事が欲しいんでね」

「話ってなんだ?」と、おれは聞き返す。

「むろん、セニョール・ロペスのことさ」

「とすると、ご期待には添えないね。なにも知らないんだ。話したくても話せないだろう?」

「それでは、せっかく用意もしたことだ。歓迎会場へご案内するかな」と、大男は胸ポケットから、琥珀色のシー・アンド・スキー（フランス、ルノー社製のサングラス。日本でもよく見かける顔の曲線どおり彎曲した偏光レンズに上だけ縁をつけたもの。）を抜いて、どす黒い顔にかけた。それに倣って、グリースガンの両人も、大きな緑のサングラスをかけた。リボルバーのふたりは上衣をぬいで、紫のナイロンと鹿革で出来たショールダーホールスターを露わにした。大男は太い葉巻をライターの火であぶりながら、「用意はいいな」と、見まわして、「おふたりとも、捕虜らしく両手をあげてもらおうか。ミスタ・ライアン、車の鍵を借りるよ」

スチェッキンの男が、おれの上衣に手をのばす。ポケットを探られながら、おれはいった。「この女は無関係だ。帰してやってくれ。警察へ駈けこむ心配なんか、決してないから」

「そんな心配してないさ」大男は手にした葉巻を、ゆっくり振って、「交番には、ちゃんと挨拶しといたからね。しかし、男ばかりじゃあ、殺風景だろう。紅一点が欲しかったところだ。やっぱり、来ていただこうじゃないか。さあ。両手をあげて、あんたのシボレーまで歩くんだよ。はい、スタート！」

おれは合点がいかなかった。だが、背中をスチェッキンに突かれては、歩きださないわけに行かない。廊下に出たとたん、相手の思惑がのみこめた。三十五ミリの手持ちカメラをこちらに向けて、男がひとり、待っていたのだ。巻きとり装置は、回転している。けれど、フィルムなんぞ入ってはいないだろう。振りかえってみると、ナガドス＝グミの連中は、思い思いに凄みながら、凶器をつらねてついてくる。

「なかなかいいぞ、ミスタ・ライアン」と、一番うしろで大男がいった。「その調子で、通りへ出てくれ。見物人が集ってるかも知れないが、助けを求めような んて料簡は起すなよ。スターともあろうものが、見っともないからな。声をあげたら、遠慮なく射つぜ。倒れるところを、車へ引きずりこんで、突っ走るんだ。そのほうが、見物は喜ぶかも知れない。血の噴きだした方が、本物そっくりだなんてね。ふん、人間が射たれるのを、見たこともない癖に」

両手をあげて露地口を出てみると、そこにも五人ばかり、ギャングが配置してあった。ベレー帽をかぶったり、汚れたジャンパーにゴムのゾーリ・サンダルを履いたりして、監督や助監督のつもりらしい。見物人も集っている。畜生、うまいことを考えやがった。贋物づらした本物のギャングたちは、派手に左右にひろがって、銃口をおれに向けた。シボレーのうしろには、いつの間にかダットサン・ブルーバードと、ミツビシ五〇〇が停めてある。スチェッキンの男が、シボレーのドアをあけた。まずバックシートに大男が乗る。次に、おれが、デテクティブ・スペシャルに脇腹をえぐられて、押しこまれた。スチェッキンがハンドルを握って、車は走りだす。左隣りの男は、ホールスターを外して尻の下に隠した。だが、リボルバーはおれの腰骨から離れない。首を曲げてみると、すぐうしろにブルーバードがついてくる。そのバックシートには、ハルエの乱れた髪の毛が見えた。贋カメラマンや、監督たちも、ミツビシ五〇〇で追ってくるようだ。

　先導のシボレーは、ヨドバシ・アヴィニュー（神楽坂から第一病院わき、大久保をへて宮園通りにつづく。）を西にむかって、四十八番ストリート（甲州街道笹塚に始り、鍋屋横町、中野、沼袋、練馬、豊島園をへて、春日町に終る。）に突きあたると、北に進んだ。ちょうどトヨタマ刑務所の長い塀にかかったときだ。車はスピードを落して、大男がおれのほうを向いた。「ここは以前、アメリカ軍のスタッケードだった。あんたも知ってるだろう？　人通りが少いのを利用して、ここで目隠しをさせてもらうよ」と、郵便切手みたいに切った絆創膏を二枚、両手につまんで鼻さきへかざす。おれはあきらめて、目をつぶった。「あまり見かけはよくないが、おれのサングラスを貸してやるから、我慢してくれ」と、大男の声が笑う。感じの悪い絆創膏が両眼を蔽ったあと、シー・アンド・スキーのブリッジが鼻に跨った。こうしておけば、信号待ちなんぞで停車ちゅうの窓をのぞかれても、レンズが彎曲しているから、目隠しを気づかれずにすむわけだ。車はまた、スピードをあげた。郊外へ出たせいか、だんだん速くなって、同時に動揺も激しくなる。

　おれは、左隣りの男にいった。「おい、暴発しないように、脇腹の拳銃に気をつけてくれよ」

　返事は、喋るな、という意味の「ダマッテイロ！」だった。途中でガソリンを補給して、ウェスト＝オークボを離れてから小一時間後に、車は停った。むろんトーキョーを出て、ヤマナシかサイタマに入っているに違いない。ドアがあいて、左隣りの男がおりる。「出るんだ」と、おれの腕をひっぱった。足の下は土だった、腕をとられて、背中を拳銃で押されながら、歩きだす。二台の車が相次いでとまる音、扉をひらく音が、背後に聞えた。すこし歩くと鼻のさきでドアが軋んで、足の下が一段高いコンクリートになる。「靴をぬぐんだ。床は高い。うんと足をあげろ」と、男の声がいった。おれは一度、臑をぶつけて悲鳴をあげてから、廊下にのぼった。板の上をかなり歩かせられてから、フスマ・ドアのあく音がして、足がタタミ・マットの上に乗った。「すわれ」という声と一緒に、椅子がおれの尻にぶつかる。それにかけると、二本の手がおれの足を、ロープで椅子の脚に縛りつけた。同時に別の二本の手が、背もたれのうしろで、おれの手を縛りあわせる。

「よかろう」大男の声がした。「目隠しを取ってやれ」

まずサングラスが外される。絆創膏を二枚、一度にひっぺがされて、おれは悲鳴をあげた。睫毛を一本残らず、毟《むし》りとられたみたいだった。ま新しいタタミ・マットを八枚敷いた部屋は、フスマ・ドアに貼った紙も、壁の色も、天井の板も新しい。大男はなにも敷かずに、大あぐらを掻いていた。そのうしろにギャングたちが折り重なって、フスマ・ドアいっぱいに立っている。ハルエはおれと大男のあいだに、震えるからだを竦《すく》めていた。

おれの椅子は、壁のすみに据えてあって、右側に大きな窓がある。曇りガラスに、日ざしが明るい。シンジュクの空には雲が多かったが、ここまで追いかけては来なかったのだろう。

「用のない者は、あっちへ行ってろ」と、大男がいった。デテクティブ・スペシャルを持ったひとりが、おれの脇に立った。おなじ拳銃のもうひとりは、ハルエのそばに立った。グリースガンのひとりがフスマ・ドアの前に立って、銃口をおれに向ける。ほかの手下が出ていくと、大男は新しい葉巻に火をつけた。「さて、話してくれる気になったかね？」

「知らないことは話せない、といったじゃないか」リボルバーを握ったままの手の甲が、とたんにおれの右頬へ飛んできた。左の頬まで、突きぬけそうな打撃だった。椅子ごと倒れそうになって、壁にあたまがぶつかった。口の中が塩からくなった。「ほんとに、なにも知らないんだ」

リボルバーの手がまた上った。「待ちな」と、それを大男が制める。「見ろよ、ミスタ・ライアンはからだが大きくて、健康そうだ。三つや四つ殴ったくらいじゃ、話してくれそうもないぜ。紅一点が欲しいところだ、といったのはここさ」

「引っかき傷ひとつでも、その女のからだにつけてみろ」と、おれは呶鳴った。

「ただじゃ置かないぞ！」

「そうかね？」大男は葉巻のはじを見つめながら、「残念だな。タバコの火なら、試したことがあるんだ。足の裏から始めてね。腋の下、お乳の先——あんたなんか、毛のあるところが面白い、と思うだろう？　バーナーを使って、さっと嘗めるんだったら、確かにおもしろいがね。タバコじゃつまらん。嫌なにおいがするだけさ。腋の内側や乳首なんかには、ちょっと触るだけ。皮膚の固いところには、ぎゅっと押っつけるのが、こつなんだよ。脂汗にまみれて、のたうちまわるのを見るためで、殺すためじゃあないからな。なにしろ、タバコの火ってやつは、これでなかなか、熱度が高くて……」

ハルエが急に叫び声をあげて、フスマ・ドアに飛びついた。だが、グリースガンの男に突きもどされて、仰むけに倒れる。

「怖がらなくてもいいよ、お嬢さん」と、つばきの溜った声で、大男がいった。

「きょうは葉巻の火を試せると思って、楽しみにしていたんだがね。ミスタ・ライアンが、駄目だ、とおっしゃる。お客さんのための余興なんだから、こっちの好みはいっていられない。あきらめるから、安心するんだな。しかし、まあ、傷さえつけなきゃいいそうだから、別の手は使わしていただくよ。まるっきりアトラクションなしでは、ミスタ・ライアン、ご機嫌なおして、話してくれそうにもないからね」

ハルエが、恐怖の膜をかぶった目で、おれを見あげる。大男は欣然《きんぜん》と立ちあがった。部屋から出たと思うと、すぐ足音たかく戻ってきた。ビニール製の太いチューブを、両手に一本ずつ持っている。

新型のスポーツカーを買ってもらったどら息子、という顔つきだ。その顔を睨みつけながら、椅子ごと転がらない程度に、おれは暴れた。

大男はいっこうに気にしない。「電気消しゴムに細い針を植えたやつも、用意してきたんだがね。こっちを使うことにした。これも、いっぺん試してみよう、と思ってたんだ」と、はしゃいだ調子で、「まあ、お嬢さんみたいに肌がきれいなら、必要ないかも知れないがね。油断大敵、皺ほうぼう、男の出世はお追従しだい、女の出世はお化粧しだい、というだろう？　いわないかな。まあ、どっちにしたって、美人になって損はない。やってあげるよ。パック美容術というやつだ。顔だけの美容はもう古い。今や全身美容の時代だからね。さあさ、裸になっとくれ」

リボルバーの男ふたりが、ハルエに飛びかかる、その背のかげで、「いや！　いやよ。助けて！」という声がした。頰に平手の鳴る音がそれに続いて、あとは荒い息づかいと激しい衣《きぬ》ずれ。

額をあせで光らせて、手下の手もとを見おろしながら、「傷をつけたら、ミスタ・ライアンに申しわけない。もっと丁重にせんかい」と、大男が叱る。顔をあげると、おれに向ってウインクして、「大丈夫、大丈夫、これから塗るのも、いわゆるナイロン・パックってやつだから、心配ないよ。始めはぬらぬらしてるが、じき乾いてね。そいつを剝がすと、小皺がとれてお肌はなめらか、という次第なんだが、さて――放っておくと、どうなるかな？　ナイロンと呼ばれていても、こう見たところは、合成樹脂みたいなもんだ。その膜がすっぽり、からだを裹《つつ》んでるわけだから、ひょっとすると、皮膚呼吸が出来なくなるんじゃ、ないかねえ？　皮膚呼吸がぜんぜん出来なくなると、どういうことになるか……」

むろん、知ってる。死んでしまうのだ。おれは身震いした。かすかにハルエも悲鳴をあげる。その両手を、リボルバーのひとりが摑んで、左右にひろげた。もうひとりは、足首をにぎる。ハルエは両の目をとじて、裸の全身で反抗した。乱れた髪が、くびれた胴が、逞《たくま》しい腰が、タタミ・マットを叩いてもがく。眼尻に光る涙に気がついて、おれは唇を嚙んだ。

「まあ、鼻と口はあいてるんだから、すぐ死ぬようなことはない、と思うんだ」と、チューブをハルエの額にあてて、どろどろのパック剤をだしながら、大男がいった。「医者じゃあないんで、責任は持てんがね。全身くまなく塗りおわって、乾いてくると、皮膚が熱くなって来るんじゃないかな。それからどうなるか、まずは見てのお楽しみ、というわけだ」大男の指さきは、ハルエの顔を舐いまわって、器用にパック剤をのばして行く。顎の下まで塗りおわった顔は、てらてらと異様に光って、SF雑誌の表紙絵のグラマー宇宙人みたいだった。「手首や足首は、痛くないかね。辛抱しなくたって、いってくれれば、緩めさせるよ。もがいても結構、ちょっとぐらい蹴飛ばされても、ひっ掻かれても、わたしは平気だ」

大男は楽しげに、まあるく白い裸の肩から、分厚く脂の乗った胸へ太い指をすべらせる。乳房を揉まれて、淡い褐色の乳首が震えた。呻きを恥じて、ハルエは身もだえる。自分の指先が走るにつれて、不気味に光っていく女のからだを、でぶのサディストは、ぎらつく眸子《まなこ》で見まもった。くっきり凹んだ臍の上に、逆さに立てたチューブから、小山のようにパックク剤を吐きださせて、唾液に濡れた口もとが嗽《うが》いみたいな笑い声をあげる。小山が崩れて渦になって、たるみのない下腹から、太い両腿が分れるあたりへ押されて行くと、獣のようにハルエは暴れた。

「降参するなら、ここの部分が乾いてからにしてくれよ、ミスタ・ライアン」と、大男の笑いがひときわ高まって、「腋の下は、お手入れが行きとどいてる。剝がす楽しみは、ここしかないんだ。男の好きな雑草を根こそぎにされて、母なる大地が泣きわめくだろうからねえ。なかなか我慢強いお嬢さんだが、特にこってり塗ったから、ひいひい悲鳴を、あげると思うよ」

おれは窓へ顔をそむけた。ガラスのむこうで、のどかに小鳥の声がする。それが、幻聴としか思えなかった。

＊ *What are little boys made of?* の二行目から四行目まで、「男の子ってなんで出来ているの？／蛙にでむし小犬のしっぽ／そういうもので出来てるの」をもじったものだ。

その五

十円硬貨を入れる前に、受話器にはハンカチをかぶせた。犯罪小説のまねをしてる子どもみたいで、なんとなくおかしかったが、用心するに越したことはない。むこうの受話器は、ベルが五たび鳴ってから、外された。

「大野先生、いらっしゃいますか?」

滝口正雄が低い声で聞くと、女の声がそっけなく答えた。

「いま、旅行ちゅうです」

「じゃあ、奥様は?」

「出かけておりますが、どちらさまでしょう?」

「雑誌社のものです。お願いしておいた原稿のことを、ちょっとうかがいたかったんですけれど、けっこうです。またかけますから」

公衆電話のボックスのなかは、ひどく暑かった。受話器をフックにかけると、外したハンカチで顔をふいて、滝口は息をついた。かつての義兄が、九州へ講演旅行にいっているはずのことは、雑誌で知っていたけど、細君まででるすとは都合がいい。元気をとりもどして、蒸風呂のような電話ボックスをでると、日ざかりの坂をのぼりはじめた。

大野駿作の家は、坂をのぼりきった崖ぶちにある。婦人雑誌にまで持てはやされるその評論のように、明快で直線的な二階屋だ。いったん玄関までいってから、滝口がちょっとためらって、コンクリートの塀ぞいに逆もどりすると、水音がかすかに聞えた。崖にむかった庭には、鰻の寝床みたいなプールがある。夫妻には子どもがないから、だれか泳いでいるとすれば、栄子だった。反対がわの家の門へあがる石段の上へ、滝口はのぼった。石段といっても、あまり高くないのが三段で、背のびをしても、むかいの庭はのぞけなかった。坂道にひとけのないのを見さだめてから、ぴょんと滝口はとびあがった。顔がひとつ、塀の上にあらわれたのは、そのときだ。女の顔で、シャレード型の大きなサングラスをかけている。

「やっぱり、あなたね」

「ああ」

と、曖昧な声をだして、照れかくしに笑いながら、滝口は道を横ぎった。たちまち顔はひっこんで、その代りに塀のはずれの扉があいた。

「びくびくしてないで、お入りなさいよ。嫂《ねえ》さん、出かけてるといったけど、夕方まで帰ってこないわ。いまの電話、坂の下のボックスからでしょう？」

「あれは、きみだったのか」

返事はなかった。踏台にしたらしい木の折畳み椅子を片手にさげて、プールのほうへ歩みながら、栄子は微笑をふりむけただけだった。滝口はあわてて、

「やっぱり」

と、言葉を足した。細長いプールのそばに、細長いデッキ・チェアがひろげてある。ブラジァだけの上半身を、その上に横たえると、栄子はショーツの足を組んだ。花キャベツみたいな黒と白のひだ飾りを、いちめんにつけたブラジァも、おなじく縞馬模様のバーミユーダ・ショーツも、ひどく派手だが、似あわなくはない。この女からは、滝口という姓といっしょに、三年ちかい歳月まで、離れていってしまったようだ。

「暑くなったね」

折畳み椅子に浅く腰かけながら、なんとなく滝口はいった。

「そうね。なにか飲む？　といっても、ジンジャーエールか、コーラしかないけど」

栄子は、小さな四角い鍛鉄のテーブルの下から、白い箱をひっぱりだした。アイスクリーム屋が配達につかうような、詰めものをした布製の箱だ。蓋をあけると、氷のあいだに壜が四、五本、首を持たげている。

「ジンジャーエールがいいな」

と、滝口はいった。栄子はテーブルに手をのばした。すこし飲みかけたコーラの壜のわ

きに、半メートルもあろうかという、化けものみたいな栓抜きがおいてある。栄子はそれで、ジンジャーエールの王冠を、プールのなかへ、威勢よくはじきとばした。さっきの水音は、これだったらしい。壜をうけとりながら、滝口はいった。

「静かだね」

「静かすぎるわ。お仕事のほうはどう？」

「ようやく、一本おわったところさ」

「ほっとして、遊んでるわけ？」

「そうでも、ないんだ。どうも紙の上だけじゃ、気がすまなくなったらしい。ほんものの探偵のまねを、なんとなく始めちまってね」

冷たいジンジャーエールの壜を、片手に握ったまま、滝口はいった。栄子はべつだん、おどろかなかった。馬鹿でかい栓抜きを、両手で胸の前に笏《しゃく》のように持って、ただ黙っている。滝口はむりに笑って、

「そんな武器をかまえてなくても、大丈夫だよ。ハードボイルドの私立探偵みたいに、いきなりひっぱたいたりはしないから」

「翻訳よりも、お金になるの？」

笑いながら、栄子は聞いた。笑顔も、質問も、なんだかお義理みたいだった。

「ぜんぜん、ならないだろうな。なにしろ依頼人なしで、おまけに二年前の事件だからね。

正確にいえば、二年半前か」

栄子の顔から、ふいに笑いがひっこんだ。栓抜きをテーブルにおくと、コーラの罎をつまみあげて、口へあてる。あおむけた顔のシャレードめがねが、するどく日の光を反射させた。滝口は目をそらして、プールの縁に罎をおきながら、

「もっとも、調査はもうおわったんだ。ぼくなりの結論も出たんだが、めったなひとには話せない、そのくせ、聞いてもらいたくて……」

「ここへ来た、とおっしゃるの？」

「迷惑かな？」

「いいわ。どうせ退屈してたところだから」

「退屈しのぎになるかどうか、自信はないがね。とにかく、はじめから話すよ」

滝口は立ちあがって、プールのまわりを歩きながら、話しはじめた。〈三重露出〉を訳しおわって、能勢たちに手紙を書いたことから、ゆうべの簑浦との話しあいまで、くわしく喋った。プールの反対がわに立つと、クリンプ網の塀ごしに、谷間の町が見おろせる。国電の線路のむこうに、建設ちゅうの高速道路が日ざしをあびて、白いカーブを光らせていた。どんな働きをする作業車か、橙いろの不恰好なのが一台、ひっそり停っているだけで、高速道路の上には、だれもいない。その手前の低い線路を、中央線の電車がとおるたびに、ガラス窓の反射で、薄汚れたまわりの木立ちの思いがけないあたりが、明るくなっ

た。

滝口は話しながら、ときどき栄子をふりかえった。黙っているが、聞いていることはたしからしい。最後にふりかえったときには、シガレット・ホールダーへタバコをさして、マッチをするところだった。片手に持った紙マッチを、指さきで折りとってから、カヴァのほうをはじきあげて、手ぎわよく火をつける。ひろがって飛んだまっ黄色なカヴァは、目のまわった蝶みたいに、テーブルへ舞いおちて、山形に立った。

「うまいでしょう?」

と、栄子は笑って、

「自慢するほどのこともないけど——片手が、ふさがってるわけでもないのに、こんなことして、馬鹿みたいね。一所懸命、練習したんだから、なおさらだわ。このごろ、より子さんのやってたことが、わかるような気がするの……なんにもしないでいるの、とってもつらい」

いわれてみれば、土人の吹矢筒のようにやたらと長くて、おまけにキャンディ・ピンクとメタリック・グリーンのだんだら縞が、飴ん棒をおもわせるシガレット・ホールダーにしても、以前の栄子の趣味ではない。大きなサングラスで、顔が半分おおわれているせいか、一瞬そこに、より子が横たわっているような錯覚を、滝口はおぼえた。だが、青白いけむりのあとから出てきた声は、やはり栄子のものだった。

「変ったことして、喜んでいるひとたちって、ありふれたくだらないことが嫌だから、変ったことをしてるんじゃないのね。くだらないことを――通勤電車にもまれたり、三度三度のおかずを考えたり、お洗濯したりを、やりたくても出来ないから、変ったことして、まぎらしてるんだわ。でも、誤解しないでよ。こんなこといったって、和睦を申しこんでるわけじゃないんだから」

「わかってる。ぼくだって、機嫌をとりにきたわけじゃない。ぼくが簑浦に、共犯の可能性をいいかけて、うろたえた理由を聞けば、それがわかるよ。実はさっきもいったように、共犯者がいたなんてことは、ありえないんだ。あれは、突発的な事件だからね」

「それなのに、どうしてうろたえたの？」

「犯行時間は、法医学的には午前零時前後、ということになってる。状況的には巻原と宇佐見が呼びにいってから、全員が様子を見にいくまでのあいだ、およそ三、四十分というわけだ」

「そうらしいわね」

「ところで、巻原がとった二度めの電話のことだが、あれは……きみがかけたんだろう？」

栄子は、答えなかった。

「あの晩、ぼくは急にホテルへ缶詰になって、なにしろ、めったにないことだ。きみに知らせるのを、すっかりわすれて、気がついたときには、もう十時をまわってた。あのころ、ぼくらがいたアパートじゃ、十時すぎに電話をかけても、管理人が取りついでくれなかった。だから、ぼくはあきらめたんだけど、きみは心配して、心あたりに電話したとしても、不思議はない、と思うんだ」

「ないでしょうね。あの時分のあたしたち、わりあい仲のいい夫婦でしたもの」

「むろん、公衆電話からだろう。心あたりといえば、まず沢之内君のところだ。アパートから、より子の家までは、乗りものを利用するとなると、かなりの距離になる。けれど、近道をすれば、歩いて歩けない距離じゃない。電話しようかどうしようか、迷って歩いてるうちに、かなり近くまできてしまったんじゃないのかな」

「そんなことも、二、三度あったわ。けっきょく、かけなかったけれど——あなたが遅く帰ってきたら、あたしが散歩に出てたことが、あったでしょう？」

「でも、あのときは、思いきってかけたんだね？　ひょっとすると、電話で話しただけじゃなくって、あいにいったんじゃないか」

あんがい造作なくいってのけられたが、喉はひどく乾いていた。折畳み椅子に腰をおろして、滝口は足もとを見まわした。長さ十メートル、幅三メートルたらずのプールのなかものぞいてみたが、ジンジャーエールの壜はない。

「ああ、さっきの飲みかけね。生ぬるくなっちゃうから、このなかに入れといたわ」

と、栄子が長いシガレット・ホールダーで、テーブルの下をさししめす。布製の箱の蓋をあけてみると、栓をぬいた壜が氷のあいだに、あぶなっかしく立っていた。大小の氷のかたまりを、ながめたとたん、滝口は思いだした。

「冷蔵庫の上に、からっぽの製氷皿がのってたって、小森もいってたよ。そうか、皿ごとか、皿だけ外したつながったままでか、とにかく氷で殴って、殺したんだな。それを溶かすために、バス・ルームへ入った。そう考えたほうが、自然だね。あいにくいった理由も、見当がつくよ。百科事典をしらべてもらうために、ぼくは電話したんだけれど、きみにすれば、より子は仕事のことを知らされているのに、自分は知らない。それが腹立たしくてか、信用できなくてか――つまり、ぼくが沢之内君の家にいるのに、いないといってる、と思ったってことなんだけれど、それであいにいった。より子は裏口から、きみを入れた。そういえば、裏口の掛金が、そとからでも掛けられることを、ぼくが話したことがあったね、きみに」

「かもしれないわね。おぼえていないけれど」

「話しあっているうちに、感情が爆発して、きみは製氷皿で、より子を殺した。もちろん、殺すつもりじゃなかったろう。運がわるかったんだ。でも、死んでしまった以上、なんとかしなけりゃあならない。氷を溶かしにバス・ルームへ入ったとき、巻原と宇佐見の足音が聞えた。きみはとっさに裸になって、うしろすがたを波形ガラスのむこうに見せた。部屋のおくをのぞかれて、倒れているより子を見られたら、おしまいだからね。髪をふいてるように、あたまをタオルで隠して、返事までした。声がこもって、聞きわけられないし、からだを動かしても、顔を見られる心配がない。だから、それほどの冒険でもない」

「あなたが、そう考えたわけね？」

「いちばん矛盾がなくて、抵抗もない結論なんだ。いまとなっちゃあ、もちろん証拠はない。しかし、この推理なら、だれでも納得すると思うよ。ひとに話したのは、いまが初めてだけれど」

「警察にも話したいんだったら、縁がわからあがって、廊下を曲ったところに、電話があるわ」

「そんなつもりは、少しもないよ」

「じゃあ——」

「ゆすりにきたのか、なんて冗談はごめんだぜ。腹を立てるために、わざわざ来たわけじゃないんだから」

「あたしを困らせに、きたわけね」

「ぼくのほうは、困るなんてものじゃない。すぐにでも逃げだしたいくらい、いやあな気もちさ。でも、こういう結論がでた以上、黙ってたんじゃ、苦しむばかりだ。もちろん、きみだって苦しんできただろう。だから、現実には無力な推理をふりかざして、警察に見せびらかすつもりはない。ただ、確かめたいだけなんだ。つまり、推理は暗闇のなかのある人間の行動に、スポットをあてることはできる。けれど、『なぜ、そんな行動をしたか』まで、透視することはできないからね」

「あの事件が、突発的なものだって推理は、正しいようね。だったら、『なぜか』もわかるじゃない。つまり、感情がジャンプしたってことでしょう？」

滝口の口調をまねて、栄子がいった。だが、それには気づかずに、

「殺人なんて極端まで、どんなむらのある感情だって、いきなりジャンプするはずはない。狂ってりゃ、別だがね。スプリングボードが、必要だよ」

と、滝口はいった。栄子はタバコの吸殻を、すきやき鍋みたいに鉉《つる》のついた四角い鉄の灰皿に落したあと、シガレット・ホールダーの長さをはかるような手つきをしていたが、しばらくしてから、聞きかえした。

「わからない？」

「わからないんだ。きみがより子を、憎んでいたとは、思えない。だって、あのひとのことは洗いざらい、ぼくはきみに話してあった。なんにもなかったことは、きみも信じてくれたはずだ。それに、浮わついて聞えるかもしれないが、あのころのぼくは、きみを真実、愛していたんだぜ」

「申しわけないけど、確かにおかしく聞えるわ。でも、信じないって意味じゃないわよ。あのひととはなんでもなかったんでしょうし、だから、ちっとも後暗くなかったでしょう

ね。論理的で、明快で、あなたらしいわ」

「当時は信じていなかった、という意味かい？」

栄子を見つめて、滝口は聞いた。その滝口の顔を、サングラスが歪めた上に、一対にまでしてうつしているのが、なんだか馬鹿にしているみたいだった。

「いいえ、あたしが非論理的な女だってこと——それをわすれてるんだわ、正雄さんは」

「わからないな。はっきりいってくれないか」

こんども返事には、時間がかかった。栄子はまるい太縁のめがねを外すと、黄いろいタオルで顔をふいた。その下から、低い声がもれた。

「寝たことがなければ、それでいいのかしら。話としては、お上品でけっこうだけれども、からだが繋らなかったからって、繋りがないってことにはならないでしょう？　そちらに具体的なことがあれば、こちらの作戦も立てられるし、憎むことだって簡単にできるわ。なんにもなかった話を、しょっちゅう聞かされたんじゃ、こちらは内攻するばかり。手も足も出ないじゃないの」

とつぜん、栄子は背をむけて、立ちあがった。プールのはしまで大股にいくと、うしろむきのまま無造作に、ブラジァとショーツの縞馬模様を、ぬぎすてた。

「いつものんびりしてて、たまにこんな話をしたもんだから、おつむが熱くなっちゃった」

白いビキニが、しぶきをあげた。日焼けした手足が、しなやかに大きく動いて、やがて手のとどきそうな水面に真剣な顔が浮かんだ。濡れているのは、髪や、ひたいや、頬だけではなかった。気のせいか、目のなかまで、光っているようであった。

Ⅶ　ジープに乗ってシンミリ城にいこう
ニンジュツィストの活躍みにいこう＊

　ハルエの顔のナイロン・パックは、すでに乾いて、皮膚に似せた薄いゴムの仮面を、かぶっているように見えた。大男の指が匍いまわっている腹から下だけ、てらてら光って、浜に瀕死でうちあげられた人魚みたいだ。このままではやがて全身、合成樹脂の膜につつまれて、でぶのサディストを楽しませながら、死んで行くことになる。皮膚呼吸ができなくなると、人間、どのくらいで死ぬのだろう？　あきらめたのか、それとも運よく失心したのか、ハルエのからだは、その見事な曲線を、もうぴくりとも動かさない。だが、おれのほうは、あきらめるわけには行かないのだ。正視にたえない、という顔つきで、おれはからだをねじ曲げる。椅子の背もたれの隙間に、右腰を持っていこうと懸命だった。背もたれの棒のあいだから、不自由な指をのばして、ベルトのナイフを抜こうとしたのだ。

「今度は右足。尻が持ちがるくらい、上へあげてくれ。これがすんだら、ひっくり返して背中だ。おい、左足をおろしちゃいかん。まだ、乾いてないじゃないか」

　ハルエの両足を手下に持たせて、その腓《こむら》に大男がパック剤をのばしはじめたとき、おれはナイフを三センチばかり、どうやらこうやら引きだしていた。リボルバーのふたりも、グリースガンの監視役も、ボスの興奮が伝染したのか、ぎらぎらした目で裸身を見おろしている。だから、こちらは大胆に、手首を動かすことも出来たが、なかなかロープに刃があたらない。そのうちに結び目の部分が、ぷつっと切れた。手首の下側ではない。上側だ。ところが、ナイフは下にある。ぎょっとして、おれは窓に顔を向けた。

「口を割られると困るから、特別に助けてあげるわ」と、かすかな声が、おれの耳に吹きこまれる。編み棒みたいに細い刃物が、窓の隙間から突き出ていた。

「もうちょっと手首をあげて、いいこと？　ロープが切れても、動いちゃ駄目よ。こっちで、なんとか手を打つから」

　おれは前屈みになって、手首を窓に近づけながら、「畜生、このサディストめ！」と、大男を呶鳴りつけた。

「その女が死んだって、なにも喋らないぞ。だが、女を殺したら、きさまら、ただじゃすまないからな。おれがニンジュツィストなら、天井にぶらさがって、お前たちのあたまを踏みつぶしてやるんだが、くそ！」

「そんなに、やけを起しなさんな。考えなおすんだね、ミスタ・ライアン。こんな素敵なからだの持ち主を、殺しちまっちゃ惜しいじゃないか。まだ背中が残ってる。思いなおす時間はあるぜ」と、大男は腰を浮かして、「さあ、いいぞ。ひっくり返せ」

リボルバーのふたりが、ハルエの裸身を裏返す。その瞬間、おれの手首は自由になった。同時に、二枚の窓が一度に外れる。と思うと、三つのからだが眼前の宙を走った。おれの示唆どおり、サディストたちの真上の天井へ、サナダ・ガールズが飛びついたのだ。ビル・ソマーズの皮肉は、事実になった。ギャングたちには、銃を構えなおす暇もなかった。その頂上へ、三枚の長い板になって、天井が落下する。おれはベルトのナイフを抜いて、足のロープを切り放した。埃りとともに天井板をはねのけて、サナダ・ガールズが立ちあがる。おれはM3の男に躍りかかった。男が拾いあげようとするサブマシンガンを足で踏まえて、起きあがろうとする背中にナイフを突き立てる。日本語のわめき声と足音が、廊下に近づいてきた。

「早く!」と、うしろで女が叫ぶ。振りむくと、アキコ・サンダバルがハルエを抱えて、窓から飛びだすところだった。ロイドめがねの女もミス・ブレスターも、ギャングから奪ったリボルバーを片手に、窓框をつづいて躍り越える。

おれは朝鮮で扱いなれたM3を拾いあげ、フルオートマチックにすると、フスマ・ドアめがけて乱射した。足音とわめき声が、あわてて後退する。足もとの死体からナイフを抜いて、おれはサナダ・ガールズのあとを追った。家の裏手は竹やぶで、横手はひろい空き地だった。その空き地が雑木林にかわるあたりに、ピンクのジャガーが停めてある。ずっと家に近いところに、シボレーやミツビシ五〇〇が置いてあった。アキコとミス・ブレスターは、ふたりがかりでハルエを抱えて、そっちへ向って走っていく、「おい、気をつけろ！　的になるだけだぞ」と、おれが声をかける間もなく、家の正面から一斉射撃が始まった。日本語で呶鳴っているのは、でぶのサディストだ。あいつ、殺してしまえばよかった。

「まかして！　やつらを釘づけにするから」と、ロイドめがねの女が、ジャガーめがけて走りだす。ヨーヨーを頭上で振りまわした。黒い円盤のあいだに、白いチューブが押しこんである。その筒さきから白い煙りが、たちまち渦巻いて噴きだした。銃声に似た連続音が、同時に起る。

おれは靴下はだしで走りながら、「その女、シボレーのバックシートへ入れてくれ、頼む！」と、アキコに呼びかけた。グリースガンで応戦しながら、煙りの中にミツビシ五〇〇を認めると、おれは窓をのぞき込んだ。イグニション・キーは差したままになっている。おれはサナダ・ガールズに、「かまわず逃げろ！」と、声をかけた。ミツビシ五〇〇に乗りこんで、ドアをあけたままスタートさせる。煙幕を突きぬけると、ガラスを割った窓やドアの隙間に、銃口の並んだ家が真っ正面に見えた。方角を誤ったわけではない。これが思いつきのみそなのだ。

からだを出来るだけ縮めて、全長七十センチのサブマシンガンを床に立てる。メタルストック（ストックは銃床。M3の銃床は金属の棒一本で、その後尾は体にあてられるように曲っている。）の鈎の手になったところを、内側から輪にひっかけて、ハンドルが動かないようにした。ヴァーチクル・マガジーン（直弾倉M3の垂弾倉は細くて長い。）を支柱に、四五口径の銃口で、アクセルを床に押しつける。むろん、一斉射撃はおれに集中した。その一発がフロントに当った。と思った瞬間、おれはドアから飛びだした。

　ミツビシ五〇〇は、リアエンジンの小型車だ。ガソリンタンクは、フロントにある。それが弾を受けて、たちまち炎を噴きあげた。しかし、まだエンジンは動いている。アクセルも押してある。方向も定めてあるのだ。車は生きた業火の塊りと化して、家の正面へ突入した。シボレーのあるほうへ、地面を転げて行きながら、おれは凄じい響きを聞いた。家からあがる火柱を見た。大型車のかげへ廻ると、匍いつくばって、ナイフをベルトに戻しながら、耳を澄ます。もう銃声も、罵声も聞えない。鼓膜にとどくものはといえば、健啖な炎の舌つづみ打つ音ばかり。

　おれはドアをあけて、車へもぐり込んだ。イギリス女王の横顔に、このときほど憧れたことはない。けれど、ないのだ。ホンコン・ダラー（香港の一ドル貨はエリザベス二世の横顔がついていて日本円ではおよそ六十円。）をさげたキーは、イグニションから外されている！　おれは狼狽して、振りかえった。ダットサン・ブルーバードも消えている。サナダ・ガールズのだれかが、失敬して行ったのだろう。絶望に昏《くら》む目で、おれはもう一度イグニションを眺めた。ありがたや！　スチェッキン野郎は、シボレーを知らないらしい。鍵はまん中、オフのところで抜いてある。もうひとつ左のロックの位置で、斜めに抜かなければ、この鍵はかからない。オフではエンジンが止まるだけ。しかも、その位置でなら、イグニションは指さきで、左右どちらへでも、動かせるのだ。おれは三日月形の突起をつまんで、スタートのところへ廻した。とたんに、車は生き返る。靴下だけの足で、クラッチを踏んで、レバーをローに入れながら、バックシートを確かめた。ハルエはまだ裸のまんま、パックをまぬがれた背中を見せて、うずくまっている。服は床に散らばっていた。「もうしばらくの辛抱だ」と、励ましながら、ブレーキリリースを引く。おれは車をスタートさせると、すぐギヤをトップにして、「とにかく、今は逃げなきゃならない。安全なところまで行ったら、なんとかしてあげるから」

「大丈夫、ひとりでやってみるわ」と、バックミラーの中で、皮膚を移植したばかりのような顔が、弱弱しい声でいう。

「トーキョーへ帰るには、この先を左へ入ったほうが、近いはずよ」

「わかった」おれは頷いて、フロントグラスに神経を集中する。灌木の林のあいだを、道はゆるく下って行った。しばらくすると、上りに変る。一度、大きく彎曲して、斜め下に燃えている家を見せた。いつまでたっても、サナダ・ガールズには追いつかない。それは、かえって好都合だ。もともと一緒に逃げなかったのも、相手かわれど主かわらず、やつらの捕虜にされたんじゃ間尺に合わないからだった。道はいちおう平らになって、左右には雑木林と、宅地に造成したばかりの畑が続いている。ナガドス＝グミの連中が、遠慮会釈なくぶっ放したはずだ。人家といったら建てかけのものを一軒、わずかに見かけただけだった。それくらいだから、道はひどい。自動車に乗っている。というよりも、馬で飛ばしてるみたいな気分だ。ことに左へ曲ってから、道はだんだん狭くなった。「おかしいな。この調子だと車がつかえて、進めなくなりそうだぜ」

「だったら、停めればいいじゃないの」

背後の声に、弱弱しさはもうなかった。ハルエの声でもなくなっていた。冷たいものが、首すじに触れる。ぎょっとしてバックミラーを見あげると、おれの左右の耳の下に、細いメスが光っていた、だが、そのうしろにある顔は、依然としてハルエのものだ。と思うと、二本の指が顎をつまむ。その指の急上昇にしたがって、ナイロン・パックの薄い膜が、ペロンと剝がれた。

「ニンポー、ディカルコマスク（絵模様を器物に移着させる方法をいうディカルコマニアと、仮面のマスクをあわせた造語。子どもが遊ぶ移し絵のことをディカルコというから、これは移し面というところか。）！」

声と一緒に現われたのは、ロイドめがねのサナダ・ガールから、めがねをマイナスした顔だった。そのマイナスが左右の鉉の鞘を外して、目下こっちの襟足に、プラスされてるわけなのだ。おれは慎重に車を停めた。「なるほどね。こんな仕掛けになってたのか」と、溜め息をつきながら、イグニションをオフにする。

「さあ、仰せのとおりにしましたよ。拷問はここでする気かい？　それとも、降りてから――」

「血でも流れて、あたしの帰りの乗り物を汚したら、いやね」ヨーヨー娘は片手につまんだパックの薄膜を、いっぱいにガラスをおろした窓から棄てて、「そこの雑木林の中にするわ。右のドアから、降りてよ」

しめた、とおれは思った。四つドアのセダンだから、たとえ一緒におりたとしても、ドアフレームのところでは、牙つきめがねを掴んではいられない。その上、二枚の扉はおなじ方向にひらくのだ。機敏に動けば、ひと足さきに車外に出て、相手をドアに挟んでしまえる。おれはベルトのナイフに指先をあてながら、「じゃあ、降りるぜ」と、扉をあけた。だが、隣りのドアは開かない。

「なにを愚図愚図してるのよ」という声は、頭上でした。振りむくと、白い肩紐つきのブラジァと白いパンティだけの女が、車の上に立っている。バスト以外はまだ幼いからだに、むろんパックの痕はない。背中だけしか見せなかったのも、道理こそだ。その華車な半裸体で、一杯にあけた左右の窓を、一瞬の間にすり抜けて、屋根に飛びあがったとしか考えられない。肉づきのいいハルエのブラウスやスカートは、それには邪魔で着なかったのだろう。「さっさと歩きなさいよ」という下知と一緒に、黒いヨーヨーがおれの頭上を、凄じく旋回した。

　ベルトにかけた右の手を、さりげなく離して、おれは雑木林へ踏みこんだ。ひどく間ばらな林だったが、それでも目は遮られて、なんとなく肌寒い。「その格好で、風邪をひかしちゃ気の毒だから、はっきりいうよ」と、おれは立ちどまった。「拷問したって役に立たない。おれだって、きみたちに脅かされて死んだのが、フェルナンド・ロペスだってことぐらいは、確かに知ってる。きみたちとナガドス＝グミが狙ってるのは、オキナワ基地の写真だってことも知ってる、だが、それをおれが持ってるなんて、とんでもない見当違いだ。どうして誤解されたのか、おれにもわからない。きみたちかナガドス＝グミの中に、裏切り者がいるんじゃないのか？　とにかくおれは――」

「持っていない、隠していない、というのが本当なら、拷問はよすわ」

　首すじから二本のメスが取りのぞかれた。「ありがたい。ほっとしたよ」と、振りむきかける。だが、駄目だった。いきなり喉に、黒い紐が巻きついたからだ。おれは一瞬の差で、どうやら右手の親指を紐の下へすべり込ませながら、本末明、ロペスの部屋で、闘った相手のことを思い浮かべた。あれもヨーヨーの紐だったのだろうか。「その代り、殺してやる！」と、女はおれの背で、憎悪の叫びをあげていた。「あんた、あたしの姉さんを絞め殺したろう？　今度はおなじやり方で、あたしがあんたを殺す番なんだ！」

娘は紐に全身かけて、おれの背中にぶらさがった。右手の親指が、今にもちぎれそうになる。娘の長い両足は、おれの腰にからみついて、左の手まで動かせない。風船焼夷弾の女は、このヨーヨー娘の姉だったのか。かたわらの木に肩をあて、おれは自分のからだを振りまわす。それでも娘は離れない。首はますます締るばかりだ。木の幹に、おれは背中を打ちつけた。一度、二度、三度とぶつける。おれの背中と幹のあいだで、「チクショー！　チクショー！」と、罵りながら、娘は苦痛の呻きをあげた。ヨーヨーの紐は緩まない、けれども、足は腰から外れた。

おれはその機を逃さなかった。左手でベルトを探る。どうやらナイフを引き出した。逆か手に握って背中にまわす。同時に木の幹めがけて、倒れかかった。がくんと左の肘が鳴る。握った指が、柔らかい肉にめりこんだ。すごい痙攣が背中に伝わる。悲痛な叫びが、娘の喉を押し破った。そのからだが重さを増した。紐もゆるんだ。おれは無感覚な親指を紐にかけたまま、前にからだを投げだした。木の幹を打った左腕も、思うようには動かない。おれは転げて娘から逃げた。短い息をつきながら、やっとの思いで顔をあげる。劇薬みたいに、呼吸が喉を刺激した。咳きこみながら見まわすと、娘は木の根もとにずり落ちて、幹にわずかに上半身を持たせている。左脇腹に、柄までナイフが刺っていた。珍しい動物を絵本で見つけた子どものように、その目はおれを眺めている。

「ナイフは棄ててきたと思ったのに」と、すねたような声がいった。「ポケットに入ってないのは、確かめたのよ。背中にぶらさがりながら、足で触って」

「きみのめがねと同じだよ」と、膝で立ちながら、おれは答える。「ベルトに仕込んであったんだ」

「あんた、ほんとにニンジュツィストだったのね。だったら、殺されても、それほど口惜しくないわ。姉さんに会えるかしら？」

「会えるさ、たぶん」

「お願いがあるの。姉さん、あたしはまだ子どもだからって、タバコを吸わせてくれなかった。持ってたら、一本くれない？」おれが躊躇していると、血の気のひいた顔で、娘はかすかに頬笑みながら、

「火をつけて抛ってよ」

ヨーヨーを首にさげたまま、おれは立ちあがった。「あげてもいいが、ハルエ＝サンを——きみがすりかわった女をどこへ連れてったか、教えてくれないか」

「イズ半島へ行ったわ」

「イズ半島？　シズオカのか」

「ええ、イズのシンミリというとこ。淋しい、という意味よ。そこへ行って、シンミリ城を探してごらんなさい」

おれはピースに火をつけて、投げてやった。左手をあげて、娘はそれを宙でつまんだ。瞬間、苦痛に顔が歪む。けれど、なにげない顔にたちまち戻って、色の変った唇にタバコをあてる。ちょっと噎《む》せ

ると、すぐに離した。

「あんまり、うまいものじゃないわね。もうひとつ、お願いがあるんだけど……」

「いってみたまえ」

「あたし——でも、笑わないでね」

「笑やしないよ」日が翳ったせいもあるだろうが、娘の顔には死に隈《くま》がにじみ出てきたようだ。朝鮮の少女を誤って射殺して、半月後に精神病院へ送りかえされた戦友を、おれはなんとなく思い浮かべた。「どんなこと?」「正直いうと、あたし……男のひとの愛撫を、受けたことがないの。まだ一人前の女じゃないんだわ。だから……だから、女になって死にたいのよ」と消え入りそうな声でいって、娘は白い顔を伏せた。ちらっと一度、こちらを見あげて、「でも、駄目ね。こんなに泥だらけで、血だらけで、あたしのからだ、可愛らしくないわ。顔だって!」と声が湿った。それでも右手は泥に汚れた脇腹をつたって、白いパンティの縁にかかった。

「我慢してくれる? お願いよ。きっと風が出たのね。寒いわ。ねえ、抱いて!」

パンティをぬごうとする努力を、見ていることは出来なかった。近よりかけたおれの足を、引きとめたものはなんだったろう? 背中に固かった乳房の記憶か。腰の細さや尻の小ささにくらべて、ブラジァの盛りあがりが気になったのか。左手のタバコが警戒心を起させたのか。それとも、同じ左手の小指だけが、いつの間にか欠けているのを認めたせいか。とにかくおれは、本能的に飛びのいた。離れた木かげに身を投げる。両腕であたまを抱えた。

　轟音はおれに聞かれたことを、嘆いているようだった。爆発とともに、木の葉の涙がふってきた。肉の焦げる臭いと血の臭いが、土や木の葉のにおいを圧して、鼻をつく。おれは目まいを堪えて、顔をあげた。下枝につかまりながら、やっとの思いで立ちあがる。娘の胸と首はもげちって、本来の乳房のかたちは、もはや伺うすべもない。見事にブラジァを盛りあげていたのは、やはりプラスチック爆弾で整形した乳房だったのだ。火薬と生ゴムを練りあわせた粘土状のこの爆弾は、わずか二百と五十グラムあれば、人間ひとりを吹っ飛ばせる。ＯＡＳの愛顧によって一躍、有名になったけれど、第二次大戦ちゅうにアメリカ軍が使いはじめたものなのだ。信管さえつけなければ、濡れても、落しても、爆発はしない。左手の小指は義指で信管になっていたのだろう。その装置とタバコによる点火から、おれの目をそらすために、パンティをぬぎかけた下半身は、かわいらしい右の尻だけ露わにして、無惨に自爆した上半身と、奇妙な対照をつくっていた。おれは胸がむかついて、その場に膝をつくと、泥の上に吐いた。

　十分後、シボレー・インパラを闇雲に走らせながらも、おれの胸は重かった。もっとも、トーキョーへつくのに二時間近くかかったのは、それと関係がない。小さな町に出たので聞いてみると、ヨーヨー娘の指示を鵜呑みにして、おれは逆方向へ走っていたのだ。ようやくトーキョーへ入ると、まずナカノにあるプロフェッサ・モモチの家を訪れた。胡麻塩の顎鬚をはやした先生は、おれの顔を見ると、たいそう喜んだ。靴をなくして、泥だらけの靴下だけなのをべつに怪しみもしなかった。ハルエ＝サンの話をしても、たいして驚かなかった。もちろん、くわしく喋ったわけではない。それでも目下、おれが関係している事件に、ハルエ＝サンも巻きこまれて、女ニンジュツィストたちに監禁されたが、必ず連れもどすから心配するな、ということだけは話した。といっても、プロフェッサ・モモチは、あんまり英語がわからない。いつもなら、ハルエの通訳にまかすところを、おれは大汗かいて説明した。

「わかりますか？　心配しないで、ダイジョブ。明後日まで、アサ、アサ、アサ――」

「アサマデ？　ツモローモーニン？　ベリーグッド」と、先生は鬚をしごいて、泰然自若だ。

「ノー、ノー、デイ・アフター・ツモロー。ええと、アサッテの午後まで、ハルエ＝サンが帰らなかったら、警視庁のヤマ警部に電話するんです」おれは紙と鉛筆を借りて、「外人記者クラブのビル・ソマーズと相談して、イズのシンミリ城を調べてください。サム・ライアン」と、書きつけた。「テレフォン、デンワをかけて、これを見せる。わかりますね？　ダイジョブ？」

「イエス、イエス、ダイジョブ。アイ

ル・テレフォン・インスペクター・ヤマ。アンド……アンド・ギブ・ヒー、ジス・ペーパー。オーケー」

「そうです。お願いしましたよ」と、気のせくおれは立ちあがる。

「チョットマッテ」先生は隣りの部屋から、長さ百五十センチ、直径十五センチほどの黒い筒を抱えてきた。「テイク・ジス。ジス・イズ・ハリヅツ」

「ああ、ハリガタね。見るのは初めてだけど、知ってますよ。ルックス・パワーフル。でも、やけに大きいな」

「ノー、ノー、ハリガタ・イズ・アーティフィシャル・ペニス。ハリヅツ・イズ、サナダ・スタイル・ペーパー・バズーカ。ベリー・パワーフル・イエス。アイル・ショー・ユー・ナウ」

どれほどの偉力か知らないが、ここで実験されたのでは、紙と木で出来たこの家屋、ぶっこわれないとも限らない。いつかもスモーク・ボール製造法の実習ちゅう、大きな鍋をひっくり返して、戸外まで白煙濛濛、消防自動車が駈けつけたことがある。「しかし、先生、これを担いじゃいかれませんよ、いくら相手が女だからって」と、おれはあわてて、押しとどめた。

「ザンネン」プロフェッサ・モモチはまた立ちあがって、こんどは先の尖った黒い懐中電灯みたいなものを持ってきた。

「ゼン、テイク・ジス。セット・ファイア・ジス・エンド」と、尖っていないほうのはじを指さして、「アンド・スロー・ツー・ウッド、ウォール！　エニーウェア・ユー・ライク。バット・コンクリート・ダメ……ユー・スロー・ライクジス」

　先生が力いっぱい投げあげると、尖ったほうが天井板に突きささった。同時に反対側から、蜈蚣《むかで》のような縄が五十センチばかり、ざらざらっとぶらさがる。どうやら、バクチクと呼ばれる中国ふうのファイア・クラッカーらしい。同時に起ったことは、もうひとつある。投げあげる力が強かったせいか、まわりの棚にのせてあった物が、がらがらどしんと落ちてきたのだ。杞憂が現実になってきたわけで、おれは急いで腰を浮かす。

　懐中電灯みたいなものを、ありがたく頂戴して、シボレーに乗りこんだ。靴屋に寄っていきたかったが、気がせいてしようがない。まっすぐロッポンギへ行ってみると、マブーのドアには、本日休業の札がさがっていた。だが、裏口へまわって声をかけると、平べったい顔の娘がドアをあけた。おれを見て、「ユー・ミスタ・ライアン？」と、おそるおそる聞く。

「そうです。ヨリコ＝サンは？」

「ルック」娘は封筒をさしだした。「ヨリコ＝サン、レフト・ジス・レター・ツー・ユー、ミスタ・ライアン」

　ひろげてみると、「困ったことになりました。電話がかかってきたのです。女の声でした。イズのシンミリというところまで来れば、例の写真をわたす、というのです。恐喝する気はないから、金はいらない、といいます。その代り、すぐ来てもらいたいそうで、あなたに相談したかったのですけれど、時間がありません。あとから来てくだされば、嬉しく思います」と、書いてある。

「ヨリコ＝サン、どのくらい前に出かけた？」と、おれは聞いた。

「アバウト……アバウト・ワンナワー」

「デンワ、貸してもらえないかな？」

「ドーゾ」と、娘は店のほうを指さす。

おれは外人記者クラブのバーに、電話をかけてみた。ビル・ソマーズはいなかったが、ボーイ＝サンが電話番号を教えてくれた。どういう場所かわからないが、そこへかけてみると、元気のいい男の声が返事をした。

「ああ、サム・ライアンか。きみのことは、聞いてるよ。こちらはリチャード・Q・スタジライト。ディックと呼んでくれ。ビルは留守だがね」

「弱ったな。車を一台、なんとかしてもらいたかったんだが……」

「車を一台。ああ、心得た」と、スタジライトは、まるで、電話の小銭を貸すような調子だった。「ほかには？」

「イズのシンミリ、というところへ行くんだけど、地図がないかしら」

「わかった。それだけ？」

「妙な頼みなんだが、靴をなくしちまってね。したがって、靴下も泥だらけだし……」

「靴と靴下ね。それくらいで驚いてたんじゃ、この仕事はつとまらないよ。女の服を下着からひと揃い、なんて注文だってある。靴の寸法と届けさきは？」

それに返事をして、電話を切ると、おれは留守番の娘に頼んで、紙袋を一枚もらった。ディックの話で、ハルエが裸のまんま連れさられたことを、思い出したからだ。シボレーのバックシートから、ハルエの服を拾いあつめて紙袋へおさめると、おれはスタジライトの到着を待った。三十分ばかりして裏通りへ入ってきたのは、幌を外したジープだった。乗っているのは、白っぽい髪を額に垂らして、角ばった紫色の大きなふちの厚いレンズのめがねをかけた若い男だ。派手なカナリヤ色のシャツの襟もとに、ペルシャ模様の深紅のアスコットをむすんでいる。これがリチャード・Q・スタジライトという、妙な名前の男だろう。ビルの部下らしいから、CIAの一員には違いない。けれど、まるでビリー・ワイルダーの映画に出てくる情報部員みたいだった。

おれの前で車をとめると、「きみがサムだね」と、手をさしだす。

「やあ、ディック」と、おれは握手を交わしながら、「しかし、ジープとは驚いたな」

「だって、イズ半島までのすんだろう？　それにジープは、目下トーキョーの若者たちに、生半可なスポーツカーより持てるんだぜ。こいつをかぶって、乗ってみろよ」と、ディックが脇のシートから取りあげたのは、黄色い防塵めがね付き、アルミニューム色のヘルメットだ。「女の子が目をかがやかして、見送ること受けあいだ。そんな副作用には興味がない、とおっしゃるならば、鼻をくっつけて、とくと見ていただきたいな。ハンドル・リムは汗ですべらないように、イタリア製の木のやつと替えてあるし、ルーカス（イギリスの部品メーカー。フォッグライトは特に有名。）フォッグライトと、二百メートル先の石ころまで照せるマルシャル（フランスの部品メーカー。かのジェームズ・ボンド氏もここのライトを愛用している。）の狭角スポットが余分につけてある。ところで、ジープって名はどうしてついたか知ってるかい？」

「知らないな」

「一説によると、ポパイの漫画に神出鬼没、どんなことでもやってのける魔法使いみたいな犬が出てくる。その名をとったというんだが、とすれば、これこそ正に、出典を恥ずかしめないジープの中のジープ一台だ」と、スタジライトは得意げに、平手でボディを軽く叩いて、「なるべく、おしゃかにしないでくれよ。地図と靴はそこにある。地図は航空写真だから文句はないはずだけど、靴はちょっと大きいかも知れない。まあ、我慢しといてくれ。ほかに聞いておくことはないかね？」

「別にないが、教えてもらいたいことなら、ひとつある」おれは靴下を替えて、靴をはきながら、「ミドルネームのQは、なんのQだい？」と、聞いた。靴下の血みたいな赤さは気に入らなかったが、ゴム底の靴はぶかぶかというほどでもない。

「クォルトローのQさ。リチャード・クォルトロー・スタジライト。オプンハイムのスパイ小説にでも、登場しそうだろう？」と、ディックは顔をしかめて苦笑いする。

「それも、外国諜報機関に利用されて、自殺する貧乏貴族ってとこかな」

「一度聞いたら、わすれられないね。いい名だよ」と、おれは車に乗りこんだ。

「いろいろ、有難う」

　ジープは調子よく、十五番ストリートへ出た。ソ連大使館の先から、Bアヴィニュー（桜田門から飯倉、赤羽橋をへて札の辻へいたる。）を南へ進んで、Aアヴィニュー（お茶の水から日比谷、芝園橋、三田、札の辻をへて京浜国道になる。）に入ると、ぎっちり詰まった車のあいだへ割りこんで、のろのろと走りながら、おれは車内を点検した。セルロイドの窓のあいた革の地図ケースや、黒いゴムで包んだ防水懐中電灯のほかに、コーヒーの入った魔法壜と、蠟紙にくるんだチーズ・ハンバーガーが見つかった。ビリー・ワイルダー版の情報部員氏は、おれがピクニックに出かけるとでも思いこんで、気を使ってくれたらしい。だが、考えてみると、確かに腹はへっている。はたの車の目はわすれて、おれはハンバーガーに嚙みついた。赤信号では濃いブラックコーヒーを飲みながら、航空写真の地図を調べた。交通巡査が侮辱されたような顔になったが、文句をいいには来なかった。おかげでシンミリというところが、コブラの首みたいに太平洋に突きでたイズ半島の東側に、あることがわかった。

　トーキョーを離れて、ヨコハマのバイパスに入る。おれはシートのベルトで腹を締めると、フロントグラスを前に倒して、アルミニューム色のヘルメットをかぶった。黄色い防塵めがねもおろして、スピードをあげる。道がよすぎてものたりないのか、ジープは唸りをあげて吹っ飛んだ。西部開拓期のアウトローなみ、と聞かされていた長距離トラックの運転手たちが、あわてて脇へ寄ったくらいの勢いだった。この分なら、暗くならないうちに、イズへ入れるだろう。バイパスを通りぬけると、麦畑の青さが目にしみる。道ばたには、子どもがクレヨンでかいた星のように、蒲公英《たんぽぽ》の花が黄色く散っていた。サガミ・リバーを渡って、西日にきらめく太平洋を左に見ながら、トーカイドー・ハイウェイを走る。気の早いショートパンツに、爽やかな太腿をむきだして、自転車を五台ばかり連らねた娘たちが、ディックの予言どおり、おれに手を振った。こっちも手を振りかえしたが、すぐハンドルを握りなおす。前途の危険を思い出したからだ。その予兆みたいに、サカワ・リバーの河口に見わたすサガミ・ベイは、血まみれの夕焼け空を映していた。オダワラ・シティを抜けでたところで、一号国道を外れる。アタミの旅館街には、もう色とりどりの灯がついていた。イトーの町を通りぬけると、道は山寄りになって、ようやくシンミリにたどりつく。おっぱい爆弾で自殺した娘が、「シンミリって、淋しい、という意味」と、いっていたけれど、確かに暗い夜の村は、気が滅入るくらい静かだった。

凸凹道を徐行していくと、棒をかついで前後にハニーバケツ（肥桶のこと。）をぶらさげた農婦が、ヘッドライトの輪の中に踏みこんできた。テヌグイ・ハンカチをかぶった顔を伏せて、立ちすくんでいる。おれは出来るだけ柔和な声をだして、「アノネ」と、呼びかけた。「スミマセンガ、オシエテクダサイ。シンミリ＝ジョー、ドウユキマス？」シンミリ城への道を聞いてみたのだが、農婦は返事をしてくれない。ヘルメットの大男にいきなり怪しげな発音でわめかれて、きっとおびえてしまったのだろう。「シンミリ＝ジョー、シリマセンカ？　ドチラデショウ？　コッチ？　アッチ？」と、おれはもう一度やってみた。

今度は反応があって、「アッチ」と、農婦は教えてくれたが、あとがいけない。「デモ、アソコハ、バケモノ＝バショデス」幽霊のでる場所だ、というのだ。けれど、行ってみるよりしようがない。おれは礼をいって、ジープをスタートさせた。指示された道は、だんだん上りになって行く。マルシャルのライトは、黒い立木と草のしげみを撫でまわすばかりだった。あきらめて引っ返そうとしたとき、白い立て札を光芒がとらえた。白ペンキの矢印が、前方をむいて立っている。表面にローマ字と日本文字で『シンミリ城』と二段に書いてあった。ヘッドライトを、戦時の名残りの灯火管制用ライトに切りかえて、郵便切手ほどの光芒を頼りに、あたりの気配を警戒しながら、おれは坂道をのぼりつめる。丈高いかたわらの草むらに、ジープを尻から乗り入れた。逃げだすときの方向転換の手間をはぶいてから、ホンコン製の防水懐中電灯をつけて、車内を見まわす。武器になりそうなものを探したのだが、四十センチばかりの鉄梃子《かなてこ》のほか、これという品はない。そいつをベルトのうしろ腰に挟んで、爆弾娘の脇腹に残してきたナイフの代役にする。刃物と取りかえっこしたヨーヨーをポケットに入れて、左手には懐中電灯、右手にはプロフェッサ・モモチの投擲花火、おれは砂利道を歩きだした。

たちまち広い台地がひらけて、二階建て横長の建物が、そこに白く浮かびあがっていた。おれが想像したような、伝統的なダイミョー領主の城ではなかった。幽霊屋敷らしくもない。スペイン瓦のその建物は、シロという日本語よりも、シャトーというフランス語で呼んだほうが、似つかわしかった。いつか写真で見たような気がするのは、ヨーロッパの由緒ある館を模して建てたからだろう。ギリシャふうの彫像を配した前庭には、心臓形の池があって、それをめぐる敷石道が、荘重な飾り庇の玄関に達している。一階の窓にふたつだけ、灯りが並んでともっていた。以前はつぼめかけた雨傘みたいに、刈りこんであったらしい庭木が、いまは不様に切り石敷きの道を縁どっている。おれは懐中電灯を消すと、植えこみのあいだを縫って、正面玄関に近づいた。近くで見ると建物はかなり古びて、玄関庇についている漆喰細工の花模様も散りかけていた。窓と窓とのあいだには、壁龕《ニッチ》ふうに凹めた楕円形の枠飾りがあって、浮き彫りの胸像が納まっている。そのローマの美姫や英雄の顔も、窓の上の半月形の化粧庇についているキューピッドの顔も、耳や鼻が欠け落ちて、ミイラみたいに鋳われていた。昔は大金持ちの別荘だったらしいが、これではバケモノ＝バショといわれても、しようがなかろう。

だが、おれは幽霊に用はないのだ。灯りのついている窓のひとつの脇に立ったが、顔を出さずには、のぞけそうもない。思いついて、鎧戸のあおり止めを外した。室内の注意をひかない程度に閉めかげんにして、蝶番《ちょうつが》いの隙間から様子をうかがう。ふたつの窓は、ひとつの部屋のものだった。薪の燃えている煖炉の前の背のまっすぐな椅子に、裸のハルエが縛りつけられていた。かたわらのテーブルいっぱいにカードを並べて、スパイダー（ふた組のトランプでするひとり遊び。）をやってるのはミス・ブレスターだ。ジャンパーの背のハンニャの刺繍の金糸銀糸と、カードの裏模様の金銀が、天井のシャンデリアにときおり光る。しばらく見ていたが、ほかには誰もいそうもない。窓ガラスは簡単にやぶれるだろう。けれど、室内でたたかう自信はなかった。ハルエに、とばっちりの怪我でもさせたら、大変だ。ライターを取りだして、プロフェッサ・モモチの投擲花火に火をつける。尖った先端を、鎧戸のへりに突き立てた。バクチク・クラッカーが垂れさがる。それはたちまち、鎧戸をゆすって踊り狂いながら、連続音をあげはじめた。

いくら不意を打たれても、相手はニンジュツの超エキスパートだ。音のしている窓をあけて、顔を突きだすはずはない。隣りの部屋か玄関から、飛びだしてくるに違いない。その場合、廊下へ出てからドアを入って、廊下へ出てからドアをあけい隣室より、窓をあけなければならなるだけですむ玄関を、選ぶと見ていいだろう。おれはベルトの鉄梃子《かなてこ》を抜いて、扉の横に貼りついた。とたんに前庭が明るくなる。池の左右の彫像の台に、投光器が仕掛けてあって、それが屋内のスイッチでついたのだ。続いて予想どおりドアがあく。おれは振りかぶっていた鉄梃子を、力いっぱい打ちおろした。手ごたえは、しかし、なかった。投光器の光りの中を、大きな影が弧をえがいて飛んだ。開いたドアにぶちあたって、おれはあやうく立ち直る。ミス・ブレスターは池を背にして立っていた。その手が胸のジッパーにかかる。ジャンパーが開いて、乳房がのぞけば、こっちは不利だ。おれはドアをしめながら、屋内に逃げこもうとした。だが、ぶつかった拍子に、錆びた蝶番いがどうかしたのか、扉は歪んで閉まらない。おれはあわてて、上衣の胸ポケットに手をやった。でも、万年筆型催涙弾銃は、五メートル以上の距離があったら、頼りにならない。だのに、玄関から池までは、目測ざっと十メートル。考えなおして、左のポケットを探る。けさがたハルエが渡してくれた紙袋を、思い出したのだ。

黒い玉をひと握り、足もとの敷石へ叩きつける。同時に右手の鉄梃子を、構えなおした。煙りが立つのか、火花が散るのか知らないが、それで相手をたじろがせて、一気に飛びかかるつもりだった。接近すればブレスターを、顔にあびずにすむだろう。目鼻口さえ塞がれなければ、あんなニンポー怖くない。けれど、小さな黒い玉は、むなしく敷石に跳ねちった。煙りも噴かない。火花も飛ばない。音もほとんど立たなかった。もうバクチクは燃えつきて、鎮まりかえった敷石道に、かちかちあたる音がしただけ。それも、ミス・ブレスターの鋭い声にかき消されて、ろくに耳には入らなかった。

「ニンポー、トゥース・ディ・フォルス（英語化している離れ業という意味のフランス語。TOUR DE FORCE をもじったもの。歯なれ業とでもいうところか。）！」

言葉じりが消えると一緒に、かっと開いた女の口から、飛びだしたものがある。

歯だった。上下あわせて、三十二枚の尖った歯だ。そいつが、おれの喉笛めがけて、飛びかかってきたのだった！

＊*Ride a cock-horse*　第二節の初行と二行目、「木馬に乗ってバンベリー・クロスに行こう／トミイになにが買えるか見に行こう」をもじったものだ。

その六

　身の入らない校正刷の上に、ボールペンを投げだして、滝口正雄はあおむけに寝ころんだ。窓のそとは、とうに暗い。だが、畳はまだほてっている。疲れた目には、天井の蛍光灯の輪が、太陽みたいにまぶしかった。目蓋をふせると、せまい六畳の古たたみは義兄の家の庭にかわって、プールからあがった栄子が、まっ白なビキニの幅のせまいブラジァとパンツからも、日にやけた手足からも、きらきら水をしたたらせて、全身で泣いてでもいるように、そこに立ってるみたいな気がした。嚙みしめた歯のあいだから、滝口は低い声を出して、はっきり自分にいいきかせた。

「馬鹿な！　おれは会いにいったことを、後悔してるんじゃないぞ」

　けれど、わかれた妻の反応は、やはりショックだった。滝口の知っている栄子なら、涙をこぼして笑いころげるか、くちびるをふるわして罵倒するか、どちらかのはずだった。無感動に肯定されようとは、思ってもいなかった。しかも、その無造作は投げやりなものでも、傲ったものでもなかったのだ。罅《ひび》われて、いまにも欠けくずれそうな心を、プラスチックでようやく固めた無表情だった。敵意はないつもりの相手を敵と意識して、闘いつづけてきた気の疲れは、攻撃してくる相手が現実にいる闘争よりも、ずっと激しく、女ごころを損なったのだろう。

「ふん、おかげであいつを、憎むこともできなくなっちまった!」

と、滝口がつぶやいたとき、卓袱台の下で、電話のベルが鳴った。たぶん、簑浦からだろう。受話器にのばす手は、ひどく重い。その手を畳に落して、滝口は聞えないふりをした。だが、電話は鳴りつづけた。舌うちをして、受話器をとりあげると、

「ああ、よかった」

と、声がした。中年の女の声だ。ちょっとめんくらったが、

「お留守だったら、どうしようか、と思ってね、滝口さん。お仕事の邪魔して、ほんとに申しわけないんだけれど、ほかに連絡しようがないもんだから——清美がいたら、呼んでいただけませんかしら」

と、早口でいうのを聞いているうちに、すぐわかった。この家の細君なのだ。簑浦ではなかったことに、ほっとして、滝口は愛想よく答えた。

「いいですとも、待っててください。いま見てきますから」

「すいませんねえ、ほんとに勝手な——」

受話器を畳において、廊下へでると、板戸の掛金をあけて、滝口は声を張った。

「清美さん、おかあさんから、電話だよ」

「はあい！」

おどろくほどすぐ、元気のいい返事があって、白いコットン・ショーツの上に、プリント地のラップ・スカートを巻きつけながら、娘は足で障子をあけた。

「すいません。千葉のねえさんとこへいってるのよ、おかあさん。きっと、そこからだわ。あたしに甥か、姪ができることになってんだけど、あっさりどっちかに決っちゃったのかしら」

滝口はわざと台所に残ると、水道の水を両手にうけて、たっぷり飲んだ。障子のむこうで、テレビかラジオの女の声が、男にすてられた怨みを歌っている。どうして流行歌は、女にすてられた男の怨みを、歌わないのだろう。座敷へもどってみると、清美は花模様のスカートの両膝と、おなじ模様の袖なしブラウスの両肘を畳について、小さな声で話していた。受話器と腕相撲でもしているみたいだった。縁がわの柱によりかかって、滝口はあぐらをかいた。

「――そう。じゃあ、ひょっとすると今夜なのね？　あたしのほうは、ひとりでも大丈夫。戸じまりは、ちゃんとするわよ。滝口さんが遅くまで仕事してるから、心づよいし……泥坊の心配より、おねえさんの心配をしてあげて、おかあさん。だいいち、盗られるものなんて、ないじゃないの」

と、清美が笑った。事情を察して、滝口は声をかけた。

「急用があったら、夜中でも遠慮なく、電話するようにいいなさい。ぼくはたいがい、起きてるから」

日やけした顔をふりかえらせて、清美はうなずいた。また向うをむいたときに、短いブラウスの裾があがって、スカートとのあいだに背中がのぞいた。むきだしの両腕や、顔とちがって、半月形のその肌は、異様なくらい白かった。おそろしい傷口を見たような気がして、滝口が目を離せないでいると、清美は受話器をおいて、むきなおった。

「どうもありがとう。お仕事のための電話を利用して申しわけないって、おふくろがいってたわ」

軽くうなずいてから、滝口はいった。

「ずいぶん、日にやけたね」

「まっ黒けでしょう。せっかちみたいで、気がひけるけど、このところ外まわりが多かったの。そこへ持ってきて、きょう、土曜でしょ？　半日、泳ぎにいったら、この始末。夏のおわりごろには、前とうしろの区別がつかなくなりそうだわ。いきなり庭へ入ってきても、インディアンと間ちがえて、ライフルを持ちださないでよ」

「おねえさん、大変だな。今夜、生れそうなのかい？」

「それが、スムーズにいかなそうなの。あたしと違って、はじめての子で珍しかったせいね、きっと。大事に大事に育てられたんで、おねえさん、丈夫なほうじゃないのよ。おやじは、出張ちゅうでしょう？　心配性がはじまって、電話をかけてよこしたの。でも、困ったな」

「ぼくのほうも、戸じまりには気をつけるよ」

「そんなことじゃないの。滝口さん、晩ご飯は？」

「食べにでようか、買いおきのパンですまそうか、迷ってたところさ」

「だったら、助けてくれない？　おふくろ、晩ご飯には帰るっていってたんで、二人前こしらえちゃったのよ。卵のコロッケだから、あしたまではもたないし……恩に着るから」

お腹のところで両手をあわせて、娘はおがむ真似をした。

「大家さんにたのまれちゃ、いやとはいえないね」

「ああ、よかった！」

アチャラカ芝居の役者みたいに、すわったままの姿勢から威勢よくはねあがって、清美は部屋を出ていった。ラップ・スカートがひろがって、セピアいろの太腿が、ちらりとのぞいた。あけっぱなしでいった襖から、滝口が間をおいて出ようとすると、折畳みのお膳をかかえて、板戸や壁にぶつけぶつけ、清美がもどってきた。ここで、差しむかいの食事をする気らしい。前ぶれもなく、簑浦がたずねてきたときを考えて、滝口は顔をしかめた。けれど、さっさと清美は、ふたり分の膳ごしらえをすませて、最後に電気釜をかかえてきた。

「お待遠さま。でも、コックのほうも、マナーのほうも、奥さん業のプロ並みにはいかないわよ。覚悟はしてるでしょうけど、こっちはアマチュア、おまけにそそっかしいんだ。お椀によそうつもりで、畳にご飯をたたきつけちゃうのが、しばしばなんだから」

と、舌をちょっぴり出しながら、清美はしゃもじをあやつって、

「奇蹟的に、ちゃんとよそえたわ。やっぱり男性の他人の前だと、緊張するのかな」

「どういたしまして。なかなか、おいしそうじゃないか」

「見かけをととのえることだけは、馴れたもんよ。これでも、近代女性のはしくれですもの。やがて、馬脚をあらわすけど」

と、口でいいながらも、清美の給仕ぶりは、かいがいしかった。滝口は自分が楽しげに、箸を動かしているらしいのを察知して、おかしくなった。正常な生活にもどれない狂人が、看護婦を相手に、ままごとをしているようだ、と思った。初心の看護婦が懸命になればなるほど、ままごとは真にせまって、患者のこころを苦しめるのだ。自分が泣きわめくか、怒りだすかしそうなのを恐れて、滝口がそうそうに食事をおわったとき、電話のベルが鳴った。救われた気持で、受話器をとりあげると、簑浦の気どった声が入ってきた。

「もしもし、ホームズ君だね？　こちら、ワトスンだけれど、結論はでましたかな」

「そういわれると、死にたくなるよ。そっちはどう？」

「どうにもこうにも、ワトスンとしては、もう聞きにいくところが、ないんだからね。するどい推理をうかがって、感心するより手がないさ」

「おだてに乗りたいところだがな。やっぱり、無理だったようだよ。完全なデータ不足だ。あきらめるより、しかたがないのかもしれないね」

と、喋りながら、滝口が横目で見ると、清美は音を立てないように、食器のたぐいを廊下へ運びだしていた。平凡な家庭の幸福の幻影が、座敷から拭いさられて、襖がしまると、滝口はいった。

「しかし、片っぽの謎だけは、見当がついたぜ」

「片っぽって？」

「エレヴェーターの一件さ。密閉された鋼鉄の函のなかで、沢之内より子はどこへ消えたか？　きみの話を聞きながら、とったメモを読みかえしているうちに、わかるような気がしてきたんだ」

「そいつは、豪儀だな。もったいつけずに、教えてくれよ」

「もちろん、聞かせるけれど。その前にちょっと——」

と、滝口は卓袱台の上から、〈三重露出〉の訳稿の裏にかいたメモをとって、

「確かめたいことがあるんだ。まず最初に……と、エレヴェーターのことなんだが、三台ならんでいたんだろう？　まんなかのが運転休止であとの二台がセルフサービスになって

たんだね?」

「ああ、そうだ」

「それからと——一階の目撃者、あんたの親戚のひとってのが、関口ビルへたずねてきたのは、その晩がはじめてかい?」

「そうじゃないな。あのときが確か……三回めだよ。昼間、二回ぐらい来たことがある」

「そこを聞きたかったんだ。つぎは最後の質問だが、あくる日、あんたが電話したとき、より子の返事は、『そう。思った通り、うまく消えられたわけね。驚いたでしょう?』と、メモしてある。間違いないいかな」

「間違いないね。もちろん、正確に喋ったとおりじゃないが、そういう意味の返事だった。鍵になるのかい。そんなことが」

「なると思うね。この返事は、あれが自発的ないたずらだったことを、認めている。同時にもうひとつ、百パーセントうまくいく自信が、より子にはなかった、ということも、意味してやしないかな?」

「なるほど、そうかもしれない。いや、確かにそうだよ、いわれてみりゃあ」

「それで、なぜ自信がなかったか、考えてみたんだ。ロビイから電話があったとき、より子はまだ、あんたの事務所にいたわけだ。だから、エレヴェーターの前に目撃者がいることは、承知の上だった」

「そりゃ、そうだろう」

「とすると、自信がない――つまり、気になったのは、目撃者がいるか、いないかじゃないはずだ。目撃者のリアクション、どんな反応をしめすか、それが心配だった、としか考えられないよ」

「つまり、わき見をしてるか、どうかってことかい？」

「そうじゃない。より子としては、目撃者に『だれも乗っていなかった』と、証言させなきゃ、きみをびっくりさせることは、出来ないんだからね。気になったのは、目撃者が関口ビルに馴れているかどうか、ということ、一階のエレヴェーターの前のどのへんに、立っているだろうってこと、このふたつだったに違いないんだ」

「どうして？」

「あんないたずらを、とっさに企んだ以上、きみの電話ぶりから、目撃者が地方のひとだってことは、より子も察したはずなんだ」

「察するまでもなかったさ。電話のとちゅう、手で受話器に蓋をして、おれがいったもの」

「だったら、なおさらだよ。これは賭けてもいいが、より子はあんたの親戚と、顔をあわしたことが、ないんだろう？」

「賭に応じてたら、おれは損したよ。どうしてわかった？」

「さもなきゃ、あんな企みは、ぜったいにしないからさ。ところで、こないだの話だと、あんたの乗ったエレヴェーターのまん前の壁に、目撃者はよりかかってた。つまり、より子がおりたケイジのなかは、ななめに見えたことになる」

「でも、隠れるスペースはなかったはずだよ。おれが乗ってるかと、のぞきこんだに違いないから」

「隠れたんじゃあ、このトリックは成りたたないんだ。いいかい？　はじめてのビルへいって、エレヴェーターが一台しかなければ、ひょっとすると自動式かもしれない、と思うだろう。けど、三台もならんでりゃ、エレヴェーター・ガールがいるだろう、と思うのが、ふつうだぜ、ぼくらだって」

「そりゃ、そうさ。現にあのビルだって、昼間はいたもの」

「そこだよ。もうわかったろう？　トラップから匍いだすような曲芸や、大きな鏡を持ちこんで利用する、といった大道具にたよらないでだ。鋼鉄のケイジから、消える方法は三つしかない。六階でのったと見せて乗らなかったか、途中でおりたか、一階でおりなかったか、三つにひとつさ。前の方法は、ビルに馴れたあんたがいちゃ、不可能だ。とちゅうで停めてぬけだす方法も、あんたが標示盤をにらんでる可能性があるし、だいいちそれじゃあ、消えたことにならない。とすれば、ビルに不案内の目撃者を、ごまかす手しかないわけだ。成功率はいちばん高いが、そのかわり相手が不案内だけに、リアクションも推量するに限度がある。だからこそ、百パーセントの自信が持てなかったんだ、と思うな、ぼくは」

「なるほどね」

「一階でおりないためには目撃者を錯覚させてから、あんたがおりてこないうちに扉をしめて、またあがってしまわなければならない。錯覚させることと、すぐ上へあがることと、このふたつを満足させうる方法は、ひとつしかないぜ。目撃者は、地方人だ。そうとうな都会に住んでるかもしれないし、東京にも来つけているかもしれないが、三台、エレヴェーターがならんでいれば、エレヴェーター・ガールがいる、と思やしないか？　その点に賭けてみるほか、方法はなかったよ、ぜったいに――標示盤に自動という字が、電気でつくエレヴェーターもあるけれど、自分がのらない場合、ひとはたいがい、そんなところまで注意しやしない。まして中央の一台は、運転休止で、一階で扉をあけてるんだ。三台ぜんぶが、いつも自動式になってるんなら、そんなことはまずないよ。ぼくが目撃者で、オフィスの勤務時間はすぎてるから、おりてきた一台に、左右二台はセルフ・サービスかな、と無意識に考えたとしよう。でも、おりてきた一台に、エレヴェーター・ガールらしき人物がいれば、すなおにそれを受けいれるね。より子は函から――」

「顔だけだして、『上へまいります』かなんか、いったわけか。こりゃ、大笑いだ」

「しかし、ためしてみる価値は十二分にあったんだぜ。うまくいかなくても――あんたか、目撃者か、どっちかがひっかからない場合でも、別にどうってことはない。あんたの性格は、よくわかってる。お客をそっちのけにして、ビルじゅう探しまわるような真似はしない。という確信はあったろうよ。季節は秋のはじめだろ？　合オーヴァーぐらい、着てたかもしれないが、ぬぐ余裕はじゅうぶんあるし、小脇にかくせば見えやしない。一階で扉があいたら顔をだして、目撃者にエレヴェーター・ガールらしき声をかける。すぐ二階か三階から始めて、上昇のボタンをいくつか押しといて、最初にとまった階でおりるやいなや、きみが乗ったほうのエレヴェーターを、呼びあげる。これは一階で、扉をあけたままにしとくと、目撃者が気づくおそれがあるからね。それに乗って、上へいく。より子がやるべきことは、これだけだったんだ。あんたが目撃者にいうことも、見当はついたはずだよ。『いまおりた客は、どっちへいった？』か、『おりた女、どこにいる？』か、とにかく『どこへいったか』を問題にする。『そっちのエレヴェーターは、若い女をひとりだけ乗せておりてきたはずだが、その女はどういう行動をしたか』なんて、聞くはずないもの」

「いちいち、ごもっとも」

「ただ目撃者が、やたらに正確を期して、『エレヴェーター・ガール以外は、だれもいなかったよ』と、答えやしないか、それは心配だったろうね。ところが運よく、昼間たずねたときの記憶があって、見事に盲点に入っちまった」

「そうまでくわしく説明されちゃ、逆らえないな。大笑いだ、とさっきいったのも、滑稽で納得できない、という意味じゃないんだぜ。証拠のないのが残念だけど」

「物的証拠は、確かにないさ。推理といってもこの場合は、だから、演繹法じゃこなせなくて、帰納法にたよったわけだ。でも、この結論いがい、すべての条件を満足させることはできないし、証拠だって皆無じゃない。あんたの親戚に手紙をだして、『あのとき、エレヴェーター・ガールが、きみに声をかけなかったか』と、聞いてごらんよ」

「聞くまでもないな。あのとき、より子が着ていたのは、単純なひといろのワンピースだった。エレヴェーター・ガールのおしきせと、間違えられないこともない。外套《がいとう》なんか、着てなかったしね。おれの気にしてたことは、おかげで片がついたけど、きみが気にしてるほうは、どうするつもり？」

「しかたがないから、あきらめるよ。もうすこし待ってから、作者のS・B・クランストンに、また手紙をだしてみる。能勢や、巻原を追及するにしても、もっとなんとかした拠りどころがなくちゃ、無理おしもできないからね。あんたには、すっかり迷惑かけちまった」

「それだけのことはあったぜ。著者から返事がきたら、聞かしてくれよ。必要があれば手つだうから」

「お願いすることになるかもしれない。こんどは、電話しよう」

「電話っていえば、昼間かけたけど、いなかったね」

「ちょっと出かけてたんだ。校正が遅れてるいいわけがてら」

「本職そっちのけってわけにもいかないだろうから、たいへんだな。じゃあ、さよなら」

「いろいろ、ありがとう」

滝口は受話器をおくと、ひたいの汗をふいた。それほどの長話でもなかったのに、ひどく疲れて、喉も乾いていた。あけっぱなしの窓から、灯りをしたって飛びこんだ羽蟻が、立ちあがりかけた頰にあたった。いやに腹が立って、滝口は乱暴に窓をしめた。縁がわの雨戸もとざして、ガラス障子をよせると、その暗いガラスのなかで、目をぎらつかせた男の顔が、こちらを睨んでいた。台所へいって、水を飲むだけでなく、顔も洗ったほうが、よさそうだった、けれど、手をかけないのに襖は軋んで、肩をゆすったみたいに傾いだ。その隙間に肘をかけて押しあけながら、清美が横むきに入ってきた。両手に持ったアルマイトの盆の上には、アイスコーヒーのグラスとメロン・シャーベットのガラス皿が、ふたつずつ載っている。

「ひょっとして、先におふくろが帰ってたときの用意に、買ってたの。小言封じだからと思って、せっかく高いのにしたのにさ。役立たないで、このほうが軟化しちゃった。観念して、これも手つだってね」

と、清美は畳に盆をおいて、横ずわりにすわった。滝口は、グラスをとりあげて、甘ったるいアイスコーヒーを、ひと息に飲んだ。

「まるで、砂漠をわたってきたひとみたい。なんだか、機嫌がわるそうね。仕事がうまくいかないの？」

と、清美が聞いた。滝口は首をふった。

「それほどうまくもいってないが、まずくもいっていない。目下、校正をやってるんでね。今夜じゅうには片づくはずだけど、目だけやけに疲れるんだ。そのせいで、人相がわるいんだろう」

「目薬、持ってきてあげようか」

「いいよ。嫌いなんだ」

と、答えながら、この女も栄子とおなじようなことをいう、と滝口は思った。気になるなら、いちいち聞かないで、持ってくればいいのだ。ただ清美は、栄子とちがって、がっかりした態度はしめさなかった。それきり黙って、皿のなかで泳いでいるシャーベットを、縁日で金魚すくいをしている子どもみたいな顔つきで、懸命にすくっていた。

「ひとりっきりで、怖くないかい？」

しばらくして、滝口はいった。

「あたし？　へっちゃらよ。寝ちゃったら最後、目ざましが鳴るまで――じゃないな。鳴っても、起きないんだもの。枕もとぎりぎりにおいとくんだけど、いつの間にか、こっちが遠ざかっちゃってね。われながら愛想がつきて、だんだん音が大きくなる目ざまし時計、買ったのよ。でも、いちばん大きな音で、やっと目があくの。あれ、うるさくない？」

「ぜんぜん、気がつかないな」

「なら、いいけど。それに今夜、朝まで起きててくれるんでしょ、滝口さん」

「だから、怖くないか、と聞いたのさ」

「どうして？」

「口説くかもしれないじゃないか」

「それ聞いて、安心しちゃった。そういうことというひとは、ほんとに口説いたりしないもの」

「どうかな？　なんにでも、例外はあるよ。こうしても、そう思わない？」

滝口は手をのばして、清美の日やけした肩をだいた。膝のわきで、アルマイトの盆が、ばくんと鳴った。

「そうね。へたな口説きかただ、と思うだけだわ」

と、清美はいった。確かにそうだ、こんな場面が小説に出てきたら、翻訳するのが馬鹿らしくなるだろう、と中腰になったまま、滝口は考えた。だが、清美の顔は軽く目をとじて、笑ってはいなかった。プライドだけに支えられて、くだらない役をつとめている落めの俳優のように、滝口は女のくちびるを吸った。くちびるはシャーベットの甘さを残して、しめっぽかったが、柔らかくひらきはしなかった。肩も手も硬わばって、ダッチワイフを抱いてるみたいだった。水晶の触れあうような音が、背後でひびいた。からになったグラスのなかで、角のまるくなった氷塊が、べつの氷塊のあいだに、すべり落ちたらしい。爽やかなその音は、辛辣な批評みたいに、大きく聞えた。こんなところへ忿懣《ふんまん》をぶちまけたりして、いただけないな。やつあたりじゃないか。見っともないぞ。

「悪かった」

と、あわててくちびるを離してから、滝口はいった。不自然に浮かして傾けていた腰のつがいが、ぎくっと軋んだ。

「ひどいわ、滝口さん」

清美は両手をひろげて、滝口の首にしがみつくと、全身でもたれかかった。滝口はガラス障子をふるわせて、あおむけに畳にたおれた。清美は斜めにのしかかって、嚙みつくように、くちびるを押しつけてきた。口のなかに、甘い舌がもぐりこんで、傍若無人に動きまわった。滝口の指が、スカートとブラウスのあいだで、むきだしの背中にふれると、尾のない馬が蠅を追いはらうみたいに、充実した腰が波をうった。滝口の背はひどく痛んだ。最前、盆のはじを踏んだはずみで、スプーンがはねとんだ上へ、寝そべってしまったにちがいない。苦痛をこらえながら、左肩に力をこめて、滝口が右半身を起すと、清美は髪を畳にひろげた。もう批評は、聞えなかった。スカートを皺にして、片膝を立てたのがわかったのは、薄いズボンをへだてた右足に、裸の内腿が吸いつくように触れたからだ。ラッ

プ・スカートというやつは、どう扱ったらいいのだろう。思案している耳もとへ、

「いやよ。ねえ、いやよ。畳じゃいやよ」

すり剝きそうなくらい、ほてった頰をこすりつけながら、清美は小声でくりかえした。なんのことだか、はじめは合点がいかなかった。ようやく意味をのみこむと、間のわるい思いをしないで、すなわち、冷静になる隙を自己に与えずに、夜具を敷くにはどうすればいいか。しかも、汚れたシーツを取りかえるという、よけいな手間をふくんだ仕事を、どう捌いたらいいものか。滝口は考えあぐねた。だが、心をくだくまでもなかった。運を天にまかせて立ちあがると、清美も立って背をむけた。超一流ホテルの贅をつくしたプールびらきに、思いがけなく招待された少女のごとく、勇躍、裸になりはじめたのだ。

Ⅷ　奇妙な魚があったとさ
海の中から現われて
ボートを銛で突いたとさ＊

生きている人間の生きた歯ぐきに生えた歯が、口から飛びだすはずはない。天成の歯は残らず抜いて、総入れ歯をしていたに決っている。けれどもそれが、歯にだけ薬のまわらなかった透明人間みたいに、襲いかかってきたのだから、正にトゥール・ディ・フォルス（離れ業。）だった。よっぽど特殊な義歯をつくって、特殊な訓練を積んだのだろう。弾丸なみのスピードはなくても、こちらの運動神経は、驚きのために鈍っている。ブルドッグに見せびらかした牛肉のように、喉を食いちぎられても、不思議はなかった。だが、おれを救ったのは、鈍った運動神経だったのだ。おまけに、ニンジュツの小道具としては、効果ゼロだった黒い玉が、俄然、役立ってくれたのだから、皮肉だろう。

　鉄梃子を片手に躍りかかろうとした足が、黒い玉を三つ四つ一度に踏んづけて、すべったのだ。おれは派手にひっくり返った。鉄梃子が手から離れた。ぴったりしない靴が片っぽ、足からぬげた。玄関の敷居に後頭部を打ちつけて、おれは意識を失いかけた。けれど、重いものが倒れる音と、水しぶきを聞いて、懸命に顔をあげた。朦朧としたあたまを振りながら、立ちあがる。まず目についたのは、ぬげとんだ靴だった。その爪さきに、がっぷり入れ歯が嚙みついている。寸法どおりの靴を、ディックが届けてくれなかったおかげで、おれは命を拾ったのだ。感謝しながら見まわすと、池の左側の女神アテネ（ギリシャ神話の知恵と戦争の女神。ローマ神話ではミネルヴァ。）の石像がなくなって、台座の下に鉄梃子が落ちている。おれの手から吹っ飛んで、石像にぶつかったに違いない。その勢いで倒れるほど、罅《ひび》が入っていたのだろうか。とにかく水音がした以上、池に落ちこんだことは、間違いなかった。ミス・ブレスターのすがたも見えない。

おれが緊張していると、池の縁石に十本の指がかかった。つづいて、乱れた髪が見えた。青ざめた額が現われた。それがたちまち、ミス・ブレスターの顔になる。けれども、ひどい変りかただ。上半分には、濡れた髪と流れる血が、黒と深紅のリボンみたいに貼りついていた。下半分は歯がなくなって、老婆のように瘦《こ》けている。苦しげに口を歪めながら、

「歯を——あたしの歯を返して」と、ミス・ブレスターはいった。「匍いあがれないのよ。お願い。歯のない顔で、死なせないで！　いくらニンジュツィストだって、若い女らしく死にたいわ。歯を返して——」

「ふん、そんな手に乗るもんか。昼間はもうちょっとで、木っ端微塵にされると

ころだったんだ。迂闊に同情して歯を拾ってやったら、お礼に濃いお乳で、鼻と口をふさいでくれるんだろう」と、いい棄てて、おれは靴をひっつかむ。玄関へ駈けこんで、廊下をのぞくと、あけっぱなしのドアがひとつ、室内のあかりを溢れさせている。そこへ飛びこんでみると、ふた組のカードをひろげたテーブルがあった。背のまっすぐな椅子もある。寄木細工の床には、ロープも落ちていた。だが、肝腎のハルエがいない。どこにも、すがたは見えないのだ。窓ガラスの外でゆれてる鎧戸に、バクチク・クラッカーをぶらさげてから、実際にはまだ五分とたっていなかった。疲れはてているに違いないハルエを、遠くへつれていける時間ではない。おれは隣りの部屋を調べた。一階の部屋を、ひとつ残らず見てまわる。地下室へもおりてみた。二階へもあがってみた。窓から前庭を見おろすと、心臓形の池の中に、アテネの石像が沈んでいる。血の暗雲をひろげながら、ミス・ブレスターの死体が漂っているのも、不気味に見えた。けれど、ハルエはどこにもいない。

二階の裏手の部屋に入って、窓をあけると、暗い海が見えた。シンミリ城は、崖のはずれに建っていたのだ。そう遠くないところに、小さな島がある。そこで光りが、点滅していた。信号を送っているらしい。おれは急いで階下へおりて、裏庭へ出た。コンクリートでかためた階段があって、崖下へおりられるようになっている。防水懐中電灯をたよりに降りてみると、岩がえぐれて自然の格納庫になったところに、ボートが二艘つないであった。全長四メートルほどのファイバーグラス製で、五馬力のアウトボード・エンジンがついていた。一艘はまっ白、もう一艘は赤と白に塗りわけてある。だが艘留用のビットは三本あった。もう一艘、ボートがつないであったのかも知れない。おれは赤と白のやつに乗って、エンジンをかけた。派手な音が、静かな海に響きわたる。気にはなったが、どうしようもない。ボートは水しぶきを左右にひろげながら、小島めがけて吹っ飛んだ。ちょうど島と崖の中間あたりへ、達したときだ。エンジンが、いきなり停った。ボートは揺れながら、舳先《へさき》をまわす。おれはハンドルを押えながら、あわてて周囲を見まわした。艫《とも》に近い舷側を白い手がつかんだと思うと、ぬっと水中から黒いあたまが現われた。

髪の毛をすっぽり隠したネオプリーン（合成ゴムの一種。）の黒い帽子に、白いゴムで縁どった楕円形の潜水マスクを押しあげて、複管式レギュレーターのマウスピースを吐きだした顔は、アキコ・サンダバルのものだった。おれは咄嗟にからだを捻ると、防水懐中電灯をつかんで殴りかかった。黒いネオプリーンのウエットスーツ（スキューバ用潜水服には皮膚とのあいだに水の入るウエットスーツと、低水温用の水の入らないドライスーツの二種類がある。）で、ぴったり包んで、ガンメタル色に電気めっきしたトゥインタンク（高圧空気ボンベの二本並んだ形式のもの。）を背負ったアキコのからだは、稜線の三本入った黒いフィン（ゴム製の足びれ。）で水を蹴って、一度ひらりと

舷側を離れながら、

「待って！」と、叫んだ。「話があるの」

「聞きたくないね。こっちは急いでるんだ！」

　アウトボード・エンジンへ手をのばしながら、びくともしない様子は見せたが、内心おれは焦っていた。狭いボートの上では、闘いようがないからだ。広い水中へ飛びこんでも、泳ぎに自信がないわけではないが、スキューバ（時給水中呼吸装置SELF CONTAINED UNDER WATER BREATHING APPARATUS のかしら文字をつなげて、潜水法の名としたもの。アクアラングは商品名なので潜水法の意味には使わない。）の装備をつくした相手では、勝目のあろうはずもない。

「あたしも急いでるの」と、アキコは水中から、立ち往生をしているおれに、ニユマチック・スピアーガン（圧縮空気の力でモリを発射する水中銃。）の鉾さきを向けて、「だから、あなたは帰って！　島へ行ったら、殺されるわ」

「だれに？」

「サナダ・ガールズのリーダーに」

「つまり、きみにか？　だったら、どうして、いま殺さないんだ」

「まだわからないの？　あなたは利用されてるのよ、この取引きからナガドス＝グミや、ハロルド・オカダや、サナダ・ガールズを除くために。しかも、適任だったわ。残ってるのは、あたしだけだもの」と、アキコは妙な笑いかたをした。

「いいこと？　島で待ってるやつは、あたしがつとめた役わりを気づいていないから、全力であなたに向うわよ。とても恐ろしい相手なの。あたしにも、勝てる自信はないくらい」

「いくら嚇かしても、駄目だ。ハルエ＝サンを放ってはおけないよ」

「ハルエ＝サンなら、もう家へ帰ってるわ」

「馬鹿いえ。さっき縛られてるのを見たばかりだ」

「あれはあたしよ。ディカルコマスクというニンポーで、ハルエ＝サンに見せかけていただけなの」

「そんなことで、だまされるかよ」

「嘘じゃないわ、いいたくないけれど、わからないなら教えてあげる。さっき池のそばの石像が、どうして倒れたか知ってるの、サム？　転んだはずみで、抛りだした鉄梃子に、そんな力があったと思う？　ロペスの部屋で、あんたの投げたエアロソルの缶が、どうして爆発したかわからない？　ムコージマの地下室で、なぜロープがすぐ切れたか、どうしてロッカーに拳銃があったか、不思議だとは思わないの？　ギンザのビルの屋上で、あたしの――」ここでアキコは、ちょっと言葉を渋らせた。

「アンダーウエアをあんたが投げたときだって、偶然あの子にかぶさったわけじゃないのよ、サム！」

「みんな、きみが手伝ってくれたってのか？　すまなかったよ。けれど、どうしてだい？　おれの男性的魅力にしびれたからか。冗談じゃない。そうだとも。冗談でなくて本当だとしても、お礼はあとでいわしてもらうぜ」と、いい棄てると同時に、おれはからだを伏せて、エンジンをかけた。大きく舳先で輪をかいて、ボートを島にむける。

「そんなに死にたきゃ、死ぬがいいわ！」と、アキコの声が背後に聞えた。「もう知らないから！」

有利な海のまん中で、どうして襲って来なかったのか、おれも知らない。考えている余裕もなかった。小島に近づくと、エンジンを停めて、ボートが漂い寄るのにまかせた。青みがかったボートが一艘、つないである桟橋をすぎて、こちらのボートは島の横手へまわって行く。おれは水に突きでた松の枝をつかむと、それにボートのロープを巻きつけておいて、六メートルばかりの崖を匍いあがった。島の半分は、まばらな林に蔽われている。シンミリ城のほうにむいた半分には、桟橋と広い空き地と、小屋が一軒あるようだ。おれは林をぬけて、自家発電装置の風車が屋根でまわっている小屋へ、裏側から近づいた。窓はないが、裏口のドアがある。錠はおりていなかった。隙間をこしらえてのぞいてみると、小屋の中はコンクリートの狭い床と、タタミ・マットを八枚敷いた一段高い床とに分れていた。天井の電灯がついていて、コンクリートの床に、無電機をのせた机のあるのが目についた。だが、人間のすがたはどこにも見えない。ドアをあけて入るとすぐ、タタミ・マットのまん中に穴があいているのに、おれは気づいた。近づいてみると、タタミ・マットが一枚たれさがっていて、下はかなり深い竪穴だ。十メートルほど下に、水が鈍く光っている。

もっと鮮かに、光っているものもあった。ヨリコ・サワノウチの裸身だった。長い髪が藻のように揺れて、それに捕えられた人魚みたいに、青白いからだも浮き沈みしている。けれど、自分の力で動いているのでないことは、明らかだった。

　竪穴の中は落し蓋よりずっと広くて、四方の壁は足がかりのないコンクリートだ。おれは小屋じゅうを見まわした。無電機の机の下に、ロープの大きな束がある。天井は梁がむき出しで、天井板は貼ってない。おれはロープを投げて、まん中の本梁を越させると、すっ裸になった。ロープの耐久力をためしてから、アン・ラペル（登山用語で懸垂下降のこと。日本ではアプザイレンというドイツ語を使っている。）の要領で竪穴へおりる。ヨリコは落ちたショックで、気を失っただけらしい。心臓は動いていた。大して冷えてもいなかった。それに力づけられて、抱きあげるという大仕事を、どうやらおれはやってのけた。濡れたからだをポロシャツで拭いてから、上衣を畳んで枕にして、ヨリコをタタミ・マットに横たえる。すぐその上にかがみ込むと、片手で女の鼻をつまんだ。おれはマウス・ツー・マウスの人工呼吸（直接、相手の口に口をあてて息を吹きこむ方法。イタリア映画「世界残酷物語」で女子救助チームが男性を相手にこれを練習する風景が紹介されたとき、日本のある批評家が、胸部の動きを見るため横をむく動作を、もっと下のほうがエレクトするのを見まもっていると誤解して書いて、もの笑いになったことがある。）を、やりはじめた。口を離して、吹きこむための息を吸うたびごとに、女の胸を見さだめる。休火山みたいに見事に尖っているだけだった乳房が、やがて活動を再開した。なにかを探るように手も動いた。うっすらと目もあいた。

その目が大きくなって、「まあ、サムれにすがりつく。

――あたし、怖かったわ」と、両手でお
「もう大丈夫だよ」ヨリコのからだを撫でさすって、温めてやりながら、おれは微笑を浮かべて見せた。

「じゃあ、あたし、助かったの？」

「そうだとも」

「けれど、あの屋敷にいたひと……？」

「あいつなら、やっつけたさ」

「それじゃ、もう怖がらなくてもいいのね？」ヨリコは感謝で目を濡らしながら、血色の戻った唇を、おれの唇に押しつけた。

場所柄をわきまえない気持が起るのを防ぐために、柔らかい舌を味わいながら、おれはほかのことを考えた。すぐ思い出したのは、シンミリ城の二階から見た信号のことだ。サクション・カップのような唇から、こちらの口をようやく剝がして、「さっき灯りで合図していたやつは、どこへ行った？」と、おれは聞いた。顔をあげて見まわすと、表側の窓の下に、ヨット用の投光器とバッテリが置いてある。

「あれ、あたしがやったのよ。こんな格好で、ここに置きざりにされたんですもの。だれか助けにきてくれないか、と思って、必死に合図してたんだけど」

「そのあとで、落し穴へ落ちたのかい？」

「ええ、いらいらして歩きまわってたら、いきなり足もとのタタミが外れて……」

と、いうと、ヨリコはおれの胸の下で、かすかに乳房を震わせた。

「きみをここへ、連れてきたやつは？」

「あたしの服を持って、帰っていったわ」

「おかしいな。桟橋にはちゃんとボートが——」と、いいかけて、ネオプリーンの黒い肌のアキコを、おれは思い出した。「そうか。スキューバだな。とすると、きみの服はまだ、この島にあるかも知れない。探して来よう」

「待って」と、ヨリコは両手に力をこめて、立ちあがりかけたおれを引き寄せる。「探してみたけど、無かったわ。それに、あたし、ひとりで残るの、いやなのよ。朝までここにいて、明るくなってから帰りましょう」

「なにも朝まで待たなくたって——いや、昼間こそ、裸にしとけば逃げだささないだろうけど、夜ならそこらのキャンバスを」と、部屋のすみに積んである箱の蔽いへ、おれは顎をしゃくって、「からだに巻いて、逃げるかも知れないのに、やつら、どうして……」

「でも、あたし、心細くて……」

「きみの度胸のことを、いってるんじゃないんだよ。サナダ・ガールが、ボートを始末していかなかったのは、どう考えても、変だってことさ」

「そういえば、そうねえ」と、ヨリコは喉のおくで笑った。「はっきりいうと、あれはね。あたしが帰るためのボートなのよ」

「なんだって？」

「わからないでしょうね、ガイジンさん。あんたがおねんねして、こっちの取引きがすんでから、あたしが帰るためのボートよ。せっかく大金を手に入れても、ここじゃ使いようがないでしょう？」

　おれは立ちあがろうとした。だが、立ちあがれなかった。手も足も動かない。首さえ持ちあがらなかった。解きほぐすと、ヒップまでとどくほど長かったヨリコの髪が、いつの間にか、おれの両手首、両膝ぐちと首すじに、しっかり絡みついているのだった。

「ゆうべロペスの部屋で、おれを殺そうとしたのは、きみだったのか！」

「殺す気なんかなかったわ」と、目の下で、ヨリコは笑った。「これ、ニンポー、マッドライオンていうのよ。カブキのライオン・ダンス（鏡獅子その他獅子の狂いを主題にした所作ごとのこと。）見たことある？　獅子の精が狂うところで、長い髪を振りまわすでしょう？　あれみたいに、あたしの髪は自由自在に動くのよ」

　その言葉どおり、髪の毛に力がこもったと思うと、おれの両足は、きりきり吊りあげられていた。ヨリコの肩に両の手をついて、ちょうど逆立ちしたような格好になりながら、「それじゃ、きみがほんとうのリーダーなのか、サナダ・ガールズの？」と、おれは呻いた。

「だったわけね。あんたが奮闘してくれたおかげで、仲間はみんな、いなくなったんだから」

「最初から計画的に、おれを利用してたんだな」

「はなは偶然よ。ロペスを殺すとき、あんたが邪魔に入ってくれたのを幸いに、フィルムをセクシイ＝エンと掏《す》り替えたの。仲間が喧嘩を売って、心臓の薬を毒と取り替える。あたしが介抱するふりをして、フィルムを抜く。ややこしい二段構えにしたまでは、最初に計画したんだけれど、あとまで利用できる人間が飛びこんで来るなんて、ほんとにラッキーだったわ。仲間には、あんたのおかげでやりそこなった、といっといた。あんたが日本人だったら、仲間も信用しなかったでしょうけどね。ガイジン＝サンはなにをするか、わからないから」

「それでみんなは、おれがフィルムを持ってる、と思いこんじまったのか」

「みんな単純な女の子だから、だますのは簡単だったわ。ある方面から、ロペスが本土へ運んだフィルムを取り戻してくれ、と頼まれて、サナダ・ガールズは動きだした、でも、その報酬より、ロペスたちの取引き先のほうが、たくさん金を出すのがわかったんで、あたし、独占したくなったの。その金が手に入れば、オキナワに帰らないで、本土で暮せるもの」

「さぞ、得意だろうな。ほとんど全部、思い通りにことが運んで」

「ほとんど全部じゃなくて、全部よ。みんな、あんたのお蔭ね。よく働いてくれたから、ご褒美をあげるわ」

とたんに、おれの両足は床におりた。すんなり伸びた長い足が、おれの腰にからみついた。驚いたことに、ヨリコがニンジュツで自由に出来るのは、あたまの毛ばかりではなかったのだ。もう一ヵ所の毛が、磯巾着の触手みたいに、おれの最も男らしい部分を刺激して、体内に送りこむと、その周囲の毛に、こんどは一本一本からみついた。おれは文字通り、女のからだに裹《つつ》みこまれたのだ。

「サム・ライアン、あんたはアウトドア用としても、とっても役に立ってくれたけれど、インドア用の男性としても有能だわ。それを自覚させてあげるわね」と、ヨリコが甘い声でいった。「これで男らしく、誇りを持って死ねるでしょう? ゆうべはナガドス＝グミの中に飛びこませる計画だったから、ちょっと脅かしただけだったけど、今度はほんとに殺すわよ。でも男らしい動作が終った瞬間、世界最高の恍惚のうちに死なしてあげるわ」

おれの自由にならないからだの下で、女の裸身が色っぽく動きはじめる。さっきからヨリコの枕にしてしまった革の上衣を、おれはなんとか引きだそうと懸命だった。波うちだした裸身のおかげで、それがようやく首すじを外れる。おれはどうやら不自由な左手で、胸ポケットから催涙弾銃を抜いた。こっちの目はしっかり閉じて、ヨリコの顔の上でスイッチを押そうとした瞬間、ぐいっと左手を引っぱられた。万年筆型の秘密兵器は、ひと房の髪の毛にもぎとられて、部屋のすみへ消し飛んだ。はずみで発射された催涙弾が、窓框にあたって霧を散らす。だが、そんなところに、泣いてくれる者はいない。代りにおれの顔の下で、笑い声が起った。

「馬鹿馬鹿しい。変なおもちゃなんか持ち出さないでさ。男の仕事に精だしなさいよ。ゆうべはあたしを抱いて、あんなに夢中になったくせに！」

ヨリコは大きな口をあけて、勝ち誇った笑いをあびせた。それは気まぐれな運命が、わずかに恵んでくれたチャンスだった。髪の毛に引っぱられて、タタミ・マットにのびたおれの左手は、ぬぎすててあるズボンの上端に触れていたのだ。自由な指さきが、ベルトのバックルを押す。錠剤がふた粒、手の平に飛びこんできた。それを握りしめると、おれは渾身の力で左手を引いた。大きくあいたヨリコの口へ、その手を押しあてる。錠剤を喉へ落してからも、おれは手の平を離さなかった。手首の皮膚が、食いこむ髪の毛にやぶられて、血を噴きだしても離さなかった。おれは苦痛に呻きながら、必死に薬の利き目を祈った。

五秒か、十秒か、一分だったかも知れない。だがおれにはひと月か、半年たったみたいな気がした。下半身を支配していた女の腰の微妙な動きが、はたと停った。おれの毛に、からみついていた毛が、そろりと離れる。膝の下からも、手首からも、喉からも、髪の毛はだらりと外れた。背にからんでいた両腕も、ずるずるタタミ・マットに落ちて行った。喉の奥を異常な喘ぎに響かせながら、ヨリコは懸命に、目をあこうとしている。おれはあわてて、立ちあがった。けれど、両足は痺れて、思い通りに動かない。パンツとポロシャツ、上衣とズボンを掻きあつめる。おれは四つん匍いのまま後退した。そのときヨリコが、かっと目を見ひらいた。あたまにスピアーガンを射ちこまれた大魚が、尾鰭で最後のあがきを示すかのように、ひと房の髪が逆立つ。と思うと、それは天井の梁をつかんだ。すっくと裸身を立ちあがらせる。残りの髪は、ライオン・ダンスのクライマックスさながらに、宙に踊った。無数の触手となって、おれに迫る。おれは叫びをあげて、コンクリートの床に転げ落ちた。その瞬間、切り裂かれた空気が、頭上で悲鳴をあげる。同時に女のものすごい声が、小屋の板壁を震わせた。おれの背後から、空気を鋭く切り裂いて、ヨリコに飛びかかった物があったのだ。黒いゴムの握りのついた刃渡り二十五センチほどのナイフだった。おそるおそる顔をあげて、それを見さだめてから、おれは心置きなく気を失った。

両手の手首が、ちぎれそうだった。左右の足も、膝から下は無感覚だ。呼吸のたびに喉も痛む。けれども、だれかが痛むところを、やさしく撫でてくれている。おれは安心して、目をあいた。まず見えたのは、黒い乳房だ。でも、南海の島に漂着して、黒檀の肌をした原住民の娘に、助けられたわけではなかった。喉もとまでの黒い肌は、ネオプリーンで出来ていた。その上から、アキコ・サンダバルの白い顔が、心配そうに見おろしている。「すまない」と、おれはいった。首を絞められていたせいか、ひどく嗄れた声しか出ない。「きみを信じるべきだったよ」

小屋の中を見まわした目に、ヨリコが映った。まだ天井の梁に髪をからんで、やや前かがみに立っている。髪の根から噴きだした血が、額に縞を書いていた。潜水用ナイフを打ちこまれた左の乳の下からも、どす黒い筋が一本、臍のわきへ届いている。

「もっとも、信じたところで、おれはここへ来たろうがね。とにかく、きょうまでの四日間、きみにはずいぶん助けてもらったらしいな。ありがとう」

「あなたは自分の力で、助かったのよ」と、アキコはいった。「さっきは腹が立ったけど、やっぱり心配で来てみたの。そしたら、あなたはもうヨリコのジュツにかかってたわ、サム。その最中に殺せば、ああいうことになるのよ」立ったままの死体へ顎をしゃくって、「なんとか、あなたを剝がせたとしても」とアキコは続ける、「食いこんだ毛が取り除けなくて、手さきが腐ってしまうわ。だから、あたし、どうすることも出来なかったの。あなたがヨリコを眠らせて、自分の力で助かったんだわ。ですもの、お礼をいう必要はないわけよ。今までだって、あたしはちょっと手伝っただけ。ほんとに助けてもらったのは、あたしのほうだわ。この通り、フィルムも取り戻せたし」

アキコの手にした封筒を見て、「どこにあった、それ?」と、おれは聞いた。

「隅のタタミ・マットの下にあったわ。あんたが持っててくれない?」と、アキコはおれの上衣の内ポケットに、ビニールで密封した封筒を差しこんだ。おれはいつの間にか、ちゃんと服を着せられていたのだ。

「預かるのはかまわないが、どうも事情が呑みこめない。さっきのきみの話とヨリコのお喋りで、だいたいの見当はついたんだが……」

　アキコはいったん頷いたものの、黒い手首に巻きつけたゾディアックの潜水用腕時計を見て、首を振った。「説明している時間はないわ。もうじき、取引き先がここへ来るのよ。海から来るか、空から来るか、どっちかに決ってるんだから、それによって、こっちの逃げかたを決めなくちゃあ」と、おれの腋の下へ手を入れて、「ここを出たほうがいいんだけれど、立てる？」

「ダイジョーブ」まだ膝はがくがくしたが、どうやらおれは立ちあがった。左の手首は血だらけで、右の手首には髪の毛の痕が、赤く輪になっている。力は入らなかったが、板壁につかまるぐらいのことは出来た。「この通り、ひとりで歩けるよ」

「だったら、助かるわ。あたし、ここから持ち出したいものがあるの。裏口から出て、林の中で待っていてね」

　おれは頷いた。足を引きずりながら、ドアを出る。小屋の壁に、ゴルフのピッチング・ウェッジが一本と、圧搾空気のタンクが一対、立てかけてあった。そのトゥインタンクを、すぐあとから出てきたアキコが、背負いおわったとき、爆音が遠く聞えた。ジェット機の轟きでも、プロペラ機の響きでもない。ヘリコプターの回転翼《ローター》が、夜空を攪拌する音だ。

「あれらしいわ」と、アキコはおれの腕をとった。林のおくへ引きずりこむ。爆音はやがて、島を覆った。

「やつら、小屋の前へおりて、中に入るに決ってるわ。それを利用しましょう。電源を切ったから、死体に気づくまでには、間があるはずよ。ヘリコプターを運転できて、サム？」

「残念ながら、出来ないな」

「手榴弾なら、投げられるわね？」

「そっちの腕は、確かなもんだ」

「じゃあ、連中が小屋へ入ったら、あたし、ヘリコプターへ駈けこむわ。あなたはこれを――」と、おれの手の平に、かつては握りなれた黒いパイナップルを押しつけて、

「小屋の窓に、叩きこんでから、飛びのってよ」

「わかった」

「もう三つあるから、ポケットへ入れといて。やつらが生きのびたとしても、逃げださないように、それでボートを沈めてちょうだい、離陸してから」

ヘリコプターは、ベル型（シコルスキー、バートル、ブルストルなど、製造元によって型が違うが、ベル社製の外観的特徴は透明な球体の操縦席と、むきだしの鉄骨みたいな尾部。）だった。まず小屋の上に、まっすぐ降りてきて、しばらくはホバリング（空中停止。）していたが、たちまち斜めに舞いあがる。巨大なとんぼの目玉みたいな硬質ガラスの操縦席には、男がふたり乗り組んでいた。どちらも、日本人らしい、島の上を二回ほど旋回してから、ヘリコプターはいきなり、小屋の屋根をかすめ

た。同時に、銃声が響きわたった。パイロットの隣りの男が、グリースガンを構えて、乗りだしているのが目に入る。妙なサブマシンガンだった。銃身が赤と黄色に、塗ってあるのか、色テープで巻いてあるのか、とにかく、だんだら縞になっている。ヴァーチクル・マガジーンも黄色に赤のだんだらで、いやに太い。たぶんこれは、一本三十発を射ちつくしたとき、すぐ嵌めかえられるように、赤と黄の粘着テープで、二本か三本ひとつに束ねてあるのだろう。その色わけが、おれには気になったのだけれど、アキコの「伏せて!」という声に考えるのをやめた。両腕で後頭部をかかえて、湿った土に顔をつける。ヘリコプターが小屋をかすめた。ふたたび四五口径弾を撒きちらす。「どういう気かしら」と、アキコが口走った。「取引きの相手をいきなり殺しにかかるなんて! だれかがフィルムの複写を売りこんで、ヨリコが邪魔になったとしても……」

「日本人のようだぜ、乗ってるのは」と、おれはいった。

「ナガドス＝グミじゃないのか?」

「ボスも幹部も死んじゃったもの、残ったやつらには、取引き先がわからないはずよ。とにかく、これじゃあ、こっちが危いわ。さっきの手榴弾ちょうだい」

「どうする気だよ?」

「ヘリコプターに叩きこんでやるのよ。借りるのは一時間六万エンぐらいだけど、ベル型を一機、買うとすると、機体だけで、千八百万エンから二千万。二百六十馬力のエンジンは、五百万エンぐらいするの。めちゃめちゃにされて、弁償しなきゃならなくなったら、きっと懲りるわ」

「懲りるだろうけど、そんなこと出来るもんか」

「この手榴弾はピンを抜いてから、四秒で爆発するのよ。つまり、ピンを抜いてすぐ、アイアンでセフティガードを叩いて打ちあげる。それが四秒で、操縦席へ飛びこむようにすれば、相手に投げ返すひまはないわ。ある物体を投げあげたときの高さを計算するには、重さには関係なく、滞空時間を二乗して、一・二を掛ければいいの。上昇するときにかかる地球の重力は、下降のときの加速度とほぼ平均するから、この場合は八の二乗の一・二倍ね」

「というと――七十六・八メートルか」

「あたしでも、そんなに高くは打ちあげられないわ。でも、二秒で爆発するように加減すれば……」

「それなら、四の二乗の一・二倍で――ええっと、十九・二メートルだ」

「そこまでヘリコプターが降りたとき、かっ飛ばせばいいわけよ。ダイジョーブ、まかして」と、左手に手榴弾、右手にはピッチング・ウェッジを握って、アキコは立ちあがる。

「また来たわ。あなたは奥へ逃げてね、サム」

ヘリコプターが近づいて、木木の梢が波のように騒いだ。今度は林の中まで、射ちこんできた。頭上では、枝がはじけ飛ぶ。足もとには穴があいて、土埃りが舞い立った。おれはフットボールの走り方で、木のあいだを縫っていく。小屋のほうへ出ていったアキコが心配だったが、どうしようもない。ゆうべシンジュクのビルディングで、優に三十メートルはある高みへ、叩きこんだ腕は見ているが、こっちの的は動いている。おまけに、高度と時間を正確に読まなければ、効果はないのだ。崖っぷちまで、おれが来たとき、突然、背後の銃声がやんだ。おれは冷たい背すじを、振りかえらせた。フィルムの停った映画みたいに、機首を上げかけたヘリコプターが目に入る。大きな丸いガラスの座席が、とたんに炎の球になった。爆発音が大地を揺する。目測する目の力とクラブをふる腕の力が相俟ってTNT火薬の塡った手榴弾は、みんごと機内で炸裂したのだ。あたまを焼かれた巨大なとんぼは、鉄の尾をはねあげると、斜めに海へ突っこんだ。大音響がまた起る。島がひっくり返りそうだ。十数メートルの火柱とともに、およそ六万九千五百ドルが波しぶきに吞まれる。火の柱はたちまち崩れて、水面に見る見る炎がひろがった。

嘘みたいに静かになった林をぬけて、小屋の前へ駈けつける。アキコは桟橋のつけ根に立って、ぼんやり水を眺めていた。「やったじゃないか！　凄いもんだ」と、腕の中で黒い胸をこちらに向かせると、おれは衝動的にキスをした。

アキコも激しく応えたけれど、やがて、肩の力をがっくり抜いて、「その代り、ボートを駄目にしちゃったわ。ばらばらになったヘリコプターが当ったのか、もっと前に射ちぬかれて沈んだのか、よくわからないけど」

　なるほど桟橋の下に、ボートは影もかたちもない。流れだしたガソリンに火のついたのが、水の上で消えかかっている。

「がっかりすることたないさ。おれが乗ってきたやつを、調べてみよう」もう一度、林をぬけて、崖のふちまで来てみると、ロープを結んだ松の枝が、今にも折れそうになっていた。ロープの先は黒ずんだ水に消えて、白く塗ったアウトボード・エンジンが、かすかに見える。それは、白骨と化した水死人のあたまのように、不気味な眺めだった。「こっちも、駄目か。四五口径弾で、船体を穴だらけにされたんだな、きっと」

「あたしのスクーターは、どうかしら」

と、アキコが呟いて、おれを促す。島の横手へいってみると、岩だらけの浜に、魚雷みたいなものが曳きあげてあった。第二次大戦中、フログメン（スキューバをつけた水中工作隊でイタリア海軍、イギリス海軍が港湾閉鎖、障害物除去に活用しはじめ、米海軍も沖縄上陸作戦に活躍させた。）が使ったひとり乗り潜水艇を、戦後、アメリカの業者がスキューバ用に改良した水中スクーターだ。ボートと同じファイバーグラス製で、鼠色に塗った機体は全長二メートルかそこらだが、メーカーによる相違はあっても、十二ボルトのバッテリを四個ほど使って、時速は五キロ内外、三時間程度は走りつづけるはずだった。「よかった。無事だわ」と、アキコは、それを抱え起して、「あたし、これで向うへ行って、ボートを取ってくるわ。三十分そこらで戻ってくるから、待っててね」

　おれは手を貸して、スクーターを浅瀬に横たえた。アキコは両足にフィンをつけてから、ウエートベルトを腰にしめる。ニンジュツィストでも、錘りを並べたベルトの力を借りなければ、浮力を調節できないらしい。潜水帽をかぶると、勢いよく前かがみになって、レギュレーターの輪になったゴム管を、そのはずみで肩越しに胸へまわす。おれに笑いかけてから、白く縁どった潜水マスクをおろした。スピアーガンを右手にさげて、からだを斜めにかがめると、左手でスクーターを押しながら、水中に踏みこんで行く。黒いウエットスーツに吸いつかれた腰のまるみと、左脇にわずかにのぞく乳房のカーブが、かえって魅力を、裸身よりも強烈にして、おれは刺すような欲望を感じた。水が胸までくると、アキコはもう一度ふりむいて、スピアーガンを上げた。マウスピースを口に含んで、スクーターの後尾の左右に突きでたハンドルを握る。黒いフィンが宙に躍ったと思うと、たちまちアキコは海中に消えた。

　おれは桟橋へ戻って、腰をおろした。ポケットをさぐって、ぺちゃんこになったタバコの函を見つける。折れ曲ったピースに火をつけて、厚い波がうねっている海を眺めた。左手のすぐ近くに、ヘリコプターの尾の先だけが、幽霊船のマストみたいに斜めに突き出ている。岩のあいだにでも、刺さったのだろうか。炎はとっくに消えていた。十分たった。二十分たった。三十分たった。アキコはまだ、戻って来ない。四十分たった。遅い月が雲をかきわけて、海のおもてを鉛色に変える。四十五分たった。ボートの響きは、まだ聞えない。五十分たった。五十五分、シンミリ城の二階に、突然、あかりが点りだした。右の端から、ひとつ、またひとつと。

おれは立ちあがって、島の裏側へ急いだ。桟橋のボートのエンジンは、ガソリンが流れだして、火がついたくらいだから、使いものにならないことはわかっている。シンミリ城の崖までは、千六、七百メートルあるだろう。泳げない距離ではないけれど、目下のコンディションでは、大事業だ。しかし、アキコがおれを裏切ったとは考えられない。ビニールで包んだ例のフィルムは、今もおれのポケットに入っている。念のために中も改めてみたが、本物に違いはなさそうだ。それなのに、ボートは影も見えない、ということは、アキコの身になにかが起った、ということだろう。とすれば、おれはこの島で、パートタイムのロビンソン・クルーソーを、のんびり勤めてるわけには行かない。裏側の崖までいくと、おれはパンツひとつになって、水へ入った。ボートは駄目だったが、エンジンは使えそうだ。それを外して、引きあげる。調べてみると、いい塩梅にシリンダーへは、浸水していないらしかった。漫画映画の主人公たちがよくやるように、アウトボード・エンジンだけを使って、走っていこう、というのが、おれの考えだった。ガソリンタンクが上についた五馬力のやつだから、それ自体、推進力を持っている。まさか漫画を地でいって、尻に縛りつけるわけには行かないとしても、小屋のドアでもぶちこわして、それに取りつければ浮力もつく。

　小屋へ入ってみると、ヨリコの死体は、まだ梁からぶらさがっていた。無電機をのせた机のほうが、ドアよりも手頃なので、桟橋のところまで運びだす。四本の脚を上むけて、エンジンを取りつける。うまく走ってくれたとしても、水をかぶるに決ってるから、服は着ないことにした。パンツの上にベルトだけしめて、しっかりフィルムを挟んだが、武器のないのは心細い。もう一度、小屋へ戻ると、気色の悪いのを我慢して、裸の死体の胸から、ナイフを抜いた。それをベルトに挟んで、即席ボートを桟橋から進水させると、天を指さす四本の脚のあいだへ、からだを乗せる。なるべく船首が上るように、うしろのほうへ腹ん匍いになって、エンジンの紐を引いた。二、三度、咳きこんでから、エンジンは唸りをあげる。半ば水につかった机を押して、バンザイ、走りはじめたではないか！　舵の代りに、おれは手足を思いきり机のそとへ突きだしながら、ウッディ・ウッドペッカー（漫画映画の主人公のキツツキ。）みたいな喚声をあげた。

　だが、すぐ叫ぶどころではなくなった。尖っていない舳先が、猛烈に水をかぶるからだ。それでも、おれは必死に目をあいて、進路をたもった。代るがわる水中に手足を入れると、どうやら机ボートはまっすぐ進んだ。けれど、ヨリコの髪のからんだ部分が、たちまち、くらげに巻きつかれたように痛みだした。ことに皮膚の破れた左手首は、潮をくぐるたびに、気が遠くなるくらい激しく疼《うず》く。それを怺《こら》えながら、ちょうど島と崖の中間あたりへ達したときだ。いきなり、右足をひっぱられた。波をかぶった目の前に、潜水マスクをかぶった顔が、がばりと浮かぶ。マスクの濡れたガラスの奥に、殺意のぎらつく目があった。人食い鮫の牙みたいなナイフが、同時に襲いかかってきた。

＊ *The old woman in the shoe* の初行から三行目まで、「お婆さんがあったとさ／お靴の中に住んでいて／あまり子どもが多いので」をもじったものだ。

IX　スパイの唄を歌おうよ
館は死体でいっぱいだ＊

即席ボートに跨って、漫画の冒険児を気どっていたおれは、不意を打たれて周章狼狽、机の脚にしがみついた。それが却って、よかったらしい。しぶきをあげて水中に傾いた机の表面へ、相手のナイフが刺さったからだ。潜水マスクを見たとたん、アキコ・サンダバルではないか、と思ったことも、勇気を沮喪《そそう》させたのだが、敵は赤い三角巾に赤い紐をつけただけの、日本独特の水泳パンツ（赤ふんどしのことならん。）をはいている。あとは裸の大男だ。おれは闘志をふるい立てて、相手の胸を蹴とばした。片手は机の脚の一本を、しっかり握ったままだった。離したが最後、即席ボートはどこへ吹っ飛んでいくかわからない。おれに蹴られた日本人は、いったん沈んで、また追ってきた。こっちには、五馬力のスピードがついている。たちまち間隙はひろがったが、相手はひとりではなかったのだ。

斜め前方にも、潜水マスクが、ちらっと見えた。おれは咄嗟に、ボートを棄てる覚悟をきめた。机の舳先を、斜めにむける。手を離すと同時に、水しぶきに逆らって、真横にからだを投げだした。二度、三度、発狂した波乗り板みたいに、即席ボートが跳ねあがる。この勢いにぶつかったら、まず助からない。大きなスタンプで、打ちのめされるようなものだ。赤い水泳パンツの足二本が、一瞬、しぶきの向うで逆立ちした。背骨か尻か、もぐろうとした瞬間を、机で叩かれたのだろう。水の響きと激しさを競って、悲鳴が聞えた。と思ったときには、おれは波間をくぐっていた。追ってきた赤パンツめがけて、ナイフを右手に突進する。相手が武器をなくしてるだけ、こっちは有利だ。だが、敵も泳ぎは達者だった。しばらく水中でもみあううちに、おれはどうやら背後から、相手の喉に右手をかけた。左手はほとんどきかない。だから、得物を持ちかえて、敵を刺すわけには行かなかった。こうなったら力くらべだ。おれはときどき浮上して、けれど、相手の顔は海面に出ないように気をつけながら、呼吸をした。そのうちに、敵のからだが重くなる。おれの腕を外そうとして懸命だった二本の手も、波の自由になっていた。痺れた右の肘をのばすと、相手は襤褸《ぼろ》の塊りみたいに漂いだした。止めを刺したかったけれど、ナイフを握っているのさえ、やっとの思いだ。

浮びあがって見まわすと、即席ボートが海豚《いるか》のように波を叩いて、こっちへ向って飛んでくる。おれは夢中で、泳ぎはじめた。エンジンの響きが近づかないので、振りかえると、四本マストの変なボートは、大きく弧をえがいてあらぬかなたへ急いでいる。ほっと息をついたおれのそばを、赤いパンツの死体が漂いすぎた。机の表面で叩かれたのは、一度や二度ではないらしい。潜水マスクのガラスが粉ごなに砕けて、顔じゅうに刺さっている。筋肉隆隆だったらしい上半身は、硬いのをごまかすために、念入りに叩いたカツレツ用の肉みたいだ。胸がむかついて、おれはあわてて逃げだした。お蔭で気がつくと、崖下に辿りついていた。けれど、あたまはダイナモのように唸っている。その響きのほか、耳にはなにも聞えない。繋いである白いボートが、蛞《なめ》蝓《くじ》のお化けみたいに、ふやけて見えた。コンクリートの上に匍いあがって、しばらくじっとしていると、手足の感覚が戻ってきた。ボートの上に水中スクーターとスピアーガンが、積んであるのも目に入った。赤いパンツの日本人が、ふたりも要撃してきた以上、アキコが無事でいるはずはない。まだ闘わなければならないとすると、ナイフ一挺では頼りなかった。だから、スピアーガンを借りることにして、おれは立ちあがる。一歩ふみだしたとたん、なにかに躓いて、あやうく岩壁に左手をついた。でも、左手はまったく力が入らない。肩を擦りむいて、なんとか踏みとどまってから、足もとを見る。

はだしの爪先がひっかかったのは、マッチ箱のような錘りを並べた黒いナイロンのウエートベルトだ。そばに空気タンクも、横たえてある。おれは逸るこころを制して、慎重に階段をのぼった。裏庭で立ちどまって、耳を澄ます。なんの物音も聞えない。一階の窓は、まっ暗だ。二階の灯りも、いつの間にか消えている。裏口のドアに近づいてから、おれは考えなおして、植込みづたいに前庭へ廻った。池のはたの投光器はまだ耿耿と、壁面の漆喰彫刻を浮かびあがらせている。一階の窓にはぜんぶ灯りがついていた。二階は逆に、残らず鎧戸がしまっている。おれは左の端から、順ぐりに窓をのぞいた。どの部屋にも、誰もいない。玄関のドアは蝶番いが毀れて、開いたままだった。ホールにはシャンデリアが、凍った花火みたいに煌いている。けれど、そこにも人影は見あたらない。右側に移って、最初の窓をのぞいたとたん、おれは立ちすくんだ。そこから数えて三つの窓が、ひとつの部屋になっている。だが、家具はひとつも置いてない。天使と悪魔の戦いを、ルネッサンス風な細密画で書いた天井から、シャンデリアがふたつ下がって、寄木張りの床を照らしている。正面の壁は造りつけの書棚だが、本は一冊も入っていない。その代り、棚の前づらを縦につらぬいている二本の支柱に、人間がひとり飾りつけてあった。

ウエットスーツの両手両足を、大文字のXなりにひろげて、黒檀の支柱に縛られているのは、アキコだった。黒いからだにフィンを外した足先と、手の平ばかり白いのが、美しい昆虫のような趣きを与えている。潜水帽に縁どられた楕円形の顔には、口のところに、大きな白い絆創膏が貼ってあって、その下から黒コードが一本、床に垂れさがっていた。同じコードがもう一本、ネオプリーンのズボンの中から伸びている。二本は床で集まって、茶色の布で被覆した太いコードになっていた。その先が、どこへ走っているのかは、見てとれない。アキコの左右にはひとりずつ、鼠色のオーバーオールを着た日本人が立っていた。M3サブマシンガンを一挺ずつ、扱いなれた手つきで構えている。どちらの銃も赤と黄色のだんだら縞で、それがおれには、また気になった。

半年以上も前の話だが、ビル・ソマーズに連れられて、スイドーバシのコーラクエン・スタジアムへ、野球を見にいったことがある。選手の名前を知らないので、「あの黄色いバットの男、よく球を選んでますね」といった調子で、お喋りをしているうちに、おれはふと、「色のついたバットって、なにか効能があるのかな?」と、口に出した。

ビルはそのとき、「さあ、どうかね」といっただけだったが、一週間ほどして、外人記者クラブをたずねると、「このあいだの色つきバットの話な。医科大学の眼科の先生から、おもしろいことを聞いたよ。バットの色はある程度、投手のコントロールを乱すのに、役立つんだそうだ」と、教えてくれた。投手はボールを投げるとき、目の焦点を一点にしぼる。その場合、焦点の周囲に色彩が動いていると、視力一の投手の目が〇・七ぐらいにしか働かなくなるという。ことに黄色や赤のように明度の高い色彩は、青や黒にくらべると、大きく軽快に動いて見える「つまり、黄、赤、緑、青、紫、茶、黒、灰色、白の順で、妨害率は低下する、というんだ。焦点を中心にして、バッテリ間の距離の百分の一、十八センチの直径の円内に、邪魔になる色があると、投手の視力は三度さがる。直径が九十センチ以上になって、初めて正常に戻るんだそうだが、バットを構えた位置っていうのは、たいがいストライク・ゾーンから、九十センチ以内にあるからね。黄色や赤のバットのほうが、白木のやつよりも、よけいフォアボールを奪えるってわけさ。視力を三度も狂わせうるってのは、大したことだよ。こりゃ、ほかのことにも活用できるぜ。軍隊なんかでも、黄色や赤の銃を持たしたほうが、敵に脅威をあたえた上に、反撃の狙いを狂わせられるんじゃないかな」

それを思い出しながら、捕虜収所内の様子をうかがっていると、頭上で突然、鎧戸のあく音がした。おれが見あげると、アフリカ象みたいな耳を左右にひろげて、栗色の髪を額に乱して大きな少年の顔が、真上の窓に突き出ていた。投光器の光りをあびて、門歯の一本かけた大きな口が、三日月なりに笑っている。どこかで見たような、と思ったら、雑誌マッド（アメリカの有名なパロディ漫画雑誌。一九五三年にハービー・カーツマンが始めた。最初はコミックブックで、やがて雑誌になったが発行元のECパブリケーションが経済的に行詰ったため一時休刊。のちアルバート・B・フェルドスタインが編集を交替して再刊し、現在は年八回刊行している。）の表紙で、お馴染みの顔だった。確かアルフレッド・E・ニューマンとかいう、鹿爪らしい名前がついていたが、いつもマッド誌のシンボルとして、表紙で残酷に笑っている滑稽な少年の顔なのだ。タイムズ・スクエアあたりの土産物屋のウインドウに、狼男や、フランケンシュタインや、サーカスの道化の顔と一緒に並んで、子どもを喜ばせているゴム製のお面に違いない。けれど、鼠色のオーバーオールの腕に、赤と黄色の縞のグリースガンを構えて、中世紀風の廃屋の窓に立ったその顔は、おとなを震えあがらせるほど、不気味に見えた。

「やあ、サム・ライアン、お目にかかれて嬉しいよ」と、笑ったまま動かない口もとから、金切り声が降ってくる。

「珍しい両棲動物の標本があったろう? よく見たかね。コードがついてるが、電気仕掛けで動かそう、というわけじゃない。一本のコードを二本に分けて、一本は口の中へ入ってる。もう一本は下のほう、卑猥な言葉を使うとママに叱られるから、正確にはいわないがね。とにかく、からだの中に入ってる。コードの端は部下がいま、タイムスイッチにつないだはずだよ。二十分後に、電流が通じるようにセットしてさ。わかるかな? 高圧電気じゃないから、手でさわったんじゃ、びりびりっと来るくらいだがね。コードが体内に入って、ことに粘膜に触れてるとなると、こりゃあ、話が違うだろうよ」

「畜生!」と、こみあげる怒りを、おれは口から打ちあげた。「なんてことをするんだ。お前たちの欲しいものはわかってる。これだろう?」ビニールに包んだ封筒を、ベルトから抜きとって、「ここにあるんだ。くれてやるぞ。金はいらないよ。女を無疵で返せば、渡してやろうじゃないか」と、おれは振りかざした。

「いいんだ。いいんだ。悲愴な決意はしなくていいんだ。お互いにとって、誠に遺憾なことだがね。そのフィルムには、もう一エンの値打ちもない。オキナワ基地の配置が、急に変ってしまったんだ」

「それで、さっき、いきなり射ってきたんだな」

「スパイ稼業には、よくあることさ。専門家同士の奪いあいなら、互いに苦笑いでわすれてしまうんだがな。今度はきみたちアマチャーが噛んでるんで、こっちも後始末をしなけりゃならない。そこで、提案だ。きみがすべてを忘れて、トーキョーへ帰ってくれれば、女は助けてやるよ。お嬢さんも、専門家の端くれだ。きみを含めて、事件ぜんぶを異議なくわすれてくれるだろう。それが嫌なら、二十分以内に助けだすんだね、ターザン君」

いいおわると同時に、サブマシンガンが、火を吹いた。今はなにも植わっていない窓の下の帯状の花壇が、威嚇射撃の弾丸を受けて、乾いた土をはねあげる。おれは走って、前庭の池へ飛びこんだ。一連の銃声とともに、四五口径弾が、敷石道を鋭く叩く。跳ねかえって、池へ飛びこむ弾もあった。迂濶には顔が出せない。ミス・ブレスターの死体は、まだ水面に浮いていた。その血と長いあいだの埃りで、濁った水の中を、目をつぶって移動しながら、おれは手さぐりで死体をつかまえる。それを楯にして、顔を出してみた。とたんに銃声がまた起って、敷石が激しく鳴った。もちろんわざと、池の中には射ちこんで来ない。しかし、手もとが狂ったらしく、一弾が池辺に達して、右側の投光器を射ちくだいた。

おれが要求どおり、この件に関するかぎり唖になる気で引きあげても、やつらはアキコを殺すだろう。だから、制限時間内に、助けなければならない。その二十分間も、もう完全には残っていないが、地下室のメインスイッチさえ切ってしまえば、いくらでも延長できる。ハンディキャップは時間でなくて、きかない左手と武器の不足だ。それを補おうとして、おれは必死に脳みそを掻きまわした。二階を見あげると、血に狂ったアルフレッド・E・ニューマン君の顔は、いつの間にか窓から消え、鎧戸がしまっている。左側の彫像のわきへ、どうやら右手だけで、おれは死体を押しあげた。それに隠れながら手をのばして、棄ててあった鉄梃子をつかむ。アテネが投身自殺するまで立っていた台座と、生き残った投光器の首すじとのあいだに、その鉄梃子をさしこんで、力いっぱい動かした。おれの息が切れないうちに、投光器の喉笛が切れてくれて、まばゆい光りを湛えていた金属の大きなお椀は、ごろり転げて暗くなる。玄関にいちばん遠い岸まで泳いで、池を葡いだすと、おれは裏庭へまわって、崖下へおりた。階段の下には、圧搾空気のトゥインタンクが残っている。それに、用があったのだ。

レギュレーターを外してから、鉄梃子とナイフを使って、二本のタンクを連結した金具をゆるめる。それは思ったより簡単にすんだけれど、ばらしたタンクを運びあげるのは、ひと苦労だった。金具に背負いバンドを通して、一本は肩に掛ける。金具から抜いた一本は、右手で抱えた。慎重に前庭まで運んだときには、残り時間、わずか六分になっていた。本国にいたころ、スキューバ用のタンクには、酸素がつまっている、とばかり思いこんで、おれは友だちに笑われたことがある。

「冗談じゃないぜ。この中には一立方センチあたり、百五十キログラムに圧縮した高圧空気が、入ってるんだ」と、そのアクアノート（宇宙飛行士をアストロノートというようにスキューバ潜水家をさす新語。）は教えてくれた。「だから、迂闊にいじらないでくれよ。バルブが急に抜けでもしたら、タンクはロケットみたいに吹っ飛んで、大変なことになるぞ」

どの程度、大変なことになるかはわからない。大した効果はないかも知れない。だが、運を天にまかせて、やってみるより仕方なかった。まず玄関に近づいて、肩にしょってきたほうのタンクを横たえる。おれは、花壇に匍いつくばった。鉄梃子を握った右手をのばす。レギュレーターを取りつける横棒を、思いきりひっぱたいた。勢いよく、バルブが外れる。とたんにタンクは唸りをあげて、ホールの中へ飛びこんだ。ガラスの砕ける音と、漆喰の崩れる音が、渾然一体となった大音響で、シンミリ城が揺れたときには、おれはもう右隣りの窓へ、残る一本を逆さに立てかけていた。いまの様子なら、効果は十分。方向さえ定めてやれば、アキコにかかる巻添えの被害も、大したことはないだろう。花壇の縁石で浮かした口のところを、力いっぱい鉄梃子でひっぱたく。高圧空気の唸りをあげて、タンクはたちまち、窓ガラスを突きやぶった。続いて轟きわたったのは、天井の悪魔の軍を潰滅させて、大穴のあいた音に違いない。しかし、検分している余裕はなかった。

「ニンポー、インスタント・ミサイル！」

ひと声あげると、おれは右手にスピアーガンを構えて、玄関に躍りこんだ。シャンデリアが砕けて、薄暗くなったホールを駈けぬける。地下室のドアへ飛びこんだおれを、咎めるものがなかったのは、二発目のミサイルが、敵の注意を集めてくれたからだろう。おれは階段を駈けおりると、邸内を調べたとき、見おぼえておいたメインスイッチを、即座にオフに切り換えた。死刑執行の時間まで、あと一分の瀬戸際だった。

暗闇の中で、ほっと大きな息をつく。階段の手すりを支えに、スピアーガンの矢先をドアに向けた。こうしておけば、だれかが地下室へ入ってきた場合、右手だけでも、正確にスピアーを射ちこめる。おれはそのまま、次の策を考えた。アキコは訓練を積んだニンジュツィストだ。インスタント・ミサイルがホールへ飛びこんだ瞬間から、なにか行動を起したに違いない。その手腕に望みを託して、待つより方法はなさそうだ。敵は何人いるかわからない。こちらの武器は、一回射てばおしまいのスピアーガンとナイフ一挺、おまけに左手がきかないと来ている。いま地下室を出ていくのは、死にに行くのも同然だった。暗闇に耳を澄まして、立っているおれの胸を、ふっと不安の雲がかすめた。アキコが縄抜けできなかったとしたら、どうなるだろう？　そのとき、頭上でサブマシンガンが鳴った。銃声がやんだと思うと、地下室のドアがあく。おれが引き金をひかなかったのは、戸口の人影に、闇に馴れはじめた目が、女らしさを認めたからだ。

「サム！」と、低い声が呼ぶ。

「ここだ」と、おれも低く答える。

アキコはひらりと手すりを越えて、おれのそばへ飛びおりた。「敵は七人。あなたとあたしがひとりずつ倒したから、あと五人よ。武器はある？」

「きみのスピアーガンとナイフだけだ」

おれの言葉が終らないうちに、あたまの上で金切り声が、「きみたち、そんなところで、生涯をすごす気かね」と、嘲笑った。「健康的とはいえないぞ。第一そこには、食い物がないだろう」

「食べ物はなくても、役立つものがありそうよ」と、アキコはおれに囁いた。「ここでは、石油ストーブを使ってたと思うの。灯油があるんじゃないかしら。これを持っていて」おれの手に押しつけたのは、M3サブマシンガンだった。躊躇なく闇に踏みこんだところを見ると、暗がりでも目がきくらしい。

「しめた。空き壜がたくさんあるわ」

「まあ、退屈するまでいるのもいいさ」と、頭上の声がまた呶鳴る。「いつまでも、待っててやるよ」

「畜生！　こっちに勝ち目がないと思って、いい気になってやがる」と、おれはいった。

「まだ勝ち目はあるわ」アキコが近よってきて、「ナイフを返して」と、おれの腕に手をかけた。「やっぱり、合流してよかった。灯油の缶があってよ。蠟燭とマッチも」

「どこの台所や地下室にだって、ありそうな物じゃないか。ここにあっても、不思議はないさ。いったい、なにをする気なんだ？」

「あなたに負けずに、ナパーム弾をつくる気なの。あのロケットは、すばらしかったわ。最初のがシャンデリアと、二階へあがる階段を半分こわしたとき、見張りのひとりは飛びだしてった。残ったひとりは、ガラスの破片や折れた窓枠や、壁から吹っ飛んだ額にあたって倒れたところへ、天井に穴をあけたタンクが落ちてきてね。首の骨が折れたらしいわ。あたしは漆喰をあびただけだから、すぐ縄ぬけして、死人のM3を拾うと、窓から飛びだしたの。玄関から中へ戻って、ここへ来るまでに敵をひとり、穴だらけにしてやったわ」

「やつら、いったい何者なんだ？」

「日本人はよく訓練されてるけど、ただの暴力団でしょうよ。ハロルド・オカダが使ってた連中じゃないかしら。ゴムのお面をかぶったボスは、確かに大物のガイジン・スパイね。こっちが攻撃をかけないと、あいつはきっと逃げだすわよ。あたしが声をかけたら、蝶番いを狙って、ドアを射ってね」

「待ってくれ。左手がきかないんだ。でもなんとかやってみよう」おれは左手の肘を曲げて、その内側にマガジーンを挟んだ。「こうすりゃ射てそうだが、せっかく、マガジーンを三本ひと束にしてあるのに、嵌めかえることが出来ないな。三十発射ったら、それっきりだ」

「その一本には十発ぐらいしか、残ってないわ」と、アキコはおれから、M3を取りあげると、マガジーンをすげかえて、返して寄こした。「ダイジョブ？　しっかり頼むわよ。缶は大きかったけど、灯油はあんまり入ってなくて、ナパーム弾は三個しか出来なかったの」マッチを擦る音がして、蠟燭に火がともる。仕事机の上に壜が三本、並んでいるのが照しだされた。短かく切って、芯を長く出した蠟燭が、コルクの代りになっている。中の液体は、灯油に違いない。アキコは、おれが階段に立てかけたスピアーガンを、肩にかけた。火をつけた長い蠟燭を、左手の親指と人さし指でつまむ。残りの指のあいだに、モロトフ・カクテル（第二次大戦中、ゲリラが敵戦車を燃すのに使った火焔びん。当時のソビエト外相の名がついている。）を、二本挟んだ。あと一本は右手で持って、

「あたしには構わず、裏口から逃げてね、サム。右側の植込みをくぐりぬけて、坂をおりかけたところに、あたしのジャガーが停めてあるわ」と、階段を駈けあが

る。戸口わきの壁に粘りつくと、「射って！」

　おれは階段の途中からドアにむかってM3をぶっぱなした。ストックをからだに当てられないので、反動を怺えるのが大変だ。すぐ外側でも、銃声が起る。アキコは右手の壜の口に、蠟燭の火を移した。ドアを蹴倒して、壜を投げる。ガラスの割れる音と同時に、ホールが明るくなって、外の銃声がやんだ。サブマシンガンを乱射しながら、おれは地下室を走りでた。砕けちったシャンデリアと、折れちぎれた階段の手すりと、崩れおちた漆喰で、ホールは足の踏み場もない。そのまん中に、炎の溝が出来ている。主導権を握る気で、それを飛び越えようとした敵のひとりが、おれの弾をくらって、吊り紐の切れたサンドバッグみたいに跳ねあがった。あとの四人は、廊下のかげへ引っこんだらしい。隠れていては射てないから、引き金を引きつづけていれば、こっちは安全だ。恐怖も感じないですむ。おれは射ちながら、裏口へ走った。だが、ドアをあけるには、体当りするにしても、射撃を中断しなければならない。それは、射つ番が向うにまわる、ということだ。おれは覚悟をきめて右肩をドアにぶつける。敵の銃声は起らなかった。その代り、すさまじい悲鳴があがった。裏庭に転げでながら振りむくと、ひとりが火達磨になって、前庭へ飛びだして行くところだった。おれを射とうとして、突きだしたあたまに、モロトフ・カクテルをあびたのだろう。残りは三人。

裏庭は、月の光りで明るかった。はだしの足の裏に、砂利が痛い。気づいてみると、足は埃りだらけ、血だらけだ。ガラスの破片かなにかで、知らぬ間に切っていたのだろう。おれは、びっこを引きながら、建物の右はしへ走った。アキコが投げた最後の壜で、裏戸の框は、曲馬で使う炎の輪のようになっている。それをくぐって、おれを追ってくる勇者はいない。けれども、右端からふたつ目の窓に達したとき、背後にガラスの割れる音がした。おれは振りかえりざま、グリースガンの引き金を引いた。たちまち三つ目の窓の鎧戸が、はじけ飛んだ。ガラスも粉ごなになった。向うのM3が、裏庭の砂利をひとしきり跳ねあげて、静かになると、鼠色のオーバーオールの上半身が、椅子の背にぬぎすてた服みたいに、窓の下框にぶらさがった。同時に、こちらのマガジーンも空になる。残りはふたり、おれは砂利に膝をつくと、メタルストックを左脇に挟んで、三本目のマガジーンを嵌めた。

「片手がきかないと不自由だな」と、金切り声がうしろでしたのは、そのときだ。「ガンを棄てて、立ってもらおう。なるべく崖のほうへ寄って、こちらを向いてくれ」

こう形勢が逆転しては、命令に従うよりしようがない。おれは射つばかりになっていたグリースガンを、あきらめることにした。立ちあがって、アルフレッド・E・ニューマン坊やの笑顔と向きあう。おれはマッドに載ってる漫画『スパイ対スパイ』（黒いスパイと白いスパイが、ナンセンスな方法で互いにやっつけ合う無字幕の六コマのもの。作者はモールス符号で署名しているが、反カストロの漫画をかいて、キューバを追われたアントニオ・プロイアス。）を思い出した。どっちが白いスパイか、黒いスパイか、わからないけれど、勝ったほうが次には負けることにやっぱり決っているらしい。「それで結構」と、ゴムのお面のガイジンは、五メートルほどの距離を置いて、サブマシンガンをおれの腹に擬した。

「ところで、パンツに挟んでるフィルムだがね。値打ちはなくても、きみの死体と一緒に見つかっちゃまずいんだ。こっちへ抛ってくれないか」

「そんなことだ、と思った。おれたちに金を払うのが惜しいから、こんな真似をしたんだろう。そんな作り声なんかやめにして、ふざけたお面も取ったらどうだい？」

「正体がわからないと、あの世へ行っても、化けて出られないから？　怨むんなら、先に行ってるロペスを怨めよ。あいつがろくでもない写真を撮ってきて、やたら売りこみの口を掛けたから、みんなが騒ぎ出したんだ。なんのためにこんな苦労をしているのか、おれも呆れてるよ」

「いよいよ、白いスパイに黒いスパイだ」

「なんのことだかわからないが、教えてもらわないぜ。お喋りで時間を稼ごう、と企んでも、そうは問屋が卸さない」

ニューマン坊やは、指さきの出るスポーツカー用の手袋をはめた両手で、サブマシンガンを構えなおす。だが、それより前に、『スパイ対スパイ』のひと齣《こま》みたいなことが、現実に起っていた。おれの放棄したM3が、折れ曲ったストックの先とマガジーンを脚にして、ひょこっと自分で立ちあがると、四十五度に上むいた銃口から、四五口径弾を吐きだしたのだ。空を見あげても、鼻の尖った黒めがねの男（「スパイ対スパイ」の黒白両スパイはともに黒めがねをかけ、鼻が尖っている。）が、スペイン瓦の屋根に乗りだして、馬鹿でかいマグネットのついた釣り竿を、振りまわしていたりはしなかった。銃声はすぐ鎮まった。鼠色のボスのからだも、酔っぱらいに操られたマリオネットみたいに、五、六ぺん跳ねあがってから、おとなしくなる。的が倒れると、摩訶不思議のサブマシンガンも、横に倒れた。

おれは血の臭いと布の焦げる臭いを嗅ぎながら、ボスのそばに歩み寄った。仰向けに倒れた胸は穴だらけ、鼠色のオーバーオールが、ぶすぶす煙りをあげている。けれど、ゴムのお面はなんともない。まだ陽気に笑っている。顎の下に指をかけて引っぺがしたとたん、おれは息を呑んだ。下から現われたのは、ビル・ソマーズの顔だったのだ。「やっぱり、あなたのおじさんだったのね、サム」という声に振りむくと、死体の引っかかっている窓から、アキコの黒い全身が、するりと抜け出るところだった。

「おやじの古い友だちというだけで、血のつながりは無いんだ」と、おれはビルの皺だらけの顔を見おろして、

「でも、驚いたな。まさか……」

「あたし、もしかすると、と思ってはいたんだけれど」潜水帽をぬぎながら、アキコがいった。「二重スパイだったのね。結局あたしたち全部、この男に踊らされていたのよ。オカダも、ロペスも、ナガドス＝グミも、ヨリコ・サンダバルも！」

「サワノウチだろう？」

「本当はサンダバルなの。あたしの先祖は、ヨリコの先祖の家来でね。いちばん重要な役をつとめていたらしいわ。だから、同じラスト・ネームをもらったのよ。そんなことより、長居は無用だわ。火事が大きくならないうちに、逃げましょう」

「しかし、まだひとり残っているんじゃないのか、ビルの手下が」

「あの部屋のドアに」と、ウエットスーツの腕をあげて、アキコは出てきた窓を指さした。「スピアーで縫いつけてやったわ」

おれたちは館の角を曲って、前庭へ急いだ。玄関のドアを、炎の舌が嘗めている。池の向うを眺めたとたん、おれは立ちすくんだ。敷石道に黒い影を散らして、十五、六人の一団が、大声をあげながら走ってくる。ビルを助けに応援が駈けつけたのか。「駄目だ。植込みへ隠れよう」と、おれはいった。

「そのほうが、よさそうね。でも、あれはポリスよ。気をつけて飛びこめ、火を消すんだって叫んでるわ」

いわれてみれば、先頭の大声はヤマ警部のものだった。あとの十四、五人は制服に鉄兜をかぶった警官らしい。アキコはおれの腕をつかんで、雨傘を並べたような植込みへ駈けこんだ。けれど、そこにも人がいた。白っぽい髪の背の高い男で、片手に大きなGIコルトを握っている。「サムだな？　ヤマより先に会えてよかった」という声は、リチャード・クォルトロー・スタジライトのものだった。さすがに、カナリヤ色のシャツも着ていなければ、深紅のアスコットも結んではいない。だが、紫色のふちの大きなめがねはかけている。おまけに黒っぽいトレンチコートの襟を立てて、ベルトをしっかり結んでるところは、やっぱりビリー・ワイルダー版の情報部員だ。

「あの連中は、ディック、きみが連れてきたのか？」と、おれは聞いた。

「ハルエ・モモチという女性が、メトロポリタン・ポリスに電話してきて、ヤマ警部に泣きついたんだ。イズのシンミリ城で、きみが殺されかけてるってね。それで、警部がぼくに連絡をとって、一緒に来ることになったんだが、きみはすぐ逃げたほうがいいな。やたらに死体を製造されて、警部、あたまに来てるぜ。この様子じゃあ、ここらいったい、死体だらけなんだろう？」

おれは苦い言葉を吐きだした。「裏庭には、ビルも死んでる」

「ビル・ソマーズは二重スパイだったんです」と、アキコが口を挟んだ。

「やっぱり、そうか」ディックは、ため息をついてから、「きみがアキコ・サンダバルだね？　報告はあとで聞くから、サムを連れて逃げてくれ。半月ぐらい、東京を離れてたほうがいいかも知れない。そのあいだに、ぼくが後始末をつけとくよ。さあ、行ったり、行ったり」と、GIコルトを揺り動かす。

　おれたちは植込みをくぐり抜けて、櫟《くぬぎ》や楢《なら》の雑木林の傾斜をくだった。狭い泥道に、ピンクのジャガーが停めてある。おれを押しこんで、アキコはすぐに走りださせた。坂道に出て振りむくと、シンミリ城の上あたりに、赤茶けた煙りがあがっている。「占領当時ならともかく、情報部の力で、うまく後始末ができるかな」と、おれはいった。「この下で道を聞いた百姓の女房だって、おれのことをおぼえてて、きっと噂するぜ」

「この世に存在してればね」

「まさか、ディックが殺すってんじゃないだろうね！　そんなことは許せないよ。罪もないのに」

「安心なさいよ。あの農婦は一時的にしか、この世に存在しなかったの。いまは別のすがたになって、あなたの隣りにすわってるわ」

　おれは目を丸くして、アキコを見つめた。見事な曲線をウエットスーツで際立たせて、ハンドルを握っている女が、あの貧弱な農婦とおなじ人間だとは、どうしても信じられない。

「日本政府には、危険なスパイ団を同士討ちさせて、潰滅させる計画の最終段階で、ビル・ソマーズが殉職した、ということにするでしょうね」とアキコは続ける。「このあいだ、警察の公安課が北鮮スパイを大量検挙したとき、CIAがずいぶん手を貸したようだから、こんどは捜査課も、協力しないわけには行かない、と思うわ」

「まさか」と、おれは不安になって、

「その通りだったんじゃないだろうな?」

「としたら、あたしはとにかく、あなたを殺そうとするはずないでしょう。サム」

「そういえばそうだ」ジャガーは坂道を降りきって、おれが辿ってきた道を走っていた。窓からのぞくと、山の上の煙りは薄れて、白い靄のようになっている。どうやら火の手は、押さえられたのだろう。夜が闌《ふ》けたせいか、それとも緊張がゆるんだせいか、裸の肩に風が冷たい。

「弱ったぞ。山の中を走ってるうちはいいが、ハイウエイへ出たら、これじゃ格好がつかないな」と、おれは平手で胸毛を撫でおろした。

「じゃあ、山越えして、イズ半島の西側へ出ましょうよ」アキコは砂利道を左へ切れると、スピードをあげた。ジャガーは凸凹の道に吸いついて、すさまじい勢いで突っ走る。石の仏像や、立木や、草屋根の家が、次つぎうしろへ吹っ飛んでいく。「とにかく、シンミリを離れなくちゃ」

「ついでに、さっきから、聞こう聞こうと思ってたんだが、ビルを射ったサブマシンガン、あれはきみのニンジュツだろう?」

「あの連中、あたしを身体検査して、武器を持ってない、と安心したらしいけど、お腹の中を調べわすれたのよ」と、アキコは右手をハンドルから離す。指先が口へ入ったと思うと、たちまち細くて黒い糸が二本、喉の奥からたぐり出された。それが、背後の荷物置場へ飛びこんで、また跳ね戻る。同じ動きを二度くり返したあとには、おれの膝の上に、マキビシ・ボタンのジーパンと、シルキーブルーのナイロン・ジャンパーと、モンスターシャツが積まれていた。「これ二本で、たいていのことは出来るわ。むかしサナダのニンジュツィストは、お腹の中に條虫《じょうちゅう》を飼ってて、それを吐きだしては、手足のように使ったそうよ。だから條虫のことを、日本語でサナダムシというの。でも、寄生虫じゃ健康によくないから、衛生的な糸に改良したんだけど、名前は今でも、ニンポー・サナダムシ」いいおわるやいなや黒い糸は、オソバみたいに口の中へ吸いこまれた。「ねえ、その服、あなたに着られないかしら」

「しかし、おれが着ちまったら、きみのが無くなっちまうじゃないか」

「あたしは平気よ」

「平気じゃないね」おれはウエットスーツの胸に手をのばして、ジッパーを引いた。黒いネオプリーン地を押しのけて、すてきな乳房が顔を出す。「下にはなんにも着てないいんだろう?」

「自殺する気なの、サム?」ブレーキを踏みながら、アキコはいった。タイヤの軋みが、悲鳴みたいに静寂を破る。だが、腰までジッパーを開いても、アキコは悲鳴をあげなかった。唇を乳房にあてる。潮の匂いがした。

「潮水につかったまま、放っておくと、あとがつらいよ」立木にぶつかりそうになって、斜めに停った車のライトを、遠くで反射しているものがある。おれはそれを指さした。「あそこに池があるらしい。からだを洗ったほうが、いいんじゃないかな」

「あなたもね」と、小声でいって、アキコはヘッドライトのスイッチを切った。身をくねらせて、おれの首に両手をからむと、乳房を胸に押しつける。月光の中に停った車は、大きなしゃぼん玉に封じこめられて、宙に浮かんでいるようだった。

「ところで、アキコ、ぼくをどうして、助けてくれたんだい？」

「海の上で、あなたに図星をさされたわ」指先でおれの髪をもてあそびながら、アキコは耳に口を寄せる。「オクトパス・ポットの秘術を破ったのは、あなただけなのよ」と、囁いてから、くすくす笑った。

その唇を、「こんなときに、笑うもんじゃない」と、窘《たしな》めてから、おれは006 1/2ぐらいになったような気分で、塞いでやった。もちろん、おれの唇でだ。やがてそれを離すと、忍び笑いは悩ましい吐息に変っていた。「もうひとつ、教えてもらいたいことがあるんだ」

「身長は百六十七センチ、バストは九十、ウエスト四十二、ヒップが九十一センチで、BBとおんなじ。といっても、バッグズ・バニー（ワーナー・ブラザース製作テレビ漫画の主人公の大ウサギ。）のことじゃなくてよ。結婚の経験なし。

男はかなり知ってるけど、好きになったのはひとりだけ。そのひとをますます好きになりそうだわ」

「それを聞いたら、ほかの話はしたくなくなったけどね。やっぱり気になるな。考えてみてくれないか。フェルナンド・ロペスがフィルムのつもりで、おれに封筒を渡したときにいったことさ。サムライって、誰のことだったんだろう？」

「いま考えると、あのときロペスは、ビル・ソマーズのとこへ行く途中だったのよ。ビルとしては、自分の名をいって訪ねて来られたんじゃ、あとで面倒なことになるかも知れないでしょう？　だから、外人記者クラブのボーイ＝サンに、ソマーズの客のサム・ライアンにこの封筒を渡してくれ、といえって、ロペスに命じてあったんじゃないかしら。ボーイ＝サンは当然、ビルにそれを渡すもの」

「というと、サムライじゃなくて――」

「サム・ライアン、といいかけて、息が絶えたのよ。きっと。それにあなたは、確かにひとかどのサムライだわ」

　アキコが五体をくねらせる。あっという間に、ウエットスーツは床に落ちた。ニンジュツィストというのは、便利なものだ。ほてった裸身を膝にかかえあげると、おれは存分にサムライぶりを発揮した。アキコもニンポー、オクトパス・ポットの秘術を尽した。おれを苦しめるためにではない。喜ばせるために。

　日本のニンジュツは、ほんとに素敵だ！

＊ *Sing a song of sixpence* の初行と二行目、「六ペンスの唄を歌おうよ／ポケットにライ麦いっぱいだ」をもじったもの。

その七

　卓袱台の上は、珍しく整頓されていて、大きな紙袋が、まんなかに載せてある。朱を入れおわった〈三重露出〉の後半五章がおさまっていて、これは明日、藤堂書房へ持参するつもりだった。その上に、手紙が二通ならべてある。外国の切手を貼った横長の一通は、きょう日曜日、午前ちゅう一回きりの便で、配達されたものだった。上端に朱線をひいた縦長の一通は、夕方、速達便でとどいたものだ。汗くさい夜具にあおむけに寝ていても、蒸しあつい闇に座敷がふさがれていても、滝口正雄は、はっきりそれらを見ることができた。ついさっきまでの熟睡には、なかなか戻れそうもない。滝口は枕もとに手を泳がせて、フレキシブル・スタンドの灯りをつけた。清美の髪が、かたわらに見えないのは、昨晩どうよう、いつの間にか蒲団をぬけて、自分の部屋へ帰ったらしい。けれども、それが早合点だったことは、起きなおってみるとすぐにわかった。清美は、生れたままの恰好で、ななめに夜具から乗りだして、畳に腹ばいになっていた。肩から先は、卓袱台の下にかくれている。千葉市内の長女の家へ、お産の手つだいに出かけたまま、まだ帰らない母親から、もし急用の電話があっても、これならすぐに起きるだろう。

電気スタンドの首をもたげて、子どもじみた清美の寝相を、しばらく見つめる。数時間前、アンプリンタブルな言葉を、臆面もなく喋りちらしながら、汗まみれの肌を力のかぎり貼りつけて、滝口の五体をゆすぶりつづけた女と、これが同一人物とは、とうてい信じられないていの、手足の投げだしようだった。しかし、両肩にはじまる細い二本の白線で、日やけのいろを大きな楕円形に囲んでから、腰のくびれを蔽った白さ、その本来の皮膚の白さが、腿のあいだに三角形に落ちこんでいるさまは、最前の疲労をわすれさせた。とりわけて左右の尻の、優雅で強靭な高まりを見せたドームを、斜めに切った境界線は、鞭のあとがサディストを興奮させるように、滝口の気を奇妙にそそった。だが、それ以上に心をみだすもののほうへ、滝口は手をのばした。スタンドの下へ、二通の手紙を投げだすと、蒲団に腹ばいになって、まずクランストンからの返信をとりあげる。もういくたびも読みかえして、そらんじているくらいだったが、両手はやはり機械的に、厚手のタイプ用紙をひろげていた。

親愛なるミスタ・タキグチ

ご返事さしあげるのが、たいへんに遅れたことを、まず心からおわびします。わたしはロンドンに住んでいて、わたしのエイジェントは、イギリスとアメリカの両方に事務所を持っています。そのアメリカの事務所のほうへ、あなたの手紙がとどいたことが、まず第一の不幸でした。わたしはアメリカ人だし、わたしの小説はアメリカ人を主人公にして、アメリカ語で書いてあった上に、アメリカのペイパーバック出版社から出たのですから、それも当然のことで、あなたの罪ではありません。第二の不幸は、お手紙が回送される直前、わたしが映画の仕事で、スペインに出かけたことで、これも責任は当方にあります。かなりの長逗留から、やっとロンドンへ帰ってきて、お手紙を拝見、すぐ返事を書きたかったのですが、あとにのべるような理由で、延引を重ねてしまいました。

それにしても、わたしの初めての、そして、大好きな日本を舞台にしたスリラーが、あなたの手で日本語になって、日本の読者に読んでもらえるということほど、近ごろわたしを喜ばせたニュースはありません。日本の風俗習慣や、地理的な細部について、滑稽なあやまりがありましたら、遠慮なく訂正してください。ご推察のとおり、軍人として戦争のあと二年ばかりと、民間人として五六年末から五九年夏まで、わたしは日本におりました。ひょっとすると、ギンザかシンジュクのバーで、それと知らずにあなたにお目にかかっているのかもしれません。そう考えると、たいへん楽しく思います。けれど、あなたが現実のヨリコ・サワノウチを知っていた、というニュースには、深くおどろくとともに、心が重くなりました。

いまでもときどき、夜のギンザを歩いている夢を見るくらい、日本には親しんできたつもりですが、エンタテインメントは、つねに今日を背景にするべきですので、わたしは日本についての新知識を、たまたまロンドンで知りあった日本人に求めました。ミステリにも興味を持っている青年で、ずいぶん力を貸してもらいましたが、女主人公にヨリコ・サワノウチと命名したのは彼なのです。お気づきでしょうが、ガイジンにはおぼえやすい名前でありませんので、わたしは難色をしめしたのですけれど、彼は採用しないのなら、いっさいの協力をさしひかえる、というほどの執着ぶりでした。やはり、実在のひとの名だったのですか。そういえば、「もう死んだ人間だから、問題は起らない」といったことがありますし、ふたりで日本流のハシゴをしたときなぞは、「おれが殺したんだ。小説のなかでは、あんたが殺してくれ」と、酔って口走りもしました。気にもしなかったそのことが、お手紙を読んで気になりだしたわけですが、もしやその青年も、あなたはご存じなのではないでしょうか。ヒロシ・ウサミという名前です。

ご存じとすれば、これはインネンといわざるをえません。もちろんミスタ・ウサミを、わたしはさっそくたずねました。ところが、以前の住所にいないのです。その消息をもとめて、すっかり手間どってしまったわけですが、意外なことにヒロシは半月ほど前、自動車事故で世を去っていました。新聞社にいる友人に調べてもらったところによると、勤めさきから休暇をとって、自動車旅行ちゅうだったヒロシは、バーミンガム郊外で、反対方向からの自動車と、正面衝突したのだそうです。ヒロシは即死で、命をとりとめた相手の証言によると、まるで自殺でもするような暴走ぶりで、真正面から突っこんできたとのこと。酔っての放言を思いあわせると、小説に対してアドヴァイスしてもらうだけでなく、もっと日本的なつきあいかたをして——たしかスイギョ＝ノ＝マジワリといいましたね——こちらからもアドヴァイスするべきだったかと、悔まれてなりません。

わたしにお知らせできることは、これだけです。あなたの翻訳がとどく日を、いまから楽しみにしています。わたしの日本語は、簡単な日常会話がわかるていどで、残念ながら、書くことはもちろん、読むことも思うにまかせません。あなたの美しい日本語で、自作を読むことができたら、どんなにすばらしいかと思うのですが。

S・B・クランストン

滝口は手紙をたたむとそれで思いきり、畳をたたいた。まだ、信じきれなかった。宇佐見弘が、ほんとうに交通事故で死んだものなら、日本の新聞にも記事がでたはずだ。もっとも、大見出しで出るはずはないから、読みすごしてしまったのかもしれない。親しかった四人でさえ、宇佐見の所在に無関心だったり、不正確にしか知らないものがいたくらいだ。たがいの行動半径に接点がなくなると、健全なものの噂さえ、しばしば伝わってこなくなる。そのまま死ねば、かつてのつきあいを知らない遺族は、死亡通知もよこさないだろう。宇佐見がだれも知らないうちに、異国で死んでいたとしても、疑うせきはないかもしれない。それはいいとしても、クランストンが意味ありげに、酔って喋った、と書いている「おれが殺したんだ」という言葉は、どう解釈すべきだろうか。

もう一通の速達を、滝口はとりあげた。人柄からは、ちょっと想像もつかないような大きな楷書が、鋭覚的なカタカナまじりに、太い万年筆の文字でならんでいるその手紙は、簑浦常治からきたものだった。

電話ヲキッテスグ　キミガ面クライナガラ　コレヲ読ム顔ツキヲ想像シツツコノ手紙ヲ書キハジメル　ナンノタメニ書クノカハ　ワレナガラヨクワカラナイ　タイシタ用ガ　アルワケデモナイ　キミノ推理ガマチガッテイルコトヲ知ラセタイダケノハナシダ

トイッテモ　早合点シテハイケナイ　サッキ電話デ　キカセテクレタ推理ノコトデハナイノダ　アレハナカナカ　見事ダッタヨ　タブン当ッテイルノダロウ　キミハヤッパリ　頭ガイイナ　コレハ皮肉デハナイ　タダ論理ヲタドッテ着実ニハタラク頭脳トイウモノハ　ツナギアワセルベキ事実ガ乏シカッタリ　意識的ニ配列シテアッタリス

ルト　トンデモナイ結論ヲ生ミダスオソレガアル　キミガ　ヨリ子ヲコロシタ犯人ヲ栄子サンダト思イコンデシマッタ　ヨウニ
マチガッテイル　トイッタノハ　ソノコトダ　マア　考エテミタマエ　キミガ栄子サンヲ犯人ト推定シタ根拠ハ　巻原ガトッタ電話デ　滝口ノ代理デス　トイッタ女ノ声ト　五人以外ニ犯人ガイルトスレバ女デナケレバナラナイ　トイウ論理ダケダ　ツマリ　タッタヒトツノ論理ヲ　タッタヒトツノ証言ガウラヅケテイルダケナノダ　ココロボソイトハ思ワナイカネ
コンナニクワシク知ッテイルノハ　イウマデモナク　栄子サンガキミノ帰ッタアトデボクノトコロニ電話デ報告ヲクレタカラダ　ムキニナッテ否定シテモハジマラナイカラ　黙ッテ拝聴シテ　最後ニヒトコト　ワタシノ気持チヲ教エテアゲタワ　ト栄子サンハイッテイタ　ナゼソンナ電話ヲクレタカトイエバ　アラカジメボクノホウカラヒョットスルト　キミガ訪ネテイッテ　コウイウ話ヲスルカモシレナイ　ト警告ノ電話ヲカケテオイタカラダ
コレダケイエバ　察シガツクダロウ　巻原ガトッタ電話ハ　キミカラノモノダケデ二度メノ女ノ声ノ電話ハ　ボクガゴ愛嬌ニ入レタ嘘ナノダ　ゴ愛嬌デハスマナイゾトキミハ腹ヲ立テルカモシレナイ　ダガ　悪イノハボクダケジャナイ　結論ヲダシタノハ　キミナノダカラネ　人間ガ起シタ事件ヲ　論理ダケデ解決スルニハ　論理的ナ

頭ダケデハダメデ　他人ノ心理ヲ洞察スル力ガ必要ダ　キミニハソレガ欠ケテイタ　エレヴェーターノ一件ノヨウナ即物的ナ事件デハ　ヒトモ納得スルヨウナ結論ガダセテ　関係者ノ多イヨリ子ノ一件デハ　アッサリ偽ノ手ガカリニヒッカカッテ　ボクノ予測ドオリ動イテシマッタノガ　ソノヨイ証拠ダロウ

ダカラ　ボクハ栄子サンニハ謝罪シタケレド　キミニハ謝罪シナイコトニスル　ダイタイ手紙ヲモラッテ訪ネテイッテ　キミノ話ヲ聞イタトキカラ　ボクハ反対ダッタノダ　ダガ　ボクガ反対シタトコロデキミハ思イトドマラナカッタニ違イナイ　ダカラボクハソバニイテ　眺メテイヨウ　ト思ッタノダ　キミハ今ボクニ対シテ　腹ヲ立テテイルカモシレナイガ　ボクハ前キミニ対シテ　腹ヲ立テテイタ　サスガニ　テレビ映画ニデル刑事ミタイニ単純ナ正義感コソ　フリマワサナカッタケレド　神サマニ裁キヲユダネラレタヨウナ顔ヲシテ　小森タチノ性格判断ヲ　キミガシタトキナゾハコトニソウダッタ　アレガ当ッテナイトハイワナイ　タダ人間ハ刻刻ニ成長シ　変化スルモノダトイウコトヲ　キミガワスレテイルノハ確カダロウ　ツマリ時間ヲワスレテイルノダ

ダガ　タダ単ニ時間ガタッテイルカラ　犯人ハ後悔シテイルダロウカラ　苦シンデイルダロウカラ　イマサラ真実ノ追究ナド　ヤメタホウガイイ　トイウワケデハ　ナイゼ　ソンナコトデハナイノダ　小森モ菊池モ巻原モ　ミンナ平凡ナ生活カラハ　ハミ

ダシテシマッタ人間ジャナイカ　能勢ダケハソウジャナサソウダケレド　ボクモソウダシ　栄子サンモソウダシ　キミダッテソウダロウ　平凡ナ生活ヲトビダシテ　非凡ナ生活ヲシテイルワケデモナイ　ソノドッチデモナイ　イワバ　人生ノ居候ミタイナ存在ダ　平凡ナ生活ト非凡ナ生活ノ毎日ガ廻転シテイクノヲ　馬鹿ニシタヨウナ顔ヲシタリ　羨マシソウナ顔ヲシタリシナガラ　実ハドウニモナラナイ違和感ヲイダイテ眺メテイルノガボクタチナノダ

ダカラ　互イニイタワリアオウ　トイウワケデモナイ　イタワリハ　ツマリ関心ダ違和感ヲ持ッタモノ同士ノ関心ガ　ドウシテ互イノ役ニ立ツダロウ　マスマス互イノ違和感ヲ　深メルダケノコトジャナイカナ　ボクラニ必要ナノハ　ムシロ無関心デイルコトダ　無関心デイルコトニ耐エラレナクナッタタメ　ヨリ子ハ殺サレタノダ　トボクハ思ッテイル　モチロン　アノコロノボクハ　イヤ　ヨリ子ヲノゾイタボクタチハ　ソンナ症状ニトリツカレテイルコトヲ　自覚シテハイナカッタ　ハッキリシタノハ　アレ以来ダ　犯人ダッテ例外デハナイダロウ　ソレガダレダカ　今ノボクニハドウデモイイガ　ヤハリアノ五人ノナカノヒトリジャナイカナ

ワザト　ワケガワカラナイコトヲイッテイルミタイダガ　実ハボクニモ　ウマク説明デキナイノダ　コノ手紙ヲ書イタノガ　イマノ話ト矛盾シナイコトダケハ　説明デキル　無関心ダカラ　残酷ナタネアカシモデキタノダ　トニカク忠実ナハズノワトスン

ガ　悪ダクミノ張本人ダッタトイウノハ　アンフェアーカモシレナイケレド　チョイトシタ新手ジャナイカネ

やはり、簑浦は矛盾している、と滝口は思った。手紙を書いたことは、矛盾していないかもしれない。だが、でっちあげの証言で、こんな結果をつくりだしたことは、どう釈明するつもりだろう。といっても、怒りはとうに、おさまっていた。栄子が犯人でなかったことで、救われたからではない。それどころか、いっそう救われない気持だった。だまされた口惜しさとも、違っていた。滝口がいっしょに暮してきた栄子は、そんな底意地のわるさを持った女ではなかった。簑浦がいうように変化したのか、あるいは、これまで迂濶にも気づかなかった、ということなのか。そうではなくて、やはり栄子が犯人なのだ、と滝口は考えようとした。簑浦はなにかの理由で、栄子をかばうために、こんな手紙を書いたのかもしれない。枕に顎をのせて、くちびるを噛みしめながら、そう信じるにたる根拠をさがしたが、無駄だった。

S・B・クランストンは、宇佐見弘の死を自殺とみているらしい。よほど態度に、思いあたるふしがあったのだろう。「おれが殺したんだ」と、酔いにまぎれていったのは、真実の告白だったのかもしれない。いちばん動機の希薄だった宇佐見に、どんな動機があったのか、いまとなっては、知るすべもなさそうだ。もう、知りたい、とも思わなかった。

犯人とその動機を知りたい、と望んだのは、もともと義務感からではない。ふつうにいえば好奇心、滝口にいわせれば、驚きたかったからだった。けれど、宇佐見がどんな異様な動機から、より子を殺した、とわかったところで、もう滝口はおどろかない。単純な女だったはずの栄子でさえ、あんな意外な態度がとれるのだ。もしも理解が、愛に欠かせない条件ならば、栄子を愛した、とはいえないだろう。より子を愛した、ともいえなくなる。

滝口は声にだして、

「つまりおれは、盲でつんぼだった、というわけか」

と、つぶやきながら、起きなおった。清美のからだがすこし動いて、チリンと乾いた音がした。卓袱台の下であたまが電話にぶつかって、受話器をおどらせたのだろう。滝口は手をのばして、その尻をゆすぶった。

「こんなところに寝てると、風邪ひくよ」

なんども揺すぶられて、卓袱台の底にあたまをぶつけてから、清美は夜具に匍いもどった。両腿をさすがに窄めて、毛布の上に横ずわりになると、滝口の顔をのぞきこんだ。

「ずっと起きてたの、女の子とはじめて寝た高校生みたいに？」

目の前の乳房には、駄菓子屋で売ってるウェーファースの表面みたいに、畳の目のあとが荒くついていた。母親の胸を見たとき、幼児が自然にそうするように、片手をのばして、葡萄いろの乳首をつまみながら、滝口はつぶやいた。

「ぼくが好きかい？」

「どうして、そんなこと聞くの？」

「きみに聞いたわけじゃないんだ。返事をしてくれても、きみが返事した通り、ぼくに聞えるかどうか、わからないよ。一種の口ぐせだな、きっと」

乳首をつまんでいる滝口の手首を、清美はにぎって、ほかのほうへ導きながら、くすくす笑った。

「ワンス・モアっていう、合図みたいなものね？」

「そう。ワンス・モアという合図かもしれない」

と、女とはちがった意味でいいながら、滝口正雄はかたい蒲団に肩をあてた、ショック療法のベッドに横たわる患者のように。

「アダムと七人のイヴ」

Adam and 7 Eve

第4話　ワイルド・パーティ

第1話は「やぶにらみの時計」（徳間文庫）
第2話は「猫の舌に釘をうて」（徳間文庫）
第3話は「誘拐作戦」（徳間文庫）
に収録されています。

鐙《あぶみ》一郎は、地上四十メートルの空間に、ぶらさがっていた。

両手ですがった鉄骨は、およその幅が六十センチ、しっかり手ごたえがあったけれど、足にさわるものはなにもない。靴をはいていない両足は、夜ふけの微風に攪拌《かくはん》される冷たい空気を、さらに蹴りまぜるばかりだった。

長さ六メートルほどの高層建築用鉄材を、太いワイアロープでつるした鉤クレーンは、闇を手さぐりするみたいに、左右に大きく動いている。機械のうなりが、低くひびいて、ぶきみだった。八階まで組みあがったビルの足場から、反対がわのはじに飛びうつった相手は、鉄骨にまたがっているらしい。

クレーンが静止したら、前にすすんで、ロープをつかむつもりだろう。この夜空の決闘では、そのポジションを先取したものが、勝利もつかむはずだった。手がかりの確かなまんなかに立てば、揺れても、かたむいても、心配はない。近づく相手を、蹴おとすこともできる。近づかないうちに、鉄材をゆすぶることも、かたむけることもできるだろう。

その位置をうばわれても、もちろん助かる可能性は、ぜんぜんないわけではない。山おくや曠野のなかに、こんな高層ビルは建てないだろう。まわりにも、家屋があるにきまっている。近くになくても請負《うけおい》会社のプレハブ飯場は、かならずあるに相違ない。その証拠には遙かな下に、ぽつんぽつんと灯火が見える。いつまでもクレーンを動かしていれば、きっとだれかが気がついて、調べにくるにちがいない。そうなったら、七人のイヴたちは、決闘を中止して、まず逃げだすにきまっている。

だから、死んでも離さない気で、鉄骨を抱えていればいいわけだ。でも、そんな消極的な助かりかたはしたくない。からだを前後にふりながら、一郎は両腕に力をこめた。長い足が、宙《ちゅう》におどる。右足がかかったと思うと、もう鉄材に這《は》いあがっていた。片膝を立て、および腰になりながら、一郎は相手を見すえた。

ひきしまった尻《しり》を、エラスチックの黒いスラックスに無理なくつつんで、黒いタートルネックのセーターが、胸を小さく押さえている。長い髪は、うしろで結んであるのだろう。冷静そうな額を、ひろく見せたその額は、イヴ2のものだった。高野栄二を脅迫したとき、写真班をつとめた女だ。長い足をふみだして、これも立ちあがりかけている。

「こんどの相手は、きみなのか」

と、一郎は声をかけた。

「カメラはわすれてきたらしいな。記念写真をとってもらえないとすると、あっさり墜落してはやれないぜ」

「容赦しないわよ、今夜は。石廊崎《いろうざき》のときとはちがうんだから」

と、女は答えた。不安定な姿勢でしゃべれば、動作は一時ストップする。それが、話しかけたねらいだった。返事のあいだに腰がきまって、一郎は立ちあがった。

クレーンの唸《うな》りがとまる。静止した鉄骨は、板子一枚、闇の大海に浮かんだようだ。八階までのビルの骨組みは、夜の波に沈んでいる。ワイアロープだけをにらんで、一郎は前にすすんだ。膝のバネをきかして、イヴ2も立ちあがった。圧縮空気のボンベをぬいたような音がして、その右手から、いせいよく伸びたものがある。

カメラをのせる三脚だ。いや、その脚の一本に擬装《ぎそう》した伸縮自在《しんしゅくじざい》の武器だった。円錐形のするどい金属の石づきは、ロープのあいだから、正確に一郎の胸にのびた。効果たっぷりの不意打ちだった。しかし、これに襲われるのは、はじめてではない。一瞬の差で、一郎は自分から、からだを前に投げ出した。倒れながら、黒いステッキの石づき近くを、左手でつかむ。右手はロープの根もとにすがりついた。

太いロープに腕をからませながら、力いっぱい左手をひけば、敵のバランスはくずれるはずだった。だが、その手に女はのらなかった。思いきりよく武器をすてると、ワイアロープの上のほうに飛びついた。その腰をねらって、一郎は左手のステッキを投げあげると、ロープをたぐって、鉄材にとびあがった。イヴ2はロープを軸に、からだをまわして、ステッキをよけると、宙《ちゅう》に浮いた足で、一郎の顔を蹴りつけた。

のけぞって、あぶなくそれを避けながら、一郎は女の片足をつかんだ。イヴ2はあわてて、ロープをたぐりのぼった。勝負はこれで、きまったようなものだった。もういっぽうの足をつかまえれば、相手は動きがとれなくなる。その足が、一郎の肩にかかった。一郎につかまれている足も、意外な力でのびた。と思ったときには、一郎の首は女の膝のあいだに挟まれていた。頸動脈《けいどうみゃく》を圧迫されて、頭がくらくらする。

「どう？　話してくれる気になった？」

イヴ2の声が、頭上で聞えた。

「なんの話だ。頭がぼうっとして、思いだせない」

うめくような声で、一郎が答える。

「話はふたつ。ひとつは、あなたの正体ね。もうひとつは、深井産業の社長を殺す、という話はほんとか、うそかってこと」

「耳鳴りがして、よく聞えない」

女の足が、すこしゆるんだ。一郎は首をすくめて、腿《もも》の力を下顎骨《かがくこつ》で、うけとめられるようにした。

「聞えても、しゃべる気はないがね、なんにも」

「これでも？」

イヴ2は両足に力をこめて、くの字に曲げたからだを、大きくゆすった。一郎の片手が、ロープを離れた。

「気が遠くなったところで、足をゆるめたら、あんたは四十メートルを急降下よ」

「思いきってやってくれ。その代り、きみが肌につけてるものを、形見《かたみ》にもらってくよ。これを——」

くいしばった歯のあいだから、声をあげると、一郎は女のスラックスに手をのばして、脇のジッパーをひきおろした。

「この下のも」

「お気の毒さま。水槽のなかでつかった手を、また使おうなんて、虫がよすぎるわ」

スラックスを引きさげた手が、腰をすべった。冷たくなめらかな手ざわりは、皮膚ではなかった。しかも、それがどこまでも続いている。腹をなでても、へそがなかった。

「テレビのコマーシャルみたいなことはいわないが、あきれたね」

「肩から足のさきまで、つづいてるの。スタイルはよくなるし、あんたみたいな痴漢《ちかん》はふせげるし、便利な下着よ」

「男にとっちゃ、不便《ふべん》で腹の立つもんだな。怒ったぜ、ぼくは」

一郎は女の腹の上で、お祈りでもするみたいに、両手の指を組みあわせた。その両手をふりかぶると、女がくぼめている下腹へ、力まかせに打ちおろした。無謀にちかい攻撃だった。

イヴ2は悲鳴をあげた。一郎の首から、足が外れた。一郎は、女の胴にしがみついた。バランスがくずれて、鉄材から足がすべった。一郎の体重が急にくわわったために、イヴ2の両手がロープをすべった。

ふたりのからだは、空中に投げだされた。一郎の片腕が、かろうじてロープのあいだにすべりこんだ。もういっぽうの手は、ずりあがったセーターと一緒に、女の胸をかかえていた。こんどはイヴ2が、しがみつく番だった。顎《あご》の下にたぐまった黒いセーターと、太腿にたるんだ黒いスラックスのあいだに、ブラジァとガードルとタイツをかさねた肌いろのファンデーションをさらけだして、一郎の肩にぶらさがったイヴ2の姿は、ちょっと滑稽《こっけい》で、ひどくハラハラさせる見ものだった。

「聞こえるか?」

まだポケットに入っているはずの携帯《けいたい》無線通話機に、一郎は声をかけた。

「早くクレーンをおろさないと、仲間が死ぬぞ。手がしびれてきた。赤外線スコープとやらで、見てるんじゃないのか、この有様を」ロープにかけた腕は、感覚がなくなりかけていた。一郎は顔をしかめながら、イヴ2にいった。

「こんな下着をきてるから、手がすべって、かかえにくくてしょうがないよ」

イヴ2の手が、一郎の肩からすべり落ちた。あわてて抱えあげようとしたとき、一郎の足は地面についた。クレーンは、またあがりはじめた。一郎はワイアロープから片手をぬいて、ほっと息をついた。腕はしびれきって、大きなフランスパンを、肩からぶらさげているような気分だった。

懐中電灯《かいちゅうでんとう》の光が近づいてきて、地面にうずくまっているイヴ2を照しだした。一郎はクレーンの音に消されないように、声を張りあげた。

「ぼくの判定勝ってことで、異議はないだろうね。帰らしてもらうよ。車を呼んでくれといっても、無理かな」

「ちゃんと用意してあるわ。でも、お好きなところへ、帰すわけにはいかないの」

その声は、一郎がイヴ7と呼ぶことにした七人のリーダーのものだ。

「それじゃ、約束がちがうね」

「状況が変ったのよ。こっちに捕虜ができたものだから」

懐中電灯の光が、むきを変えた。照しだされたのは、ジェイムズ・ボンドの顔だった。イギリス情報部のミスタ・ボンドではない。アメリカはニューヨーク州出身、しごくおっとりしたジェイムズ青年だ。

「なんだって、こんなところへ出てきたんだい？」

舌うちをして、一郎はいった。ボンドに代って、答えたのはイヴ7だった。

「あたしたちが、あなたを運びだすところを、見てしまったんですって。それで心配して、追いかけてきたらしいわ。持つべきものは、友だちね」

「わかった。もう一度、クレーンにぶらさがるよ。そのアメリカ人は、帰してやってくれ」

「あなたに返すわ。ふたりいっしょに乗ってもらいたいの。鉄骨じゃなくて、別のものに」

それは、ヴァンタイプのトラックだった。ジェイムズ・ボンドと一郎が、ヴァンのなかへ這《は》いこむと、つづいてイヴ2が乗りこんだ。ドアがしまると、なかはまっ暗になって、トラックは走りだした。

「よけいなことをしてくれたよ。形勢不利《けいせいふり》だったのを、やっと盛りかえしたとこだったんだ」

奥の壁によりかかって、しびれた腕をもみほぐしながら、一郎が英語でいった。

「怒らないでくださいよ。タクシー代をたくさん使って、追いかけてきたんだから」

と、ジェイムズは答えた。

「おまけに、日本語早わかりの本と、首っぴきでね。どうも、ただごとじゃない、と思ったんで、こっちも懸命だったんです。東京を案内してくれる約束だったんでしょう?」

「それでぼくの部屋へきて、運びだされるところを見たわけか」

「なにものなんです。あの女性たち?」

「七人のイヴ、と名のってる。男をいじめて、おもしろがってるだけのようでもあるし、それにしちゃあ、やることがぶっそうだ。ほかに目的があるのかも知れないな。むこうもこっちの正体を、知りたがっているらしいが……」

「あなたの正体？　あなたもミステリアスな人物なんですか？　そういえば、ミスター・ロブスンも、あまり話してくれなかったな。あなたの職業は、なんですか？」

「そのうちわかるさ」

「暑いですね、このなかは」

ジェイムズは暗いなかで、もぞもぞ、からだを動かした。上衣をぬいでいるらしい。つづいて、ネクタイをとく音をさせながら、

「ぼくたち、どこへ連れてかれるんでしょう？」

「そこにいる女性に、聞いてみるんだな」

「英語が通じるでしょうか？　さっきのひとは、なかなか達者《たっしゃ》にしゃべったけど」

「通じるはずだよ。ぼくと決闘して、くたびれたからってだけで、そこに寝そべってるわけじゃないだろう。ぼくらの話に、耳をすましているはずだ」

「ぼくには見えないんですが――」

「ぼくにだって見えないよ。手さぐりしてみたら」

「はあ」

ジェイムズは、困ったような返事をした。それでも、床に両手をつく音がして、闇のなかに手をのばしたらしい。

ひえっ、というような妙な声がした。と思うと、ジェイムズの手が、一郎の腕をつかんだ。

「このひと、裸ですよ」

闇のなかで、くくっと忍び笑いの声が起った。

「ジェイムズ・ボンドが裸の女ぐらいで、おどろいてちゃいけないな」

苦笑しながら一郎がいうと、イヴ2が声をかけてきた。ひどく上手でもないが、へたでもない英語だった。

「あなた、ジェイムズ・ボンドってあだ名なの?」

「あだ名ならいいんですが、親がつけてくれた名前なんです。おやじはアイルランド系で、ブレンダン・ボンド」

と、ジェイムズがいうと、イヴ2はまた、くすっと笑って、「B・Bね」

「祖父といっしょにアメリカへきて、変った名前で苦労したせいでしょうね。息子には平凡な名を、というんで、ぼくにジェイムズとつけたらしいんですが、それが急に平凡でなくなって……」

「日本なら、ひやかされないだろう、と思ってやってきて、あてが外れてるところなんだ」

　と、一郎が日本語で口をはさんで、

「これだけ、うちあけ話をしたんだから、きみのほうも、質問に答えてやってくれないかな」

　と、ジェイムズが聞いた。なんともおかしな日本語だった。

「そうです。そうです。わしら、どこへゆきよるとですか？」

「おどかさないでよ。日本語ができるんじゃない」

　と、イヴ2が日本語にもどると、逆にジェイムズが英語にもどって、

「こちらへ来るまえ、日系のひとに習ったんです。ひと月だけですが」

「四国か、九州のほうのひとらしいわね、その先生。だったら、日本語で返事したほうがいいんじゃないかしら、あなたのためにも」

「いま、いわしゃったこと、ぼんやり、わかりました。わしら、どこへゆきよるとですか？」

「そうね。だいたいのことなら、教えてあげるわ。都内某所でパーティをやってるの。そこへ、おふたりをご招待するらしいのよ」

「帽子屋のパーティ？」

　と、ジェイムズが英語で、一郎に聞いた。

「東京のあるところで、という意味を、トナイボーショってのは」

「やっぱり、英語で話すわ。ただのパーティじゃないの。ワイルド・パーティっていうのかしら？　裸で踊ったり、恋人を交換《こうかん》したりして、朝までさわぐパーティ」

ジェイムズが、おびえたような声をあげた。一郎は日本語にもどって、イヴ2に聞いた。

「そこへ行くんで、早手まわしに裸になったわけか。ぼくらを招待して、どうする気だ？」

「あなたがたを、じゃなくって、あなたをあるひとに会わせたいんですって。ついでお断りしておくけど、あたし、暑いからセーターをぬいだだけよ」

「例の便利な下着に、ジェイムズはだまされたのか。そう聞いて、安心したよ。きみたちに裸になられると、怖いからな。こんどは毛穴から、毒ガスでも噴きだすんじゃないかと、ひやひやしたんだ。その心配がなくなって、楽しみができたとは、ありがたいね。だれに会わしてもらえるんだろう？」

「それは、ついてからのお楽しみ」

イヴ2が、くくっと笑った。たまりかねたように、ジェイムズが大声をあげた。

「たくさんのこと、わかりまっせん。なにゆうとるとですか。あぶみさん。おしえてつかあさい」

だいたい、芝のプリント・ホテルから建築現場へはこばれるあいだが、意識不明だったのだから、方角もわからない。腕時計がないので、時間もわからない。トラックが走っていた時間から、建築現場とここの距離に、見当をつけることもできなかった。

道の片がわの塀に、くぐり戸があって、ふたりはそこから、庭へみちびかれた。石塀をくぐる前に、トラックの運転台をふりあおぐと、運転手は女だった。作業帽と黄いろいサングラスのために、はっきりはしなかったが、イヴ6と一郎が呼ぶことにした女らしい。くぐり戸がしまるか、しまらないうちに、トラックの走りだす音が聞えた。

イヴ7が先に立って、うしろにはイヴ2ともうひとり、一郎がイヴ3と命名したゴルフのクラブを持った女が、したがっている。イヴ3にしこんだ剣をぬいて、一郎の背にあてているので、ふたりはおとなしく、イヴ7についていくより、しかたがなかった。

石塀《いしべい》のなかの庭は、手入れも悪く、広くもなかった。すぐ建物の裏口へついて、イヴ7が扉をあけた。家は洋風の二階屋で、外から見たところでは、まっ暗だった。台所から廊下へぬけて、イヴ7がドアをあけると、音楽が聞えた。派手な音楽だったが、それほどヴォリュームは大きくない。一郎とジェイムズは、部屋のなかへ押しこまれた。

「ひどいですね。こりゃあ」

と、一郎の腕をつかんで、ジェイムズが小声でいった。かなり広い部屋で、ふたつある窓は、厚いカーテンでふさがれている。家具は壁ぎわに片まらせて、絨緞《じゅうたん》の中央に大きなスペースができていた。

そこで裸の女が四、五人、みょうに緩慢に手足をふって、モンキーダンスを踊っている。

ふたつの窓のあいだにおかれたフロア・スタンドが、女たちのからだに異様な影をあたえていた。壁ぎわの大きな椅子にはブラジャーとパンティだけの若い女と、パンツひとつの青年が、窮屈《きゅうくつ》そうにすわりこんで、だが、いっこうに窮屈そうでない顔つきで、それぞれ片手にはグラス、片手には肩をだきあっている。男はなにか喋りつづけ、女のほうはシャックリみたいな笑顔を、あげつづけていた。

長椅子の上では、ふたつの毛布の山がウゴめいていた。毛布の下からは、寝言のような意味のわからない声と、男と女の裸の手足が、ときどきこぼれた。部屋のおくでレコードをまわしつづけているステレオのわきに、男ばかり四、五人が、上半身は裸で、パンツやズボンや、なんにもなしであぐらをかいて、ポーカーをやっている。そのひとりが、いきなり立ちあがって、女たちのモンキーダンスの仲間に入った。一郎やイヴたちのほうを見かえるものは、ひとりもいない。一郎はジェイムズの耳に口をよせて、

「みんな、酒のさかなに睡眠薬《すいみんやく》をかじって、酔っぱらってるんだ」

「あなたがたも、仲間入りしない？」

と、いったのはイヴ7だ。

「ごめんだね。これも、きみたちの商売のひとつなんだろう？　あのへんに、カメラがしかけてあるんじゃないのかな」東南アジアのものらしい古びた仮面が、ぽつんと壁にかけてある。その出目金スタイルの目玉のあたりを、一郎は指して、

「そいつで撮った写真を、このジャリどもの親たちが、いずれ高い金で買わされるって仕掛けだろう。どうもきみたちのやることは、野暮《やぼ》ったいね」

「なんとでもおっしゃい」

「こんな小娘ばかりじゃあ、食わしてもらってもうれしくないな」

「食わせたいひとがいるのは、隣りの部屋よ。どうぞ」

イヴ7は長椅子と壁のあいだを、からだを横にして、奥へすすんだ。ドアをあけると、隣りの部屋はうす暗い。ベッドがふたつ並んでいて、その枕もとのまんなかあたりの壁に、ベッドランプが小さくともっている。

手前のベッドには、ボディビルでもやっているらしい体軀の青年が、大の字なりに落ちそうになって、いびきをかいていた。その片腕を枕に、肌の荒れた小娘が、やせたからだを縮めて、口をあいて眠っている。ふたりとも、裸だった。もうひとつのベッドにも、裸の女が横たわっている。こちらは、ひとりだけだった。その顔を見て、一郎は眉をしかめた。それは、深井雅子だった。

「無理やりつれてきたんだな。このまま、目がさめないんじゃあるまいね」

「ちょっと手荒だったかも知れないけど、どこにも傷はついていないね。もうそろそろ、目もさめるころよ」

と、イヴ7がいった。そのとき、どこかで低く、ブザーの音がひびいた。

「来たらしいわね」

と、イヴ3がいって、ゴルフクラブの剣をイヴ7にわたすと、いきなり黒いセーターと黒いスラックスを、床にぬぎすてた。下にはなにも着ていない。そのままベッドにとびあがると、深井雅子の裸身にかじりついた。

「あなたがたは、こっちにきて」

イヴ7は一郎とジェイムズをうながして、反対がわの壁ぎわにいった。

「いったい、なにが始まるんです？」

ジェイムズが、一郎の耳にささやいた。

「黙って！」

と、イヴ2が英語でいった。ジェイムズは、びくっとからだをふるわせた。

さっき五人の入ってきたドアが、静かにあいた。四人めのイヴを先に立てて、男がひとり、五人めのイヴに背中をおされて入ってきた。緊張して青ざめた男の顔は、一郎にはすぐわかった。雅子の夫の深井進吾だ。イヴ5は部屋へ入らずに、ドアをしめた。深井進吾は大きな目をベッドにむけると、一瞬、凍りついたような顔つきになった。

「いったい、きみたちは――」

いやに甲高い声をあげて、進吾はくちびるを噛んだ。

ふるえる唇を、しばらく噛みしめてから、太い声で低くいった。

「金か？」

イヴ4は答えなかった。

「いくら出せ、というんだ」

イヴ4は答えない。答えたのはイヴ7だった。

「深井さん、あなたに来ていただきたかったのは、あたしたちじゃないんですよ」

深井進吾は、はじめて気づいたように、声のほうに顔をむけた。イヴ7は、一郎を指して、

「このひとが、あなたに用があるんですって」

「だれだ、きみは？」

と、進吾はいった。

「ご存じないでしょうね。このひと、あなたを殺したいんだそうよ」

と、イヴ7はいって、一郎にゴルフクラブの剣を渡した。

「さあ、ここでやったらどう？　ここなら、だれも邪魔しないわ。話によっては、あと始末もひきうけてあげるわよ、あたしたちで」

「それは、それは、ご親切に」

一郎はうけとった細身《ほそみ》の剣を、ぴゅっと振ってから、壁を離れてドアのほうにすすんだ。

ジェイムズが大きく、つばを呑みこむ音が聞えた。

「ぼくを殺す？　なんで殺されなけりゃならないんだ、ぼくが？　ぼくがきみに、なにをした？」

と、進吾がうめくようにいった。一郎が近づくと、進吾はドアに背をつけた。一郎は剣のさきを、すいと伸ばした。金のかかっていそうな三つ揃いの服の胸に、その剣さきがのびて、チョッキのなかから、ネクタイをすくいだした。

「いいネクタイをしてますね。別にすぐ殺そうってわけじゃないんです」

と、一郎はいった。進吾は息をついた。

「とすると、奥さんに聞かした話は、でたらめなの？」

と、イヴ7がいった。

「ぜんぶ出たらめってわけじゃないよ。半分でたらめってわけでもない。この男が小さな貿易会社を、買いとろうとしてることは、ほんとうだ。ぼくがこの男を、いつか殺すだろうことも、ほんとうだ。ただ、そのふたつの事実をつなぎあわしてる話は、ぼくのでっちあげたデタラメさ」

「つまり、貿易会社の黒幕にたのまれたわけじゃ、ないというの？」

「そうだ。だから、きみたちがいくら割りこもうとしても、金になる話じゃないんだよ、これは」

「なんの話をしてるんだ、きみたちは？」

と、深井進吾が声をとがらした。

「ぼくのデタラメをまにうけて、この女性たちが頼みもしないお膳立てをしてくれたんですよ、深井さん。こんなに早く、お目にかかるはずじゃなかった。ぼくは鐙一郎。お見知りおきを」

一郎は剣をふって、西洋の騎士みたいなおじぎをした。進吾は不安げな顔つきで、

「わたしは知らんぞ、きみなんか」

「これから、知っていただきます。もっとあとで、さんざん嫌な思いをさせてから、名のりをあげるつもりだったんですがね。このほうが、フェアでいいかも知れない。しかし、方針はかえませんよ。不安がらせて、苦しめて、のたうちまわらせてから、じわじわ殺してやる。あなたをね」

一郎は、にやりと笑った。うす暗い照明をあびて、その顔はものすごかった。進吾はおびえたように、

「なぜだ、なぜ、わたしを殺すんだ？　いままで会ったこともないきみに、なぜ殺されなきゃならないんだ？」

「わからないでしょうね。もう十年ちかい大昔の話だ。あなたは女をひとり殺してる」

「うそをつけ」

「直接、手をくだして、とはいいませんよ。あなたの側からいえば、出世のため、金のた

め、親のために、気がすすまないながら女をひとり棄てた。それだけのごくありふれたことだったんでしょう。わすれたとしても、無理はないかも知れない。でもね。女のほうになると、ありふれた話じゃなくなるんだ。ショックのうけかたは、人さまざまでね。その女のうけかたは、ひどかった。精神病院で死んだんです、その女は」

深井進吾は、ぽかんと口をあけて、一郎を見つめた。

「女の父親も、苦労が重なって、死んじまった。残されたのは、弟がひとりだけ。そのころ、アメリカにいましてね。肉親の死に目にあえなかったせいか、それとも、生まれつき執念ぶかいせいか、長いことかかって、復讐《ふくしゅう》の計画をねりながら、日本へ帰ってきた、というわけなんです」

「それが、きみなのか」

「だから、すぐにあなたを殺しはしない。あんたの周囲の人間を苦しめたほうが、響きかたが激しいでしょう。わすれてるほど、人間味のうすいあなたにはね。ちょうどいい機会だから、奥さんをいじめさせていただきますよ」

一郎はベッドへ歩みよった。イヴ2はとうにベッドからおりて、部屋のすみでセーターとスラックスをつけおわっていた。その手にゴルフクラブの剣をわたすと、一郎はゆっくり上衣をぬぎはじめた。

あとがき〈三一書房版〉

『猫の舌に釘をうて』は、昭和三十六年（一九六一年）の六月に、『三重露出』は、昭和三十九年（一九六四年）の十二月に、どちらも東都書房から、書きおろしのペイパーバックで出版された。前者は『なめくじに聞いてみろ』に先立つわたしの二作めの長篇推理小説で、後者は『誘拐作戦』『紙の罠』『悪意銀行』につづく七作めだ。時間的にへだたりのあるこの二作を、いっしょに収録した理由は、説明するまでもないかも知れない。どちらも、ミステリの特徴である人工的な形式のおもしろさに、重点をおいた作品だからだ。

『猫の舌に釘をうて』は、もちろん、ひとりの人間が同時に犯人であり、探偵であり、被害者でもある、という小説は書けないだろうか、という考えから、形をとりはじめた。三つの要素がぜんぶほんとうでなければいけない、という条件を自分に課したので、普通の探偵イコール犯人、被害者じつは犯人といった定石を、組みあわせるわけにはいかない。主人公を記憶喪失症にすれば、無理をしなくても出来そうだったが、こうした設定でだれもが最初に考えるのは、それだろう。フランスの作家、セバスチャン・ジャプリゾが翌六二年に、偶然、わたしとおなじ設定で書いた『シンデレラの罠』がのちに日本に紹介されたたとき、いちばんがっかりしたのも、そこだった。どうもフランスのミステリ作家は、おしなべてそういう点が安易なようだ。

設定がまとまると、無理を目立たなくするために一人称で書くことにし、束見本を利用した手記、という形式を思いついた。その形式の効果を最大限に発揮する方法を考えているうちに、白紙をはさむことや（これでは落丁、乱丁と早合点されて、だいぶ書店や出版社に迷惑をかけたので、こんどの版では白の部分にもページ数だけは刷りこんでもらった）、伝統的な読者への挑戦状の変った利用法を思いつき、そうした極端な構成と対置する意味で、事件をささえるストーリイには、ロマンティックな恋物語をえらんだ。ただ単に甘いだけでは困るので、日本ではあまりはやらない男のみれんを書くことにして異を立てて、その部分にはグレアム・グリーンが『情事の終り』で使った連想飛躍の手法を、踏襲することにした。

そんなふうに、趣向だらけの書きかたをしたのは、パズラーとしての狙いに煙幕を張るためで、容疑者がふたりきり、という作品はあるが、容疑者がひとりきりでそれが犯人、という作品は思いあたらない。それをやりたかったのだが、大冒険なだけに強調しすぎたら、身も蓋もなくなってしまう。ほかの人物を犯人にしたらアンフェアーだ、という書きかたをして、趣向だらけで目をくらましたわけだが、わたしが臆病で、あまり煙幕を濃くしすぎたらしく、その狙いをまだ見ぬいてくれたひとがいない。

『三重露出』のほうは、いうまでもなく、翻訳と称している部分を書きたくて書いたもので、一段組みの部分はそれを成立させるために、考えられたものだ。だからといって、もちろん、手をぬいたわけではない。二段組みの部分をカラフルな動に、一段組みの部分は単色の静におさえて、動と動とのつながりを邪魔しないように心がけた。

外人の目を通して日本を書く、ということに興味を持ったのは、林房雄の『青年』を読んだときからだから、ずいぶん昔のことだけれど、それを実際にやるきっかけは、アール・ノーマンというアメリカ作家の Kill Me in Tokyo を第一作とするシリーズを、読みあさったことによる。この作家は現在、東京にアール出版という会社をつくって自作を出版し、東京に住んでもいるらしいが、当時はアメリカのバークリイ・ブックスで作品を発表していた。ストーリイはいい加減なところが多いが、日本についての知識は豊富で、それをアメリカ人ごのみに誇張して書いているところが、おもしろい。タタミ・マットとか、ショージ・パネルとか、ニンジュツィストとか、日本固有のものの書きあらわし方は、すべてこの作家から学んだ。もちろん、ストーリイまで借用するような卑劣なまねはしていないが、ひとつだけ、シンミリというノーマン氏が創作した地名を、無断で借用させていただいた。

この二作とも、現在、講談社で教科書出版部長をつとめている原田裕氏が、東都書房にいたころ担当してくれた作品で、原田さんのような風変りな趣向をよろこんでくれるミステリ好きがいなかったら、とうてい具体化しなかったろう。あらためて、お礼を申しあげたい。

MAY 1968

「三重露出」ノートまたは誰が沢之内より子を殺したか・完成版

中野康太郎

まずエチケットとしてお断りしておく。都筑道夫の二大傑作「猫の舌に釘をうて」と「三重露出」、この二作を未読の方は、この先を読むのは厳禁だ。犯人をバラすからだ。

幸い、徳間文庫の「トクマの特選！」に都筑のこの二大傑作が収録された。二作とも読了したら、またお眼にかかろう。

さて、邪魔者はおいはらった。本題に入る。

1 疑問点の提示

都筑の「三重露出」には謎が二つある。

第一は、「三重露出（TRIPLE EXPOSURE）」とは、そもそも何かという点。

「三重露出」の翻訳部分に、

「今までこの事件は、三重露出ぎみだったがね。どうやら、ピントがあって来たようだぞ」（二〇二頁）

と、三重露出はピンボケの意のような記載があるが、ピンボケは「OUT　OF　FOCUS」だ。写真でいう三重露出は、一枚の感光板に三種の異なった像を露光させる、一枚のフィルムでシャッターを三回押すことだ。都筑のこの作品では、何が三重になっているのだろうか。二重まではすぐ解る。

翻訳部分と一段組みの部分だ。で、もう一つはいったい何なのか。これが第一の疑問点、謎だ。（Q1）

第二が、一段組みの部分での、沢之内より子殺害の真犯人。一段組みの部分の中では結局犯人は見つからずに終わっている。沢之内より子を殺したのは誰か、これが第二の謎。（Q2）

この二つの謎を、どこまでできるか心もとないが、ともかく解明しようというのが拙文の狙いなのである。

2　Q1の解明

さて、「三重露出」の第三の露光部分は何か。ズバリ、結論からいえば、「猫の舌に釘をうて」がそれにあたる。これしかない。

当然、証拠がある。

「猫の舌」と「三重露出」の翻訳部分の枝葉を思いきりとりはらって、骨組みだけを示せば、次の様になる。なお、（　）内の氏名は上が、「猫の舌」、下が「三重露出《ホンヤク》」に当る。

◎「猫の舌」と「三重露出《ホンヤク》」の骨組み

1．男（後藤肇、フェルナンド・ロペス）が毒殺される。

2．主人公（淡路瑛一、サム・ライアン）は男に毒をもるチャンスがあったため、容疑者の一人になる。

3．主人公は探偵役になり、事件を調査するが、被害者と親交のあった人物（古川、オカダ）が殺害される。死因はともに打撲《だぼく》。

4．第一の被害者は不法行為（ヒロポン密売をネタの恐喝、オキナワ米軍基地フィルムの売却）により大金を得ようと策していたことが判明する。

5．ヒロイン（塚本有紀子、沢之内より子）に裏ぎられ、主人公はヒロインを殺す。凶器は主人公が全幅の信頼をよせていた人物（塚本稔、ビル・ソマーズ）が用意したもの（インドネシアの短剣、バックルにしくんだ錠剤）である。なお、ヒロインの直接の死因はともにナイフによるもの。

6．主人公が信頼をよせていた人物が、事件全体の黒幕だったことが判明し、完。

ご覧のように、随所にちりばめられた都筑一流のペダントリー、派手なアクション、見本形式といった目くらましの小道具をとりはらえば、まさに両者は同じ骨格になる。

また、「猫の舌」の私小説的なシチュエーションは、「三重露出」の一段組みの部分とオーバーラップしている。これは読めば共通項が簡単に解るので羅列してみよう。

まず、主人公の名（淡路瑛一、滝口正雄）、これはともに都筑の数あるペンネームの一つ。そして主人公が慕う女性の存在。この女性、女王蜂的魅力があり、男達がむらがりよる。このとりまきの性格も共通で、平凡な生活からはみだした人間達。以下、風呂場の曇りガラスごしのヒロインのヌードから、パーティの最中にヒロインが殺されてしまうのまで、まるでいっしょ。

ちがうのはたった一つ。時間だ。かたや、青春まっただ中（猫の舌）。かたやそれから二年後（一段組みの部分）、世の中のちり、あくたにまみれ、男達が平凡な生活と非凡な生活の軋轢《あつれき》に苦悩しはじめた時点でとらえられている。

以上、図解すると図（次頁）のようになる。

発表は「猫の舌」が先だから、「猫の舌」の原画の上に、アクションのフィルターをかけた風景と、時間のフィルターをかけた風景を露光させた、これが三重露出の正体だ。

なぜ、ぼくはこんなことを考えたのか。

「三重露出」を初めて読んだとき、翻訳の部分だけで大傑作だと思った。だが、一段組みの部分の必要性がいまひとつ判らなかった。三一書房の「都筑道夫異色シリーズ・第3巻・猫の舌に釘をうて・三重露出」のあとがきに都筑道夫はこう書いている。

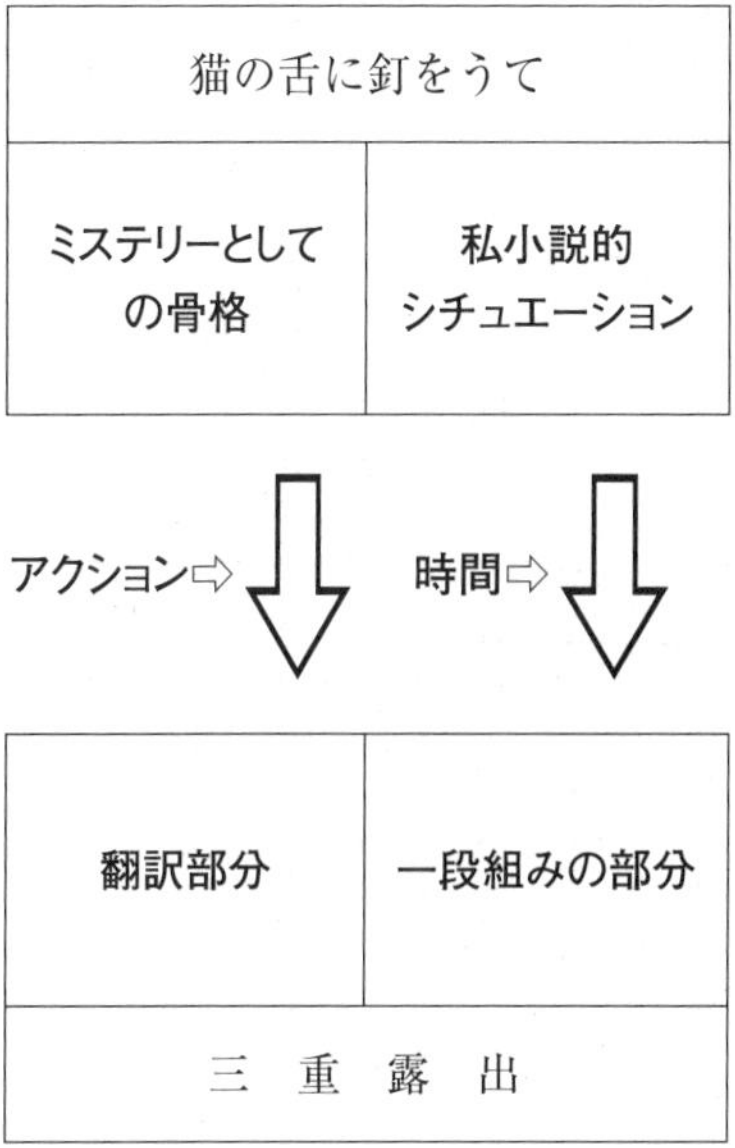

「『三重露出』のほうは、いうまでもなく、翻訳と称している部分を書きたくて書いたものので、一段組みの部分はそれを成立させるために、考えられたものだ。だからといって、もちろん、手をぬいたわけではない。二段組みの部分をカラフルな動に、一段組みの部分は単色の静におさえて、動と動とのつながりを邪魔しないように心がけた」

これを読んでも納得できず、考えついたのが今まで述べてきた三重露出の構図だ。

ぼくの推理が正しいとしたら、なぜ都筑はこんなことをしたのか。その動機はなにか。都筑一流のケレン、同じ骨組みでも職人さんの包丁さばき一つで、これだけちがうものができるのをみせたかったってことが当然あるだろう。

だが、都筑は才人、超一流の推理作家だ。ぼくだって曲りなりにもミステリ・ファン。となるともう一つだけ、考えられる可能性がある。

それは、「猫の舌」――「三重露出」の構図自体が、第2の疑問、沢之内より子殺害の真犯人をさし示しているのではないかということだ。

3　「猫の舌に釘をうて」の謎

Q2に入る前にすこし横道にそれよう。実は「猫の舌」にも二つの疑問がある。

「猫の舌に釘をうて」は、都筑道夫という作家の「猫の舌に釘をうて」の束見本を利用して、主人公の淡路瑛一が告白手記を書きつづったという設定である。では、
Q3．束見本として利用された都筑の「猫の舌」はどんな内容であったのか。

Q4．淡路瑛一の遺作、束見本に書かれた告白は題名として、何が適当か。

「猫の舌」から、テーマに関係ある記述を引用してみよう。（ページ数は徳間文庫版「猫の舌に釘をうて」の頁数）
①「私の胸の中にも、執念ぶかく有紀子をしたう猫がいて、にゃあにゃあ、いつもうる

さいが、舌に釘をうってみたところで、鳴きやむかどうかわからない」一三九頁
②「私はこの事件の犯人であり、探偵であり、そしてどうやら、被害者にもなりそうだ」九頁
③「一人称小説の私が、被害者であり、探偵であり、犯人である、というトリックは、成りたたないものだろうか。トリプル・プレイだ。（中略）三重設定の可能性を知らされたときは、すでに遅い。私自身が現実に、そうした立場におかれていたのだ」十、十一頁
④「貧しい作家の生活記録の上に、事件の進行を二重焼していって、そのあいだに恋の回想を綯《な》いまぜれば、わたくし小説でもあり、本格推理小説でもあり、恋愛小説でもあるユニークな作品が、できあがる」八三頁
どちらも淡路の記述だ。前者（①）の引用をとれば、Q４の答は「猫の舌に釘をうて」になる。実際は釘をうてずに、有紀子を殺してしまうのだが……。後者（②〜④）をとれば、これは「三重露出」だ。どちらが告白の中身をより的確に表わしているかは明白だ。後者である。
本家の「三重露出」と同一の題名となってしまうが、本家の方でこの題名に関係のある記述は、翻訳、一段組みの部分を組み合わせても、たった一ヵ所しかない。既に引用した、「今までこの事件は、三重露出ぎみだったがね。どうやら、ピントがあって来たようだぞ」

これだけなのだ。だから、そう大きな問題となることはないだろう。
次いで、Q3、束見本の「猫の舌」の内容に移ろう。「三重露出」一段組みの部分にこんな記述がある。（三二九頁）
「平凡ナ生活ト非凡ナ生活ノ毎日ガ廻転シテイクノヲ　馬鹿ニシタヨウナ顔ヲシタリ、羨マシソウナ顔ヲシタリシナガラ　実ハドウニモナラナイ違和感ヲイダイテ　眺メテイルノガボクタチナノダ
ダカラ　互イニイタワリアオウ　トイウワケデモナイ　イタワリハ　ツマリ関心ダ　違和感ヲ持ッタモノ同士ノ関心ガ　ドウシテ互イノ役ニ立ツダロウ　マスマス互イノ違和感ヲ深メルダケノコトジャナイカナ　ボクラニ必要ナノハ　ムシロ無関心デイルコトダ　無関心デイルコトニ耐エラレナクナッタタメ　ヨリ子ハ殺サレタノダ　トボクハ思ッテイル」
要約すれば、『関心という名の猫の舌に釘をうて』だ。そう、Q3の答、束見本として利用された都筑の「猫の舌」の内容は、「三重露出」の一段組みの部分に相当するのだ。ずいぶん強引な論理だが、この論理にもうひとつ有利な材料がある。
「猫の舌」と「三重露出」の著者を考えてみよう。
「猫の舌」は、淡路瑛一の告白手記。「三重露出」の翻訳部分の著者は、S・B・クランストンであり、都筑道夫著の名が付けられるのは、一段組みの部分しか残っていないんだ

から。

以上で、Q3、4の答はでた。だが、困ったことがある。Q4に題名をとられたため、翻訳部分の題名がなくなってしまった。どうしよう。

昭和四十一年に、翻訳部分が日活で映画化されたことがある。小林旭主演、長谷部安春監督。その時の映画化名が、

「俺にさわると危ないぜ」

これでもつけておきますか。

4　Q2の解明

さて、いよいよ最大の難問、沢之内より子殺害犯の解明だ。

本文2項で述べたように、「三重露出」――「猫の舌」の構図が、犯人を示すのであれば、犯人は一人に特定できる。

都筑道夫。小説でいえば、その分身、淡路瑛一ならぬ滝口正雄だ。

一段組みの部分を読めば、滝口は犯人ではないという反証はいくらでもみつけることができる。しかしこれらの反証は「猫の舌」の論理を使えば、全て否定できるのだ。具体的に例を示そう。

◉反証1　なぜ自分の犯罪を、犯行後二年もたってから、自分の手でわざわざほじくりか

えすのか⇩臆病だからだ。翻訳が世に出た時の関係者の反応を前もって知りたかったのである。「猫の舌」でも、犯行後、女中やモデルがなにか気づかなかったかを確かめ、身の安全を確認し、更に、自分を守るための手記を残しているではないか。

◉反証2　滝口は犯行当日、突然の原稿依頼を受けて、ホテルにカンヅメになり、六十枚の翻訳を仕上げた。全部彼の字で書いた原稿という証拠物件がある。ホテルを抜けだして、犯行をおこなったら、原稿はできあがらなかった筈だ。彼にはアリバイがある。⇩火事場の馬鹿力。淡路はひと晩に百二十枚書いたことがある。滝口だってやってやれないことはないだろう。これができれば、犯行に二、三時間費やしたとしても、残りの時間で六十枚は可能なはず。

◉反証3　別れた妻のところに、彼女が犯人という自分の推理を述べに訪ねているではないか。犯人ならそんなことはしない。⇩反証1と同じ臆病ものの心理。女声の「滝口の代理」から犯行現場へ電話があったという新事実がでてきたので、彼女が何か知っているのでは、と反応を確かめたのだ。

◉反証4　動機がない。⇩「猫の舌」のラストに名文があるではないか。

I have been faithful to thee, Yukiko! in my fashion. ――われはわれとてひとすじに、恋いわたりたる君なれば、あわれ有紀子よ。こんな愛しかたしかできなくて、すまない。

これですよ、これ、動機はこれしかないのだ。

沢之内より子が殺された夜、滝口はより子に百科事典を調べてくれと電話している。この電話がきっかけで、滝口は裏口から彼女の部屋へ入れてもらった。宇佐見との結婚話もあり、より子と話しているうちに、感情が爆発、より子を殺害し、裏口の掛金を外から掛け、ホテルへもどった。

宇佐見が自動車事故で死亡する前に、「おれが殺した」と酔って口走っているが、仲間達の女神的偶像だったより子を結婚によって自分だけのものにし、偶像の座から降ろそうとしたことが、より子が殺された原因だと、宇佐見が自覚していたためだ。

こう考えれば、滝口弁護論にも反論できるし、一段組みの部分の内容とも、矛盾しない。

更に滝口犯人説には、実はもうひとつ有力な状況証拠が存在する。

ぼくの手許に三冊の「三重露出」がある。初出の東都書房版とそれ以降に出版された三一書房版、講談社文庫の三冊だ。三冊の内容を仔細に点検してみると、三冊の間で異っている点がひとつだけあった。

それは翻訳版「三重露出」の出版の年だ。三冊とも一段組みの部分の内容は同じで、翻訳自体は'64年に完成している。が、実際の出版は大幅に遅れ、三一書房版ことSANSHI版で'68年、講談社文庫版ことKOTANSHA版は'73年と、翻訳完成後実に4年から9年の歳月を要している。

推理小説では、劇中劇ならぬ、小説中翻訳部分の出版年だって手掛りの一つなんだ。なぜ、こんなに出版が遅れたのか。

翻訳の内容自体は抜群なので、出版社側の都合でオクラ、は考え難い。とすれば、翻訳者＝滝口正雄か、原作者の都合で遅れたと考えるのが筋だろう。この両者に工作できるのは滝口ただ一人（滝口はS・B・クランストンの住所を知っている）。

翻訳は完成したものの、そのまま出版したら、いつ自分が犯人とバレるかわからない。こう考えて滝口が出版妨害に動いたのだ。

では、なぜ版元によって出版年数が違うのか（初出のTODO版は'64年）。これは都筑道夫が陰で手をまわしたと考えたい。ぼくみたいな名（迷）推理の読者が現われないので、都筑先生、業をにやし、手掛りを増そうと、版元が変わるたびに出版年数をいじったのだ。

――考えすぎかなあ、まあ、いいじゃない。

そう、滝口正雄こそ、沢之内より子殺害の真犯人なのである。

5　動機の解明

なぜ都筑道夫は、「三重露出」にこんな手のこんだ細工をしたのか、それを解明し、私の「三重露出ノート」を完成させるのが、この最終章の目的だ。

既に述べた通り、「猫の舌」の内容に最もふさわしいタイトルは、「三重露出」だ。「犯人が探偵であり、被害者である」という三重設定、「私小説であり、本格推理小説でもあり、恋愛小説でもある作品」のタイトルは、「三重露出」が最適だ。

では、なぜ都筑は、「猫の舌」のタイトルに「三重露出」を採用しなかったのか。それは、「たまたま入手した束見本に、主人公が告白手記を書き綴《つづ》った」という設定のためだ。たまたま入手した束見本のタイトルが、「三重露出」で、それに記載された告白手記の内容が三重露出のタイトルにドンピシャリでは、偶然が強くなりすぎる。このため、都筑は「猫の舌」のタイトルに「三重露出」を断念したのだ。だが、都筑は考えた。いつか機会をとらえて、「三重露出」のタイトルを最大限に活用してやろうと。

そして「猫の舌」発表から3年後の1964年12月に、手のこんだ細工を最大限に織り込んだ「三重露出」を発表した。これが、都筑の動機である。

傍証もある。

都筑の「悪意銀行」（桃源社、1963年7月）にこんなシーンがある。

主人公（近藤）がホテルの非常階段をのぼっていると、四階の窓に黒ぶちめがねの小男（これ、都筑のイメージ）が見える。小男の前のテーブルには、原稿用紙がひろげられ、太い万年筆の大きな楷書《かいしょ》で、「三重露出」と小説の題名らしいものが書いてある。

「三重露出」発表の1年半以上前に、そのタイトルが決まっていた証拠だ。

更に、都筑が自らの半生記を書いたエッセイ「推理作家の出来るまで」（フリースタイル、2000年)で、「猫の舌」について次のように書いている。

『私の第二作(注:猫の舌に釘をうて)で、作者がもっとも楽しんだのは、題名だった。「猫の舌に釘をうて」とは、どういう意味なのか、私にもわからない。』(注と傍点は筆者)

お分かりか。都筑は自白しているのだ。「三重露出」のタイトルはずっと前から決まっており、タイトルを使って思い切り楽しんだと。「猫の舌に釘をうて」がどういう意味か、都筑にもわからないとは、束見本設定なので、意味のあるタイトルはつけなかったということだ。

都筑の文章が私の推理が正しいと裏付けてくれた。

—完—

1〜4章:初出・綺譚2号(綺譚社、1980)。加筆修正:大衆文学館・猫の舌に釘をうて/三重露出・合本収載の『「三重露出」ノートまたは誰が沢之内より子を殺したか』(講談社、1997)。大衆文学館版を基に、「トクマの特選!」用に必要最小限の修正をした。

5章:完成版とするため、「トクマの特選!」用に追記。26年ぶりの追記である。

解　説——解決のところが落丁した推理小説を、読みかけちまったようなもんで……

法月綸太郎

忍者にあこがれて、東京にやってきたアメリカ人ライアン。怪しげな師匠のもとで忍術修業に励《はげ》んでいると、ひょんなことからスパイ事件に巻き込まれ、一芸必殺を誇《ほこ》るくノ一集団と死闘を繰り広げる羽目に……というあらすじの、お色気たっぷりのコミック・スリラー〈三重露出〉を翻訳していると、実在の日本人女性の名前に遭遇《そうぐう》し、訳者の滝口正雄は疑念を覚える。ヨリコ・サワノウチというその女性は二年半前に何者かに殺され、犯人は未だ不明のままだった。覆面《ふくめん》作家S・B・クランストンは小説の形を借りて、殺人犯を告発しようとしているのではないか？　校正刷をチェックしながら、滝口は旧友の箕浦の手を借りて容疑者を洗い直していく。

『三重露出』は一九六四年十二月、東都書房から書き下ろしで刊行された都筑道夫の第七長篇だ。イアン・フレミング〈００７シリーズ〉の痛快さと山田風太郎〈忍法帖シリーズ〉の奇想天外さをあわせ持つ冒険アクションに、ブッキッシュな犯人捜しの設定を盛り込んだメタ本格の異色作である。ギャグ満載（下ネタ含む）の翻訳パート（二段組）の荒唐無稽《シュール》な展開に目をみはらされる一方、翻訳家の滝口がかつての遊び仲間に会いに行く現実パート（一段組）に漂う不穏さにも捨てがたい味がある。

沢之内より子は「ボーイフレンドを集めて、手玉にとってる体温過剰の金持ち娘」と評される人騒がせな女。いたずら好きで、エレヴェーターから消失したことがある。そのより子が自宅に男友だちを呼んでカードゲームに興じるなか、自分の部屋で死体となって見つかったのが一九六二年一月二十八日——歌舞伎の四代目中村時蔵が、三十四歳の若さで急死したのと同日という設定である。ちなみに一九二七年生まれの時蔵は、やはり早逝《そうせい》した都筑の実兄・鶯春亭梅橋《おうしゅんていばいきょう》より一つ年下だった。

滝口が犯人捜しに取りかかる一九六四年は、言わずと知れた東京オリンピックの開催年で、「一ドル＝三六〇円」の固定相場制のもと、海外旅行が自由化された年でもある。フィクションの世界では、ジェームズ・ボンドが来日する『007は二度死ぬ』の原書が三月に出版され、八月には作者のフレミングが死去。早川書房の編集者だった都筑道夫は〈007シリーズ〉を日本の読者に紹介した功労者にほかならないのだが、奇しくも本書がフレミングへの追悼《ついとう》本になってしまったわけだ。国内に目を向けると、二月には塔晶夫（中井英夫）の『虚無への供物』が刊行、十二月に〈忍法帖シリーズ〉を代表する『魔界転生』（原題『おぼろ忍法帖』）の連載が「大阪新聞」他で始まっている。

架空の翻訳というスタイルで、デフォルメされた「ニッポン」を描くという着想は、翻訳者／編集者／作家の一人三役を演じた奇才・都筑道夫の本領発揮というべきだろう。カルチャーギャップを逆手に取ったこの手法について、北村薫氏はエッセイ集『謎物語　あるいは物語の謎』の「第十回　先例、おそるべし」で、山口雅也『日本殺人事件』、小林信彦『ちはやふる　奥の細道』、筒井康隆『色眼鏡の狂詩曲《ラプソディ》』といった同趣向の作品に触れながら、「少なくとも、わたしには、この手法は、――それ以前にも誰かがやっている可能性はあるが――昭和三十九年十二月、東都書房から『三重露出』という本が出た時点で、一つの《ジャンル》になったのだと思う」と記している。

業《ごう》が深いのは後に北村氏自身も、来日中の名探偵エラリー・クイーンが「五十円玉二十枚の謎」に挑む『ニッポン硬貨の謎　エラリー・クイーン最後の事件』を同じ架空の翻訳スタイルで発表していることだろう。ちなみに『謎物語』の「第十三回　トリックと先例（続き）」には、「第十回」を読んだ山口雅也氏から電話があり、以下のようなやりとりをしたという記述もある。

『三重露出』は意識したが、『色眼鏡の狂詩曲《ラプソディ》』並びに『ちはやふる　奥の細道』は読んでいなかったとのことだった。

そして、《不思議の国日本のミステリ》という意味では、むしろ、原典ともいうべきアイリッシュの『ヨシワラ殺人事件』や『007は二度死ぬ』が浮かぶとおっしゃった。そういう意味でなら、わたしの方はアール・ノーマンの日本を舞台としたシリーズが珍作として話題となっていたことを思い出す。（電話の後、東京創元社の戸川編集長に、作者名がアール・ノーマンでよかったかどうか、おうかがいしたら、《そうです。それは『キル・ミー・シリーズ』です。『三重露出』の発想のヒントになった作です。持ってますよ。ご覧になりますか》と軽くいわれてしまった。本当に何でも知っていて、何でも持っていらっしゃる。）

アール・ノーマンの〈キル・ミー・シリーズ〉は、一九五八年から六七年にかけて全九冊のペーパーバック長篇が出ているそうだ。元GIの私立探偵バーンズ・バニオンが空手を武器に活躍する通俗ハードボイルド小説で、日本では長く幻のシリーズとされていたけれど、二〇一四年に最終作『ロッポンギで殺されて』（熊木信太郎訳）が論創海外ミステリから刊行。シリーズの内容については、廣澤吉泰氏による解説「アメリカ人探偵、六本木で活躍する」が詳しい。

一種の「バカミス」として珍重されたシリーズだが、『三重露出』の作者にとってはかなり差し迫ったチョイスだったのではないか。当時、都筑は常にスランプの不安に怯《おび》えていたようで、後年、その原因を「奇抜《きばつ》な設定を考えて、ストーリイをつくっていく。そういう書きかたをしていたわけだが、絵空事に現実感をあたえるむずかしさに、筆がすすまなかったらしい」と分析しているからだ。「スランプを脱したつもりで、書きおろしをはじめたのだが、なかなか、思うようにはいかなかった。それは、長篇七作目の『三重露出』で、山田風太郎の忍者小説ブームと、アール・ノーマンというアメリカ作家の作品に、触発されたものだった」という(『推理作家の出来るまで』より「断続スランプ」、以下同書からの引用には#を冠する)。

もう少し作者の述懐《じゅっかい》を見ていこう。「このシリーズは、推理小説としての筋立てこそ、かなりお手軽だったが、東京の書きかたはおもしろかった」。日本人には描けない、カリカチュアライズされた「昭和三十年代の東京の風俗」を利用して「現代の忍者小説」を書こうとした、と都筑は言う。「外人の視点で、日本ふうのナンセンス・アクション小説を書く、というのが、私の狙いだった。地の文にも、その狙いを生かすためには、外人作家の翻訳、という形式をとるのが、いちばんだろう」と考えたわけである。

しかし、当時の日本の読者にその狙いが伝わるかどうかわからない。「だから、それを翻訳している人物を設定して、別のストーリイを書く。それを、翻訳スタイルの部分と、交互にならべる、という方法をとることにしたのである。翻訳の部分を二段組、翻訳者の部分を一段組にする、という手も、思いついた。[……]当時の私は、そういう思いつきだけで、書く意欲がわいたものだった」(#「断続スランプ」)

それとは別に「山田風太郎の忍者小説」について、後に都筑はこんな指摘もしている。「山田さんの推理小説には、論理を表面に押したてた冷いパズラーは少いが、どの作品の発想点にも、日本のパズラーにはきわめて少い論理の曲芸があって、そのことはこの巻にあつめられた諸作を見てもわかるはずだ」(「論理の曲芸師」、講談社版『山田風太郎全集』月報三号)。見落とせないのはこれが一九七一年の文章だということで、「論理の曲芸」という表現には、同時期に提唱されたモダーン・ディテクティヴ・ストーリイ論のキーワード「論理のアクロバット」がこだましているにちがいない。

こうしたレトリックの共有は、都筑の中で本格ミステリとアクション小説の発想源が地続きのものだったことを示唆《しさ》していよう。本書でも初期の都筑長篇の「超本格」路線と「超アクション」路線がミックスされたうえに、第二長篇『猫の舌に釘をうて』のリメイクみたいな私小説風のタッチが忍び込んでくる。興味深いのは、翻訳パートが一人称の饒舌体《じょうぜったい》(ペダンティックな訳注が〈でしゃばりな語り手〉の代役を務める)で綴《つづ》られているのに対して、現実パートが三人称リアリズムに寄せた淡泊な文体で書かれていることだろう。それまでの「超本格」と「超アクション」に見られた語りの傾向が、本書では逆転しているということである。

こうした文体の逆転現象を作者がどれだけ自覚していたかはわからない。しかしこの長篇を書きながら、人工的な形式と趣向頼みの作風が可能性のリソースを使い果たしているという実感があったのではないか。二十数年後、都筑は次のように回想している。

翻訳スタイルの部分と、翻訳者の出あう事件が、緊密にむすびついていないのが不満だ、という批評が多かったけれど、私は納得しなかった。はっきり関連させてしまったら、もともと嘘らしい話が、どうしようもなく嘘になる。むしろ殺人事件なぞは起らない、わたくし小説のようなものに、するべきだった、とは考えたが、そうなると、恐しくむずかしい。当時の私には、なにもない小説を書く自信はなかった。
いまも、そんな自信はないが、翻訳スタイルの部分を、じゅうぶんに楽しんで書いたので、満足はしていた。その半面、いろいろな疑問が生じて、次の書きおろし長篇に、どういうものを扱ったらいいか、わからなくなった。そこへ、映画やテレビの話がきたので、しばらく長篇小説から、遠ざかることにしたらしい。（#「黄色い部屋へ」）

と記されているように、一九六六年には本書の翻訳パートを映画化した「俺にさわると危ないぜ」（長谷部安春監督、日活）が公開された。出演は小林旭《あきら》（本堂大介）、松原智恵子（沢之内ヨリ子）。中西隆三と都筑の共同脚本だが、原作とはかなり設定が変わっている。「じゅうぶんに楽しんで書いた」というのは、この映画版も含めての回想だろう。気になるのはやはり「翻訳者の出あう事件」へのコメントで、「緊密にむすびついていない」と言いながら、虚心坦懐に読み進めていくと、翻訳パートと現実パートのあちこちにもっと隠微《いんび》で、デリケートな相互リンクが張られているのがわかる。

見やすいのは、名づけられた三人の女性キャラがそれぞれのパートで果たす役割の照応だろう。〈三重露出〉という題名にはV章の「探し物が三つある」という台詞のほかに、「肌の露出」が三倍、という含みもありそうだ。それ以外にも、たとえば「その一」にはフィリップ・マクドナルドの名探偵、アントニイ・ゲスリンへの言及があるけれど、翻訳パートのII章（訳注）に出てくるジョン・ヒューストン監督の「秘密殺人計画書」というのは、ゲスリン最後の事件『エイドリアン・メッセンジャーのリスト』（一九五九年）の映画版（邦題）なのである。後に長篇評論「黄色い部屋はいかに改装されたか？」でも紹介された作品で、都筑にとっては思い入れのあるタイトルなのだろう。

先述したように都筑はこの頃、断続的なスランプに悩まされ、「だめになったとき、モダン・ジャズのレコードを毎日、一枚ずつ買ってきて、それを聞いて、なんとか持ちなおし」ていたという（#「断続スランプ」）。これは筆者の勝手な想像だが、そうしたレコードの中に、白人アルト奏者ハル・マキュージック（Hal McKusick）のリーダー・アルバム Triple Exposure（1957）が含まれていたのではないだろうか。この盤でマキュージックは、アルト&テナーサックス、クラリネットの三楽器を演奏しているのでTriple Exposureという題名になったらしい。

脱線ついでにもうひとつ。マキュージックの別アルバムThe Jazz Workshop（1957）には、「マイルス・デイヴィスの知恵袋」「音の魔術師」として知られるジャズピアニスト／編曲家ギル・エヴァンスが自作曲を提供しているが、そのギルは一九五八年にNew Bottles, Old Wineと題した作品を発表している。「古いスタンダード曲を新しいアレンジで演奏する」というコンセプト・アルバムで、後に都筑が長篇エッセイ「私の推理小説作法」の中で、フレデリック・フォーサイスの『ジャッカルの日』を「新しい革ぶくろに古い酒を盛っている」と評したのは、これが元ネタだったのではないか。

閑話《かんわ》休題。こうした見えない伏線や暗合は、翻訳パートと滝口パートの相互リンクだけではない。たとえば「その六」で滝口と大家の娘がいたしてしまう場面では、より子が殺された夜と同じ状況（姉の出産と両親の不在）が反復されている。幕切れの「ワンス・モアという合図」という言い回しにも、謎めいた含みが隠されていそうだが、そこらへんの仕掛けについては、本書に再録されている中野康太郎氏の真相推理エッセイを参照していただくといいだろう。

中野論文の推理が正しくて、本書が『猫の舌に釘をうて』の第二幕だとすれば、第三幕はその十年後に発表された『怪奇小説という題名の怪奇小説』（一九七五年）に引き継がれていくのではないか？　長篇怪奇小説の依頼を受けた作家がネタに詰まって、未訳の海外ホラー小説を盗作しようと本を読み直しているうちに、三十年前に死んだはずの従妹《いとこ》そっくりの女を見かけ、彼女をめぐって奇怪な体験に巻き込まれるという筋立ては、「ワンス・モア」という表現にふさわしいように思われる。

もうひとつ見逃せないのは、「推理小説へのレクイエム」という副題を持つフリードリッヒ・デュレンマットの問題作『約束』とのニアミスだ。ポケミス版『約束』が出たのは一九六〇年十月、都筑が早川書房を退職した翌年だが、いきなり梯子《はしご》を外されたようなラストの諦観《ていかん》は本書の読後感と近しいものがある（丸谷才一のエッセイ「手紙」を参照。福永武彦・中村真一郎と共著の『深夜の散歩　ミステリの愉しみ』に収録）。さらに箕浦からの手紙の痛烈な内容は、一足先に発表された『虚無への供物』のミステリ読者批判を引き受けつつ、反－探偵小説の領域に片足を踏み入れているのではないか？　いや、これは都筑一流の「照れ」なのかもしれないし、極端から極端に振れるという面もあるだろう。数年後には長篇評論「黄色い部屋はいかに改装されたか？」で、モダーン・ディテクティヴ・ストーリイ論を展開し名探偵復活を提唱するのだから、余計にその感を強くする。

とはいえ、先の述懐で目を引くのは、「わたくし小説のようなものにするべきだった」という未練の思いなのだ。沢之内より子というキャラクターは、否応なく『猫の舌に釘をうて』のヒロイン有紀子を連想させるけれど、本書のより子は最初から死んでいて、すでに関係者の記憶の中にしか存在しない。滝口も青春まっただ中ではなく、中年の危機を迎えつつあり、何より別れた妻（栄子）がいる、という点が『猫の舌に釘をうて』の淡路英一との最大の相違点である。

有紀子との仲が、それ以上にすすまないことに、私は絶対の自信を持っていた。なにも力むことはないが、だから、家に待っている妻に対して、私は気がとがめなかった。まったく力むことではなく、いまでも妻に冷笑される。有紀子のからだに、私は指一本ふれたことがなかった。（＃「橋からの眺め」）

嫉妬《しっと》しなければいけないようなことは、それまでにもなかったし、それ以後も起りようがない。それはわかっていても、女房は独占欲のつよい女だから、私の心の大きな部分を、有紀子が占めていることに、堪えられなかったのだろう。（＃「雑誌を裂く」）

もちろん、本書の現実パートは「わたくし小説」もどきのモデル小説ではないし、滝口正雄＝都筑道夫、というわけでもない。それでも『推理作家が出来るまで』に見え隠れする穏やかならざる記述と、本書の「その五」の栄子との会話とをあわせ読むと、『三重露出』という長篇に秘められた別の側面が浮かび上がってくるように思われる……。だが、ミステリ解説のエチケットとして、これ以上の詮索《せんさく》は控えた方がよさそうだ。

さて、今回も連続ボーナスとして、雄鶏社のメンズマガジン「SEVENエース」に連載された幻の長篇『アダムと七人のイヴ』の「第4話　ワイルド・パーティ」（一九六六年六月号）をお届けする。ちなみに『三重露出』の作中（その二）にも、ポーカーの豆知識として「ワイルド・パーティ」の語が出てくる。

雅子の夫である深井進吾が登場し、ようやく鐙《あぶみ》一郎の目的と物語の背景が明らかになる——のだが、惜しくも物語はここで中断。鐙一郎と七人のイヴたちの危うい共闘関係も、これからどこへ向かうかわからない。「山田風太郎の忍者小説」に対する、都筑道夫のカウンター・アタックが立ち消えになってしまったのは、返す返すも残念なことである。

とはいえ〈都筑道夫の復活と逆襲〉は、まだ終わったわけではない。二〇二三年十一月に没後二十周年を迎えることもあり、「トクマの特選！」でも引き続き・都筑の・ツヅキを・次々と繰り出していくという。本書を含む「超本格」四部作の反響次第で、新たなボーナスステージが追加されるという噂もあるので、都筑ファンは鶴首《かくしゅ》して待て！

二〇二三年四月

本書に収録されている「三重露出」は、1978年10月講談社文庫として刊行された作品を底本とし、作中の英文クレジット、出版社、レーベル名は1964年12月東都書房版に合わせました。

「アダムと七人のイヴ」は、「SEVENエース」1966年6月号に掲載された作品を収録いたしました。

本作品はフィクションであり実在の個人・団体などとは一切関係がありません。

なお、本作品中に今日では好ましくない表現がありますが、著者が故人であること、および作品の時代背景を考慮し、そのままといたしました。なにとぞご理解のほど、お願い申し上げます。


（編集部）

徳間文庫

三重《さんじゅう》露《ろ》出《しゅつ》

2023年6月15日　初刷

著者　都《つ》筑《づき》道《みち》夫《お》

発行者　小宮英行

発行所　株式会社徳間書店

東京都品川区上大崎三—一—一　〒141—8202
目黒セントラルスクエア

電話　編集〇三(五四〇三)四三四九
　　　販売〇四九(二九三)五五二一

振替　〇〇一四〇—〇—四四三九二

印刷
製本　大日本印刷株式会社

ISBN978-4-19-894864-1　(乱丁、落丁本はお取りかえいたします)